NHK連続テレビ小説
ひよっこ 上

作 岡田惠和
ノベライズ 国井桂

NHK出版

ひよっこ

上

装丁　いよりさき、清水貴栄
（ＤＲＡＷＩＭＧ ＡＮＤ ＭＡＮＵＡＬ）
帯写真提供　ＮＨＫ

登場人物紹介

〔　〕内は出演者名

谷田部《やたべ》みね子《こ》〔有村架純〕

奥茨城村の小さな農家・谷田部家の長女。おっとり、のんびりした性格。奥茨城村の暮らしが大好きで、高校卒業後は祖父や母と共に農業をするつもりだった。しかし、東京に出稼ぎに行った父が行方不明になってしまったことから、集団就職で上京することを決意。東京・向島にあるトランジスタラジオの製造会社・向島電機の工場で働き始める。

谷田部《やたべ》 実《みのる》〔沢村一樹〕

みね子の父。奥茨城村を愛し、本当は故郷で農業をしていたいのだが、不作の年につくった借金を返すため、一年のほとんどは東京の工事現場で働いている。みね子が高校三年生の年の秋、稲刈りのために帰省した後、消息を絶ってしまう。

谷田部美代子《やたべみよこ》〔木村佳乃〕

みね子の母。明るくおちゃめな性格。農作業の傍ら、洋裁の内職にも精を出す働き者。実が出稼ぎに行ったことで寂しい思いをしながらも、子供たちの前では気丈に振る舞っている。実が行方不明になりショックを受けるが、無事を信じて待ち続ける。

谷田部《やたべ》 茂《しげる》〔古谷一行〕

みね子の祖父。働き者で口数が少なく、たまに口を開くと毒舌。しかし、さりげなく優しい気遣いで谷田部家を支えている。農業一筋で生きてきたため、跡取り息子の実を出稼ぎに出さなくてはならない状況を心苦しく思っている。

谷田部《やたべ》ちよ子《こ》〔宮原 和〕

みね子の妹。幼いながらに家事や農作業を手伝うしっかり者。子供扱いされることが不満で、すねてしまうこともある。

谷田部《やたべ》 進《すすむ》〔髙橋 來〕

みね子の弟。末っ子らしく甘えん坊で無邪気な性格。小学生になってもおねしょ癖が直らず、家族にからかわれている。

小祝《こいわい》 宗男《むねお》〔峯田和伸〕

実の弟で、みね子の叔父。少し離れた村に婿養子に行ったが、父親不在の谷田部家をいつも気にかけており、よく顔を出す。大きな声でよく笑うムードメーカー。ビートルズが大好きで、海外に憧れているが、実際は東京にすら行ったことがない。

助川時子《すけがわときこ》〔佐久間由衣〕

みね子の幼なじみで同級生。自他共に認める村いちばんの美少女で、気も強い。みね子とは対照的な性格だが、仲のよい親友同士。高校卒業後は集団就職でみね子と一緒に向島電機に入社するが、いつかは女優になるという夢を持っている。

角谷《すみたに》三男《みつお》〔泉澤祐希〕
みね子の幼なじみで同級生。時子に片思いをしている。奥茨城村が大好きだが、農家の三男坊なので家に残ることはできず、集団就職で東京・日本橋の安部米店で働くことになる。上京後もみね子と時子との友情は続き、互いに励まし合う。

助川《すけがわ》君子《きみこ》〔羽田美智子〕
時子の母。美代子とは幼なじみで、たびたび農作業を手伝いに来ては、おしゃべりに花を咲かせている。時子には堅実な道を歩んでほしいと願っており、上京には反対している。

角谷《すみたに》きよ〔柴田理恵〕
三男の母。谷田部家よりは大きな農家で、りんご栽培も手がけている。日々の農作業で忙しく、いずれ家を出ることになる三男には厳しく接するが、本当は愛情深く、人一倍涙もろい。

益子《ましこ》次郎《じろう》〔松尾 諭〕
奥茨城村のバスの車掌。次郎の乗務するバスは、みね子たちが高校への通学に使うバスで、谷田部家のある集落から町に出る唯一の交通手段でもある。ほとんどの村人と顔なじみ。

田神《たがみ》 学《まなぶ》〔津田寛治〕
常陸高等学校の社会科教師で、みね子たちの担任。厳しいが面倒見がよい。毎年、三年生の就職指導をしており、集団就職列車にも一緒に乗り込み、教え子を都会に送り出している。

永井《ながい》愛子《あいこ》〔和久井映見〕
みね子たちが働く向島電機の女子寮・乙女寮の舎監。女子工員たちにとっては、母のようでもあり先生のようでもある存在。おっちょこちょいだが、ここぞというときには頼りになる。かつては、みね子たちと同様、向島電機の工場で働いていた。

秋葉《あきば》幸子《さちこ》〔小島藤子〕
向島電機の工員でみね子の先輩。山形県出身で、中学校卒業後に就職した。乙女寮の寮長を務め、皆に慕われる優等生。コーラスの指導者・高島雄大と交際している。

夏井《なつい》優子《ゆうこ》〔八木優希〕
向島電機の工員でみね子の先輩。秋田県出身で、中学校卒業後に就職した。体が弱いため寝込んでしまうことがあるが、仕事は優秀。可憐な雰囲気で、穏やかな性格。

青天目《なばため》澄子《すみこ》〔松本穂香〕
向島電機の工員。福島県出身で、中学校卒業後に就職。みね子とは同期で、集団就職列車の中で偶然知り合った。マイペースで何をするのも遅く、食べるのが大好き。

兼平《かねひら》豊子《とよこ》〔藤野涼子〕
向島電機の工員でみね子の同期。青森県出身。努力家で、中学校の成績は優秀だったが、家の事情で高校に進学できず、就職した。その悔しさからついトゲのある物言いをしてしまう。

松下《まつした》 明《あきら》〔奥田洋平〕

向島電機の工場主任。真面目で気弱な性格で、工場の業績や本社からの指令にびくびくしがち。愛子には何かと世話になっている反面、しばしば調子を狂わされて困惑している。

森《もり》 和夫《かずお》〔陰山 泰〕

乙女寮の食堂の料理人。毎日食事をつくりながら、寮生たちを見守っている。アコーディオン奏者としての顔も持ち、寮のコーラスの時間には伴奏を務める。

高島雄大《たかしまゆうだい》〔井之脇 海〕

幸子の恋人。東京都出身。芝浦の工場で働きながら音楽家を目指しており、給料は音楽につぎ込んでしまうのでいつも金欠気味。毎週、乙女寮にコーラスを指導しに来ている。

綿引正義《わたひきまさよし》〔竜星 涼〕

赤坂警察署管内の五丁目派出所に勤務する警察官。茨城県高萩市出身。捜索願を出しに来た美代子が同郷と知り、捜索の手伝いを申し出る。正義感が強く、東京に不慣れなみね子を何かと気にかける。

牧野鈴子《まきのすずこ》〔宮本信子〕

赤坂の洋食店・すずふり亭の店主。赤坂生まれの赤坂育ちで、きっぷのよい女性。父が開いた洋食店を、夫と息子と共に切り盛りしてきたが、空襲で夫と店を失ってしまう。戦後、必死に働いて店を再建した。実が来店したことがきっかけで、谷田部家と交流を持つようになり、みね子が上京してからは、母親のような温かさでみね子の心の支えとなる。

牧野省吾《まきのしょうご》〔佐々木蔵之介〕

鈴子の息子で、すずふり亭の料理長。父亡き後、母と二人三脚で店を切り盛りし、その味を守ってきた。仕事に誇りを持ち、料理人の元治と秀俊を時に厳しく指導する。心根が優しく、実の安否をいつも気遣いながら、東京で父を捜すみね子をそっと見守っている。

朝倉高子《あさくらたかこ》〔佐藤仁美〕

すずふり亭のホール係。愛想のいい方ではなく、特に開店直後はなかなかスイッチが入らないが、仕事はできる。若い女性をライバル視する癖がある。

井川元治《いがわげんじ》〔やついいちろう〕

すずふり亭の料理人。さぼり癖があり、腕を磨こうとする気概に欠ける。後輩の秀俊にはやたらと厳しく、面倒なことはすぐ押しつけようとする。感動屋で憎めない性格。

前田秀俊《まえだひでとし》〔磯村勇斗〕

すずふり亭の見習い料理人。仕込みから閉店後の後片づけまで、一日の大半を調理場で過ごす。自分の店を持つのを目標に、省吾から料理の技と心得を学ぼうと、日々修業に励んでいる。

ひよっこ　上

第1章

お父ちゃんが帰ってくる!

昭和三十九年の夏が終わろうとしていた。

東京は秋に開催される東京オリンピックに向け空前の建設ラッシュで、首都高速道路、地下鉄、新幹線などがとてつもないスピードで整備されていた。人々は地方から東京へと流れていき、終戦からたった二十年ほどで、東京は世界で初めて人口一千万人の大都市へと変貌を遂げていた。

しかし、ここ奥茨城村——茨城県の北部で福島県との県境にも近い、つまり限りなく東北に近い関東の山間の小さな村は、東京のお祭り騒ぎとも好景気とも無関係だ。

朝の光が山や川、畑や花に注がれ、朝露がきらきらと輝き、静かだが、活気に満ちた一日が始まろうとしていた。

この小さな村の小さな家が谷田部家だ。トタン屋根の木造家屋は、周囲の農家と比べるとどことなくつましさが感じられる。

「おはよう。じいちゃんごめん、寝坊した。早く起きて田んぼ見るって約束したのに」

谷田部家の長女・みね子が、バタバタと家から飛び出してきた。

「あでにはしてねえよ。ほら母ちゃん手伝ってこ」

朝早くから農作業をしていた祖父の茂は、少々口は悪いが、孫には優しい。今年で七十歳になるのだが、まだまだ力仕事でもなんでもできるつもりだった。いや、やらねばならなかった。

みね子は鶏小屋をのぞいて歓声を上げた。

「五つもはあ卵産んでるわ」

「ほら落どすんでねえど」

卵五つ分の幸せに輝くみね子の笑顔に、茂は腰の痛みも忘れる。

みね子の母・美代子は、昔ながらの土間の台所で朝食の支度をしていた。

「お母ちゃん、卵五つだよ今日は。お弁当にゆで卵、入っかなぁ、入るよねえ」

みね子の言葉に「ずれえ～」と声を合わせたのは、十歳のちよ子と八歳の進だ。二人とも給食があっても、やっぱり母の弁当は羨ましい。

電気炊飯器がうまそうなご飯の匂いとともにコトコトと湯気を上げ始める。昭和三十年代に入ってから普及し始めた炊飯器が谷田部家にやって来たのは、つい最近のことだ。おかげで美代子の仕事は格段に楽になった。「電気釜様様だ」と喜ぶ母を、みね子はかわいいなあと思う。どんなことがあっても弱音を吐かずいつも優しい母が、みね子は大好きだ。

麦飯にきゅうりの塩もみ、なすのしぎ焼き、なすの味噌《みそ》汁、みょうがの味噌漬け、そして鶏のおかげで追加された玉子焼きが今日の朝食だ。昼は野良仕事でゆっくり食べる暇もないので、朝ご飯はしっかり食べる。

「お父ちゃんも朝ご飯食ってっかね、東京で」

家族が集まる食事時になると、みね子は父のことを思わずにはいられない。父の実はオリンピック景気に沸く東京へ出稼ぎに行き、工事現場で働いている。みね子はふと、部屋に大切に飾られている家族写真に目を向けた。高校入学の記念に皆で撮ったものだ。父の笑顔が懐かしい。

「お父ちゃんいづ帰ってくんの？」

ちよ子と進が声を合わせて聞いた。

「稲刈りにね、もうすぐだ」

母が優しく言った。みね子はうれしくなってお代わりをする。おかげで遅刻ギリギリだ。玄関でバタバタと靴を履いていると、美代子は「靴、だいぶくたびれちゃったね、今度買うが？」と言った。

「いいよ、これ好きなんだから。お父ちゃんが東京で買ってきてくれたやつだもん」

子供たちへの一足ずつの東京土産の靴は、三人きょうだいにとっては宝物なのだ。

みね子は田んぼの中の一本道を自転車で疾走していく。みね子の通う常陸《ひたち》高等学校までは、まず家からバス停近くの時子の家まで自転車で二十分、そしてバスで四十分の道のりだ。今年は高校生活最後の年。毎朝学校に向かうたび、高校に行かせてくれた父への感謝の気持ちを新たにする。高校進学率は東京では八割に達していたが、茨城県では六割、奥茨城村に限っていえば五割だった。両親がどれほど無理をしてくれたかと思うと、一日だって休んだりしたくない。

幼なじみで同級生の助川時子は、いつにも増して遅いみね子を待ちくたびれていた。

「時子ぉ！　おはよう」

「おはようじゃないよ。おそようだよ、本当に」

二人は遠くに見えてきたバスを目指して全力疾走する。バス停ではもう一人の幼なじみ・角谷三男が、車掌の益子次郎に怒られながらも必死でバスの発車を待ってもらっていた。

「毎朝毎朝何やってんだ。飯、お代わりすんの我慢しろ」

「え、なんで？　見てたのけ三男」

「見ねくても分がるわ」

みね子と三男が憎まれ口をたたき合い、三人が乗り込むと同時にバスは発車した。

時子は誰もが認める美少女で、卒業後は東京で働きながら女優を目指そうとしている。みね子はそんな親友が誇らしい。時子にひそかに、いや誰にでも分かるくらいあからさまに片思いしている三男は、少し離れた席からその横顔に見とれていた。

三人は舟木《ふなき》一夫《かずお》が歌って大ヒット中の「高校三年生」を合唱し始めた。みね子は気の置けない友達との大事な時間が残り少なくなっていることが切なくて、ことさらに大声で歌った。父は今頃、東京でどうしているだろう。


谷田部家の大黒柱である実は、東京の高層ビル建設現場で働いていた。けたたましい工事の音や車のクラクションで話し声も満足に聞こえない中、出稼ぎの男たちが狭い足場の上でセメントを載せた手押し車を走らせる。誰もが絞れるほど汗をかいている。

実はほんの一瞬空を見上げた。スモッグに汚れてはいるが故郷とつながっている空を見ていると、しんどいが家族のために頑張ろうと思えた。

夕刻、学校から帰ってきたみね子が田んぼ仕事の手伝いに加わっていると、畦《あぜ》道をちよ子と進が帰ってくるのが見えた。なぜか二人ともしょんぼりしている。

「これ、あんた、お父ちゃんが買ってきてくれた靴でしょう。なんで、こんなことになんの」

裏の物置で、みね子は妹と弟を問いただした。進の靴はボロボロに壊れていた。靴の飛ばしっこをして遊んでいたら川に落としてしまい、拾うときに木の枝に引っ掛けてしまったのだ。

「ごめんなさい」

二人は号泣している。

「分がった、分がったから、お姉ちゃん直してやっから、な。大切にしないと、お父ちゃんに申し訳ないでしょう。分がったけ？　二人とも……あ」

不器用なみね子の手にかかった靴は、半壊が全壊になってしまった。悲惨なことになった靴を見て必死で涙をこらえる進を見ているうちに、みね子の方が耐えられなくなってしまった。

「……ごめん……ごめんね。お父ちゃんに一緒に謝ろうね……ごめんねぇ」

そんな三きょうだいの姿を、母は物陰から見ていた。なんだかおかしくて、そして切ない。


子供たちのそんな気持ちが伝わったのか、仕事帰りの実は商店街の靴店の前で足を止めていた。おつとめ品と書かれたバーゲンコーナーの子供靴を手に取る。前に買ってやったものは、きっともう小さくなっているだろう。しかし、財布に余裕はない。店員に遠慮がちに値切ってみる。

「あの、これ……ちょっと汚れてっからここんとご、ちっとばかし……どうですか？」

奥茨城の九月は抜けるような青空だ。放課後の中庭で秋の日ざしを浴びながら、みね子と三男は職員室の窓の向こうをしきりに気にしていた。時子が担任の田神先生と話しているのだ。

「時子、まだかね。決まったんかな、就職先。東京行ぐんだねえ時子も。……あんたはいいね、そうなったら、一緒に東京で、いがったねえ」

「何言ってんだおめえ。俺は行きたくて行ぐわげじゃねえ。農家の三男坊《さんなんぼう》は、生まれたときから、いつかは家出て働くこどに決まってんだ」

三男の就職先は日本橋《にほんばし》の米店に決まっていた。

「みね子、おめえはよ、東京さ行きてえとが、うちを出てえとが思ったこどねえのが？」

「ねえよ、ねえ。私、畑仕事大好きだし、農業を頑張ろうと思ってるわけよ。そりゃ東京どんなかちらっとのぞいてはみてえけどさ、働きてえとが、暮らしてえとが全然思わないよ。でもね、本当は私も中学出たときに、集団就職で東京さ働きに行った方がいいんじゃねえかなって、んでも、心配すんな高校は行っとけって楽しいぞって、お父ちゃん言ってくれたんだ」

「へえ、んだったのか」

「うん、大して頭もよぐないのにさ、ありがたいことだよ、本当に」

「そのわりには勉強してねえな」

「お父ちゃんは高校は楽しいぞって言ってくれたんだよ、勉強しろとは特に言ってなかったよ」

三男があきれているが、みね子は時子を心配して職員室をのぞき込んだ。

時子のことを心配しているのはみね子たちだけではなかった。時子の母で美代子の幼なじみの君子が、美代子のところに来ていた。この辺りではいちばん生活に余裕があり、夫も出稼ぎには行っていない。しばしばおかずの差し入れを口実に谷田部家にやって来ては、美代子とおしゃべりしがてら、さりげなく仕事を手伝ってくれる。

「時子ちゃん、仕事決まったのけ？　反対なの？　あんたは」

「う～ん、気持ちは分かっけどさ、東京さ行って、女優になりたいっていう？　ほら、私も、女学生の頃はこの辺りじゃ一、二を争う美人だったわげだし」と、君子は自分が一で美代子が二だと真顔で指さす。

「そうだねえ」と、美代子も真顔で自分を一に、君子を二に修正する。

「子供が東京行くのがいいのか、亭主が東京行くのがいいのか……なんで東京行かないといげねえんだが」

君子はやるせなく、つい美代子に愚痴を言ってしまう。親心もまた複雑なのだった。

そして、時子の就職先が決まった。墨田区《すみだ》向島《むこうじま》にあるトランジスタラジオをつくる工場だ。敷地の中に寮もあり、女子ばかりだという。

時子を待っていてすっかり帰宅が遅くなった三男は、帰るやいなや母のきよにどやされた。

「どごで油売ってんだ、こんな時間まで、さっさと手伝え」

もちろん三男の家も農家だ。両親はこの日もりんごの木の手入れで忙しい。

「何やってんだおめえ、東京行ぐと思って、たるんでんじゃねえのが？」

年の離れた長兄・太郎《たろう》からも小言の嵐だ。三男は太郎が苦手だった。

兄と母にまくし立てられ、三男はついカッとなったが、ふだんは寡黙な父・征雄《まさお》の「いいがら、さっさとやれ」の一言《ひとこと》で口をつぐんだ。この家から出ていくことは自由になることでもあるのだが、三男は時子のように東京に希望を持っているというわけでもなかった。

帰宅した時子もまた、両親と兄と向き合っていた。助川家は酪農も手がけていて、この辺りでは裕福な方だ。美代子のところから戻った母・君子は、なんとなく緊張していた。

「仕事……決まった」

「……そうけ」

君子はついため息が出てしまう。父・正二《しょうじ》と兄・豊作《とよさく》は、何を思うのか黙ったままだ。

――お父さん……東京はどんなところですか？　私は少し東京が嫌いです……私の好きな人は、皆、東京に行ってしまう……。

みね子は帰り道、父に心の中で語りかけた。

帰宅すると、家族が皆テレビを見ながら固まっていた。東京のビル建設現場で大きな事故があり死傷者が出たと、ニュースが報じていた。

「お義父《とう》さん、これって……亡ぐなったの、出稼ぎの人だって」

美代子は真っ青な顔で茂を見た。

「どんだけいると思ってんだ、出稼ぎが。考えてもしゃんめえ」

茂はテレビを消してしまった。

「ごめんね、ご飯にしようね……遅くなっちゃったね、ごめんね」

美代子は笑顔をつくって台所に向かった。そんな母の背中に向けて、みね子は言った。

「お母ちゃん。電話借りに。電話借りに行こうって」

谷田部家に電話はない。電話をかける必要があるときには、少し離れた簡易郵便局で借りなければならない。すっかり暗くなった道を、二人は急いだ。


「はい、すみません……申し訳ありません……」

美代子は電話口で、受話器から聞こえる電話交換手の声に何度も頭を下げた。

東京への電話の取り次ぎには時間がかかる。みね子と美代子にとって、長い長い時間が過ぎていく。

ようやく電話がつながり、受話器の向こうから声が聞こえてきた。

「どうした？　美代子か？」

「ごめんなさい、電話なんかしてしまって、ごめんなさい……いがった……いがったぁ」

美代子はもう声にならない。涙を拭きながらみね子に受話器を渡した。

「もしもしみね子だよ。お父ちゃん……お父ちゃん……」

父の懐かしい声が耳に飛び込んできた。みね子は受話器を握りしめ、父の言葉に耳を傾けた。

帰り道、茂がちよ子と進を連れて迎えに来るのに出会った。ランプの明かりが辺りを優しく照らしている。茂は実の無事を信じていたものの、「大丈夫でした」と聞くとホッとしたようだ。

みね子も父と電話で話したと聞いて、ちよ子と進が「ずれえ～」と悔しがり、思わず皆で笑った。

稲穂が黄金色に色づき始めたある日。みね子たちが農作業に精を出していると、遠くからボボボッと奇妙な音が聞こえてきた。「おじちゃんだ！」と、ちよ子と進が真っ先に道に飛び出していく。みね子の叔父、実の弟の小祝宗男がやって来たのだ。宗男のバイクはちょっと奇妙だ。くすんだブルーに塗られ、ところどころに赤、青、白のテープが貼られている。そして、なぜかイギリスの国旗をたなびかせている。誰にも理解されないが、宗男なりのこだわりがあるらしい。

「ハハハハ、みんな、元気だったがぁ！」

野良着に、どこで買ってくるんだと思うような外国テイストが混じっているが、「なんて格好してんだ、おめえ。何人だ、一体」と早速茂に突っ込まれても、宗男は「何人って、茨城県人だっぺよ」と悪びれる様子もなく笑っている。

農家の次男の常で、少し離れた村へ婿養子に行ったのだが、実が出稼ぎに行ってからはよく顔を見せる。ちょっとおっかない嫁さんからのつかの間の逃避も兼ねて、宗男なりに実家を気遣っているらしい。

みね子は、宗男と並んで畑を耕しながら話をした。

「そっかあ、それでみね子は、なんだか東京が嫌いになっちまったんか」

宗男は、好きな人を皆東京に取られてしまうと感じているみね子の気持ちを分かってくれた。そのうえで、東京には行ったことはないがきっといいところだ、人が暮らしているところは皆いいところだ、と言う。宗男にそう言われると、確かにそうかもしれないとみね子も思えてくる。

「おめえの父ちゃんさ、感謝すんのはいいこどだよ。でもな、かわいそうだとか、つらいこどばっかしなんだとか思っちゃダメだ。兄貴だって寂しいとは思うよ。でも、兄貴は嫌だ嫌だと思ってやってねえど。自分が頑張って働ぐこどで、自分の家族のためになんだ。んだからやってんだ。それをかわいそうだとか思っちゃダメだ。そりゃ父ちゃんに失礼ってもんだっぺ、分がっか」

宗男はみね子にそう言って聞かせた。そして、稲刈りに帰ってきても、東京に戻るときに悲しい別れにするな、笑って送り出してやれと言った。それから、珍しくいいことを語ったのに照れたのか、ガハハと笑った。

宗男の笑い声は、みね子の気持ちを少しだけ軽くする。宗男はいつも笑っている。でも、昔は違ったらしい。戦争に行って変わったそうだ。伸びをするその背中に、大きなやけどの痕がチラリと見えた。尋ねたことはないが、これが宗男を変えた原因なのだろうか。

やがて田んぼは金色に波打つ海になった。その朝、みね子は、母がいちばん大切にしているきれいなブラウスを着て、ほんのり化粧もしていることに気付いた。そう、父が帰ってくるのだ。興奮し過ぎて進はおねしょをしてしまった。みね子は文句を言いながらも布団を干してやる。進はしょんぼりしていたが、布団に描かれていた形は、まるで茨城県そのものだ。

実は赤坂の街を歩いていた。東京タワーや国会議事堂も近く、近代的でありながら、花柳界を擁する土地柄もあって独得な情緒のある街だ。路地に入ると味のある商店が並び、「あかね坂商店街」との看板が見えた。家族への土産を手に歩いていた実は、ふと一軒の店の前で足を止めた。「すずふり亭」という洋食店だった。実の目は、ショーウインドーのハンバーグやグラタン、スパゲッティーの見本に釘《くぎ》づけになった。色鮮やかな料理は本物そっくりで、実にうまそうに見えた。

「いらっしゃいませ」

優しげな女性が「営業中」の札をドアに掛けながら笑いかけた。女店主・牧野鈴子である。店の中からはたまらなくいい匂いがしてきた。少し悩んで、実はゆっくりと店に足を踏み入れた。

四つの「いらっしゃいませ」の声が実を迎えた。フロアにいるのはちょっと愛想が足りないホール係の朝倉高子。調理場には、きりっとした料理長の牧野省吾、適当に頭を下げた井川元治、若くてやる気に満ちた顔つきの前田秀俊の、三人の男たちがいた。

店内は、洋風の内装と庶民的な雰囲気が同居した居心地のよい空間だった。洋食を気軽に手頃な値段で食べてほしいというのが鈴子のモットーなのだ。それでも、奥茨城から来てほとんど外食などすることもなかった実には、十分都会的に感じられた。

「初めてなんで、洋食屋さんなんて、どうしたらいいか、分がんなくって」

高価なビーフシチューには手が出ない。結局、比較的手頃な値段のハヤシライスを頼んだ。

聞き上手の鈴子に実は、奥茨城から出稼ぎに来てこれから稲刈りのために帰省すること、東京はどんなところかと子供たちに聞かれたときに少しでも答えてやりたくてこの辺りを歩いていたことを話した。東京で暮らしているとはいえ、実は工事現場しか知らない。

「あのオリンピックやる国立競技場の現場にもいたんですよ。自慢にはならないですけど」

「何おっしゃるんですか、自慢していいですよ。東京だけがすごいみたいに浮かれてるけど皆、違うと思うね、私は。今もいろんなもの建ってるけど、それは全部、お客さんみたいな人たちがつくってくれたものじゃないですか。自慢してください、あれは俺がつくったんだって、ね、そうしてください」

そんな鈴子の言葉がうれしかった。それに、初めての洋食はびっくりするくらいおいしかった。

「あぁ……食わしてやりてぇなぁ、家族に。こんなの食ったら驚くだろうな、ハハ」

感激している実の前に、省吾が包みを差し出した。

「これ、ポークカツサンドです。ご家族で召し上がってください。店からの気持ちです」

遠慮する実に、鈴子は言った。

「東京、嫌いにならないでくださいね」

そこまで言われたら、もう断る理由はなかった。


奥茨城村のバス停では、みね子、ちよ子、進の三人がバスを待っていた。

山の向こうに太陽が落ちていく。夕焼けがみね子たちの頰を染め始めたとき、ようやく待ちに待ったバスがやって来た。笑顔の父が、両手に荷物を持って降りてくる。

「お父ちゃん！」

ちよ子と進が父に駆け寄る。

「ただいま。迎えに来てくれだのが、ありがとう」

先を争って甘えるちよ子と進の相手をしながら、父はみね子に笑いかけた。

「どうだ？　学校は」

「うん。楽しいよ。とっても楽しい毎日です」

「なんか大人としゃべってるみてえだな、みね子」

「大人だもん、もう」

そんな何気ない会話が、みね子にはうれしくてたまらない。

家の前まで来ると、茂がわざと気付かぬ振りで藁《わら》仕事をしていた。

「父ちゃん、ただいま戻りました」

「おう」と茂はさりげなさを装ってはいるが、仏頂面の目が笑っている。

美代子が小走りで来た。髪を気にするしぐさはまさに乙女だ。

「……おがえり」

「うん、ただいま」

「お風呂たげてますから」

美代子が家の中に入ろうとするが、なぜか実は、家ではなく畑の前で座り込んだ。

「あぁ、土はいいなぁ」

何度も何度も慈しむように土に触れた。そして、匂いを嗅いだ。

「茨城の土の匂いだ……いい匂いだ」

茂が無言でうなずいていた。美代子はもう涙があふれそうになっている。みね子は思った。

——お父さん……ここで畑や田んぼしたいんだよね。決まってるよね……ここで生まれて育ったんだもんね。私は自分が総理大臣とかになって、農家の人が農業できるようにしたい……なれないけど。

ちよ子と進もまねをして土の匂いを嗅いでみた。

「んんんん？」

進には父がどうして感激しているのか全然分からない。その様子がおかしくてみんなで笑った。

「家入るべ」

茂に続いてみんなが家に入った後、みね子もそっと土を手に取ってみた。毎日嗅いでいると分からない。でも、父にとってはふるさとの匂いなのだろう。


実の久し振りの帰郷で、谷田部家は華やいだ空気に包まれた。

進は土産の新しい靴を履いて家の中を歩き回り、ちよ子も新しい靴をうっとりと眺めている。そして、みね子がもらったのも靴。父は家にいなくても、三人が何を欲しがっているのかちゃんと分かっている。みね子は新しい靴を高校の卒業式に履いていくと決めた。

その夜の食卓には、かまどで炊いた白米、刺身こんにゃく、里芋のゆず味噌がけ、くじらの竜田揚げ、鶏肉の入ったけんちん鍋というごちそうに加えて、東京土産のポークカツサンドが載った。実は美代子の心尽くしの料理をかみしめるように口にしては「うめえ……」とつぶやいた。そんな夫の表情が美代子はうれしい。

みね子は興味津々で、初めての洋食であるポークカツサンドを食べてみた。

「うまいねぇ。東京の人は皆、いつもこんなの食べてんの？」

「そんなことはねえだろ、お店で注文する料理だかんな。いいお店だったんだ。優しい人たちで」

実はすずふり亭のマッチを取り出した。しゃれたデザインがなんだかまぶしい。

「いつか、皆で行げたらいいな」

「皆で行ぐの？　東京さ行ぐの？」と、ちよ子は飛び跳ねんばかりに喜んだ。

「東京ねぇ」と茂だけはいつでも懐疑的だ。

進が目をきらきらさせて「じいちゃん、行ったことあんのが？」と聞いた。

「あ？　銀座《ぎんざ》にはまぁな」

「じいちゃん、まさか奥茨城銀座じゃないだろうね」とみね子が怪しんだ。

「ん……銀座には変わりねえ」

めったに言わない茂の冗談に、みんなおなかの底から笑った。

みね子はマッチを仏壇に供えて手を合わせた。亡くなった祖母も写真の中で笑っている。

この日から、小さなマッチが谷田部家の宝物になった。


父の帰還ではしゃぎ疲れた子供たち三人は、それぞれの土産を抱き締めて眠っている。やっと大人三人の静かな時間だ。茂と実は久しぶりの酒を酌み交わした。

大人たちの声にみね子が目を覚ます。ちよ子と進を起こさないように起き上がると、聞き耳を立てた。

「いぐらになっかね、今年は」

実の言葉に、茂は淡々と答えた。

「さぁなぁ……十万ぐらいか。あと何年で借金返せっかだな」

「うん、厳しいな」

実の声が暗くなる。

みね子は聞いてはいけない話を聞いてしまった気がして、慌てて物音を立ててしまった。

「みね子、起きちゃったか?」

母に気付かれてしまった。みね子はなんだか居たたまれない。だが、父は優しい目で言った。

「おめえも来お。今な、金の話してたんだ。みね子はもう大人だがらな、一緒に入れ」

そうしてみね子は大人たちの輪に加わった。実はみね子に分かりやすく説明してくれた。

谷田部家は米と野菜をつくっているが、主な収入は米だ。肥料や農薬の費用を除いた所得は年間およそ十万円。それだけでは家族六人が生きていくには足りない。茂が山仕事や炭焼きなどをして年間三万円、美代子の洋裁の内職が月に千円、実の出稼ぎで月に二万円。これが谷田部家の収入の全てということだった。

「なぜ父ちゃんが東京行くかっつったら、不作だった五年前に、農協さんに借金してっから、それを返さなくちゃなんねえからだ。本当だったら、ここにいて畑やって、それで皆で生きていければいいんだけども、そうもなかなかいがねべ。これがうちの経済だ。分がっか」

父の問いかけに、みね子は少し緊張して「はい」とうなずいた。

「でも、こうやって頑張ってれば大丈夫だ。あんましおめえらに贅沢《ぜいたく》させでやれねえけども」

「そんなことないよ。私、高校行がせでもらって、本当に贅沢だって、ありがたいなって思ってるよ。でもよ、お父ちゃん、私がどっかに勤めに出た方がいいんじゃないの? そうすれば、お父ちゃん、東京出稼ぎ行ぐの減らせるとか、なんね?」

家の経済のことを聞かされた今、みね子は少しでも現金を稼ぐべきではないかと思ったのだ。

「お前は高校出だら、家を手伝え。外に稼ぎに行ぐのは父ちゃんの仕事だ」

父の言葉に、みね子も気持ちを引き締めた。

「うん……。頑張るよ、私。頑張ります」

「頼りにしてっからね」と美代子がほほ笑んだ。

大人として扱ってもらって、みね子は体が熱くなるくらい照れくさくてうれしくて、誇らしく感じた。貧しくても、皆が頑張って笑っていられるだけで幸せだと、心の底から思えた。

「皆さん、明日は頑張りましょう」

思わず言ったみね子の言葉に、大人たちは一瞬あっけにとられ、そして爆笑した。

「何？　真面目に言ったのによ」

みね子にとって、少しだけ大人になった忘れられない夜が更けていく。


稲刈りの朝は、気持ちのいい秋晴れとなった。

谷田部家の家族全員と時子と三男、それに時子の母・君子と父・正二、そして宗男。他にも近所の人たちが集まり、皆で稲穂の実った田んぼに繰り出す。

稲刈りは全て手作業だ。頭《こうべ》を垂れた稲を根元から鎌で刈り取っていく。刈った稲は脱穀までに乾燥させるため、この辺りで「おだ木」と呼ばれている木組みに掛ける。穂を下にして干すが、これは稲の栄養分が穂に集まって米がおいしくなるからだと言われている。

ちよ子は、まだおぼつかない手つきだが、みね子と一緒に稲を刈る。汗を拭おうともせずに一生懸命に作業する妹の姿を見ていると、みね子も力が湧いてくる。

美代子と君子は、隣同士でいつものようにおしゃべりに花を咲かせている。だが、慣れたもので手元は一瞬たりとも休まない。

「時子ちゃん、トランジスタ工場だって？」

美代子の言葉に、君子はしかめ面で答えた。

「まだ認めたわけじゃねえよ」

「認めてくんなくても行ぐわ」

手早く稲を刈り取りながら、時子はきっぱり言った。

時子たち母娘の間に険悪な空気が漂う。

男たちも寡黙というわけではない。宗男が三男をからかっている横で、実が正二に、手伝ってもらうばかりで申し訳ないと謝った。もちろんそんなことを気にする正二ではない。

「何言ってんだ。どうなんだ？　東京は」

「どうですかね、行くたんびに人が増えてる気がすっけども。建物がどんどんどんどん高ぐなって……こないだの現場なんて十七階建てだよ」

「十七階！　はぁ」

正二には想像もつかない。そこに宗男が横から口を出す。

「アメリカの、ニューヨークってとごには、百階建てがあるらしいど」

ひとしきり盛り上がったが、アメリカの話が好きではない茂だけは渋い顔だ。

「お？　進どうした？」

茂は、さっきまでチョロチョロしていた進の姿が見当たらないことに気付いた。皆で慌てて捜すと、進は刈ったばかりの藁の上で気持ちよさそうに眠っていた。

「いいね！　平和だな！　日本の原風景だっぺ！」

宗男の言葉に実は笑い、腰を伸ばして空を仰ぎ見た。


昼の休憩時間は、なんとなく男組、女組に分かれて、これまたおしゃべりに花を咲かせる。

みね子は東京土産のポークカツサンドがどんなにおいしかったか熱弁を振るった。

「へぇ洋食か。いいねえ。ま、東京行けば毎日食べられるんでないの？」

君子の嫌みな言い方に、美代子はよせとつつくのだが、時子も負けてはいない。

「そうだね、毎日食べられるね、あぁ行きたい行きたい」

「休戦中、休戦中」

みね子は母娘の間に割って入った。

「こりゃ失礼」と君子がおどけ、「いいえ」と時子が笑う。もともと仲の悪い母娘ではないのだ。

時子が笑うと、離れたところにいる三男も笑う。それを見た宗男がすかさず冷やかした。

「三男は時子に惚《ほ》れてるわげか。ちょうどいいでねえの、言っちまえ。お嬢さんをくださいって」

「えぇ？　な、何言ってんですか。そんなこど言えるわげ……」

三男は正二を横目で見ながら焦りまくった。

「今、おめえは正二さんと共に額に汗して働いた仲間だっぺ。親近感を抱いてるわけでしょう？

今言わねえでどうする、ほれ」

よせばいいのに宗男がさらにたきつける。乗せられてガチガチに緊張して、三男は正二の方に向き直った。

「断る」

何も言わないうちに正二に一刀両断にされて、がっくり肩を落とすしかない三男だった。そんな三男に実が声をかけた。

「三男、日本橋の米屋だってな。茨城の米、頼むな」

「え？　あ、そうか……米売んのか俺」

そんな三男がおかしくて、また皆が笑った。みね子は父が笑っているのがうれしかった。

翌日もまた稲刈りだ。美代子と君子は鎌を振るい、稲藁を束ねながら歌いだした。息の合ったハーモニーに、みね子と時子も声を合わせる。

夕焼けの中、美しく組み上げられたおだ木が並んでいる。手伝ってくれた皆が手を振りながら帰っていった。大好きな家族と仲間がそろう稲刈りは、これが最後かもしれない。そして、父が東京へ戻る時間が刻一刻と迫っている。

みね子は泣きそうな気持ちを抑え、大きな声で言った。

「谷田部家の皆様！　今年も稲刈りお疲れさまでございましたぁ！」

第2章 泣くのはいやだ、笑っちゃおう

忙しいが楽しかった稲刈りの二日間はあっという間に過ぎ、実は昼前の汽車で東京に戻らなければならない。次に奥茨城に戻ってくるのは正月だ。別れの時間が迫っていた。

朝の食卓では、誰も実が東京に戻ることに触れようとはしなかった。なんとなく重苦しい緊張感が漂う。幼いちよ子と進までが黙って食べていた。

そんな空気を打ち破ろうと、突然みね子が言った。

「あ……あのさ！　学校で聞いたんだけど、ほら、オリンピックの聖火リレー、知ってる？」

「おう、松明《たいまつ》みだいに持って走るやつな」

父が乗ってくれたのに気をよくしたみね子は、勢い込んで続けた。

「あれ、日本全国の都道府県全部回んだって。茨城も通んだよ。でも、茨城は筑波山《つくばさん》の辺りを通んだって。だから遠いね。奥茨城の近くは通んないって。残念だね。見てみたかったけど。そうやって全国走って、東京さ着くんだね、すごいね……」

うっかり東京と言ってしまった。たちまち気まずい空気に包まれる。沈黙を破ろうとしたのに

大失敗だ。みね子はそっとちよ子と進の顔を見た。二人とも無理に笑顔をつくろうとして、かえっておかしな顔になっている。

ちよ子と進の表情がぎこちないのは、昨夜、寝床でみね子が二人に強く言い聞かせたからだ。

「明日お父ちゃんと別れるとき、あんましビィビィ泣くんじゃねえよ。お父ちゃんだって悲しくなっちまうんだから。ほら、あんたたちの好きな『ひょっこりひょうたん島』の歌でも言ってるでしょ?」

「泣くのはいやだ、笑っちゃおう」と歌う主題歌が人気の「ひょっこりひょうたん島」は、ちょうどこの年にテレビで放送が始まったミュージカル形式の人形劇で、個性豊かなキャラクターたちの笑いと冒険の物語だ。娯楽の少ない時代、子供たちは番組の始まる時間になるとテレビにかじりついた。ちよ子も進も大好きだったから、みね子の話に素直にうなずいたのだった。

朝食後、みね子は家族でいちばん先に家を出る。

「んじゃ、お父ちゃん……頑張ってください! 行ってきます! 行ってらっしゃい!」

畑仕事をしている実に言うと、大きく手を振って自転車をグンと強くこいだ。実が笑顔で手を振っているのが見える。スピードに乗って角を曲がると、もう父の姿は見えなくなった。チビたちに泣くな笑えと言った手前、家を出た後だって絶対に明るく振る舞おうと決めていた。

次はちよ子と進だ。小学校の支度をして実の前に出てくると、「お父ちゃん、頑張ってください」と笑顔で言おうとするが、今にも泣きだしそうだ。

「正月にはけえってくっから、それまで学校の勉強も、家の仕事も頑張れよ」

そんな父の言葉を聞いて、結局二人ともこらえ切れず、泣きながら学校へ向かったのだった。

その後、美代子と実はバス停への道を二人だけで歩いていた。ふと実が美代子の手を握った。

「東京には、私なんかよりとでもきれいな女の人、たくさんいんじゃないの？」

「……いでも関係ねえ」

美代子はうれしさと夫を都会に送り出す心配とがないまぜになった複雑な気持ちで、わずかな夫婦の時間を惜しむようにゆっくりと歩いた。

学校でみね子は社会科の授業を受けていた。社会科を受け持つのは担任の田神先生だ。今日のみね子の耳には、これっぽっちも授業の内容が入ってこない。ぼんやりと窓の外を見ていると、父が乗っているはずの汽車が走り去る音が遠くに聞こえた。

「春になったら時子も三男もあれに乗って行っちまうんだねえ」と、つい口から出てしまう。

「安心しろ、俺は、ずっとみね子のそばにいっと」

声の主は田神先生だった。みね子はこつんと頭をたたかれ、皆に笑われた。

夜、東京に着いた実は赤坂に向かった。目指すはあかね坂商店街にある洋食店・すずふり亭だ。ちょうど書き入れ時で、鈴子たちは皆忙しそうだった。

「先日いただいたポークカツサンド、家族で食べました。家内も子供たちも大喜びでおいしいねって……本当にありがとうございました。全然お返しにはなんねぇんだげども」

実は美代子手づくりのまんじゅうを鈴子に手渡した。家族に東京の味を教えてくれたすずふり亭の人たちへ、心ばかりの感謝の気持ちを表したかった。

「わざわざありがとうございます」

省吾も調理場から出てきて頭を下げた。容器を返すという鈴子に「また寄らせてもらいますから」と告げると、実はすずふり亭を後にした。


宿泊所に戻った実が荷物の整理をしていると、同じ部屋の男が話しかけてきた。稼いだ金はすぐ送金しているのかと聞かれ、もらったその日に郵便で送っていると答えると、最近起きた事件を教えてくれた。

「俺らみたいの狙ってさ、上野でスリが多いんだと。稼いだ金、ためて、クニに持って帰ろうとしてたらさ、まるっきりすられちまった人がいてよ」

その人は帰るのを断念して、泣いてここに戻ってきたのだという。

「なんでよりによって俺らみたいな人から……あんましですね、それは」

「弱い者はよ、自分より弱い者から奪おうとするんだ」

故郷で家族と過ごして気分よく戻ってきたというのに、実はたまらない気持ちになった。スリに遭って故郷に帰れなかった男は、もう一度仕事を頑張ろうと思えるのだろうか。


翌日の放課後、みね子と時子は、三男から話があると言われて教室に残っていた。三男は思い詰めたような顔をしていたので、時子はてっきり告白されるのかと思い込んだ。

「あのさ、三男悪いけど、私のこと好いてくれてんのは分かるけど」

ところが、三男はあっさり「そっちの話じゃねえんだ」と否定すると、思いも寄らないことを言いだした。

「聖火リレー……やんねえが？」

「三男どういうごと？　分がるように説明しなさい」

みね子に問いただされ、三男はとっぴな計画を語り始めた。今まさに、東京オリンピックの聖火リレーが日本全国で行われようとしている。茨城のコースは下館《しもだて》から水戸《みと》を通って土浦《つちうら》までだ。奥茨城はかすりもしない。

「高校生も走んだぞ。皆の声援を受けてさ、日の丸の旗振られて、走んだ。悔しぐねえか？」

「別に」と時子が即座に言った。告白と勘違いした恥ずかしさで、ついつい冷たくなってしまう。

それでも三男はめげずに熱心に語る。日本中がオリンピックで沸いているのに、どうせ自分らとは関係ないという態度でいるのはどうなのか、と。

「奥茨城村でもやったらどうだろうか、聖火リレーを。自分たちでもやんだよ。村を縦断して、村中の人たちが応援する中、村の人が走んだ、聖火を持ってよ。どうだ？　なんか俺……残してえんだ。俺が……この村にいたんだってことをさ……」

その言葉はみね子にも時子にも響いた。やってみるか。お祭り騒ぎの始まりだった。

「そういうことは最終的には村の議会で決めなくてはなんねえ。つまり村の予算を使うことになるわけだからな」

とにかく大人に相談してみようということになり、みね子たち三人は谷田部家で茂に話を聞き、思ったより大変そうなことに肩を落とした。そんなみね子たちに、茂は具体的な案を授けた。

「ウチの村は、どんなに厳しくても、祭りだけは賑《にぎ》やかにやっぺっつう村だ。この村で祭りをやるときには青年団が動く。青年団の協力を得れば、もう実現したも同然だ、まずはそこだ」

中学や高校を卒業すると、大抵の若者は地元の青年団に入る。当然みね子たちの親世代も、かつては青年団で活躍していた。実は団長を務め、大層格好よかったらしい。奥茨城村の青年団の結束は固く、村長も一目置くくらいだ。ならば青年団に相談すればいいと思ったみね子とは裏腹に、なぜか三男も時子もため息をついた。青年団の団長はいつも三男が叱られている長兄の太郎であり、副団長は村でいちばんケチな、時子の兄・豊作だったからだ。

「どうしたら、青年団を口説けるんだろ」と時子はため息をつくが、茂の答えは明快だった。

「話持ってく前にしっかり計画立てることだな。いろいろ質問攻めに遭うぞ。そんとぎにちゃんと答えられねえと却下されっちまう」

その後、家に帰った時子と三男は、家の仕事を手伝いながらそれぞれの兄の顔色をうかがった。時子は、豊作の顔をちらりと見ただけで、「なんだ？　小遣い足んなくても貸さねえど。金を無駄にするのいちばん嫌いなんだからな」と牽制され、三男も作業の手が一瞬止まっただけで、「時間無駄にすんじゃねえ」と太郎に怒鳴《どな》られた。なかなか道は険しそうだ。

そんなわけで、三人は学校の社会科研究室に籠もって、過去の聖火リレーのことを調べながら計画を練り始めた。まずはコースを決める。ゴールは村でいちばん賑やかな神社前だろうか。三人でああでもないこうでもないと話し合うのは楽しかった。

おっちょこちょいな三男に大人びた時子が「しっかりしなさいよね」とハッパをかける。それを見ていたみね子が「あんたたち、映画の吉永小百合《よしながさゆり》と浜田光夫《はまだみつお》みたいだっぺ」とからかうと、女優に例えられた時子はうれしそうにほほ笑み、三男は「同じみつおだしな、ハハ」と喜んだ。同じ「みつお」でも大違いだが。この頃、吉永小百合と浜田光夫コンビによる青春映画は、封切られるたびに大ヒットを記録し、十代、二十代の若者たちの絶大な人気を誇っていたのだ。

みね子は心の中で父に語りかけた。

――お父さん……お父さんが青年団長だった話を聞きました。なんだか私も誇らしかったです。そしてお父さん。私たち三人は……あ、まだ決まったわけではないので、内緒《ないしょ》にしておきます。

みね子の知らないところで、不穏なことがゆっくりと起き始めていた。実に送った手紙が、宛先不明で戻ってきてしまったのだ。茂はきっと何かの手違いだろうと言ったが、美代子は不安な気持ちを抑えることができなかった。

調べ物をしていてすっかり遅くなったみね子たちは、帰りのバスを降りても打ち合わせだ。

「あ、今んとごろ、まだ秘密にしておぐんだよね、誰にも」とみね子。

「んだな。もっとちゃんと計画立でられるまでな」と三男も慎重だ。

家が別方向の三男と手を振って別れ、みね子と時子は並んで歩きだした。時子はまだ東京行きを家族に反対されているという。

「仕方ないよね。心配なんでしょ。でもちょっと腹立つよ。誰も応援してくんないし」

「私がするよ応援」

それはみね子の本心だ。時子は笑顔になって礼を言うと、「私より三男の方がしんどいんじゃないかな」と、好きで家を出るわけではない三男を思いやる。

「三男のためにもさ、聖火リレー実現させようね」

みね子が答えた。それが二人の結論だ。

「いいね、みね子んちは、仲いいし、ああしろこうしろってがみがみ言われないでしょ？」

「それは、お父ちゃんがほとんどいないからだよ。だから、どっか皆、無理してんだと思うんだ。わがまま言ったら、お父ちゃんに申し訳ないって、チビたちもきっと思ってる。テレビとか見てさ、笑っちゃうときあんでしょ？　クレージーキャッツが出てるときとが。そのあどでさ、なんかちょっとだけ申し訳ない気持ちになっちゃうんだ」

時子は、みね子のそんな優しくて複雑な一面を初めて知った。


みね子は家に帰ると、夕食の支度をしている美代子に真っ先に聞いた。

「お母ちゃん、お父ちゃんから手紙届いてない？」

「あぁ。うん、今日はながった」

「そう。そろそろ返事来っかなと思ってさ。すぐ手伝うね」

美代子は、手紙が戻ってきてしまったことを言えなかった。

夕食後、ちよ子と進はテレビにかじりつく。夢中になって見ているのは「ジェスチャー」という、紅組と白組に分かれて、お題を身振り手振りだけで伝え合うクイズ番組だ。

みね子だけは、テレビそっちのけで母と祖父に聖火リレーの計画を夢中になって話していた。予定としては、本当の聖火リレーが茨城県を通るのと同じ日に、神社を出発し、中学校の前を通って神社に戻る。ちょうど二十キロほどのコースを考えていた。

詰めねばならないことはまだたくさんある。走る人をどう選ぶか、肝心のトーチをどうつくるかも問題だった。だが、高校というのは便利なところで、いろいろな分野の専門の先生がいる。

「なんだ、秘密なんじゃねえのか？」

先生に教わると聞いて、茂は不思議そうな顔をした。青年団に一発勝負でぶつけるために、計画は秘密裏に進めるという話ではなかったのか。

「大丈夫だって。うまいこどやってんだからぁ」

そう、みね子たちはそれぞれ考え抜いた作戦で、先生たちから必要なことを聞き出していた。

それはこんな具合だ。

社会科研究室に田神先生を訪ねたみね子は、試験に出るわけでもない村の地理を知りたがるのを不審がる先生に、「ほら私は、ずっと奥茨城で生きていぐわけなので」と頭を下げた。これでコースのことはバッチリだ。

時子は化学の藤井《ふじい》先生に食らいついた。

「ニュースで聖火リレーの映像を見まして、あのトーチはどういうふうにつくられたものだろうかと興味を持ちまして。藤井先生もいつかおっしゃってたじゃないですか。なんでなんだろうという興味を持つことが全ての出発点である」

そこまで生徒に言われて、その熱意に応えない教師はいない。

三男は体育の木脇《きわき》先生のトレーニングに付き合い、土手の道を一緒に走りながら聞いた。

「トーチを持ちながら走るというのは、なかなか難しいのではながろうかと」

「なるほどね、そごに興味を持ったんだ。よし分がった。走りながら話そう」

そうして三男は、息を切らし、泣きそうになりながら、トーチを持って走る方法を学んだ。

美代子と茂に情報の入手方法を語り終えたところで、みね子は、妹と弟がそばにいたことを思い出した。テレビに夢中な進はまあ大丈夫だろう。ちよ子は不敵な笑みを浮かべている。

「ちよ子、あんた今の話、誰にも言っちゃいけねえよ、分がってる?」

「うん！　私、あれ欲しいなぁ、お姉ちゃんの髪留め」

口止め料に髪留めを要求され、みね子は仕方なくちよ子に渡した。髪に付けてやると、ちよ子は飛び上がって喜んだ。

美代子の笑顔が曇っていることに気付いたのは、茂だけだった。

子供たちが寝静まった後、美代子は洋裁の仕事をしながら茂に思い切って言った。

「明日、東京電話してみてもいいですか?　昼間、泊まってるとごろにしてみようと思うんです。仕事に行ってるって聞いたらそれで安心なので……なんだか心配で私」

翌日、美代子は簡易郵便局に出かけ、実が寝泊まりする宿泊所に電話をかけた。夫の無事を信じてダイヤルした美代子を待っていたのは、管理人の思いも寄らない言葉だった。

「突然いなくなってしまって、こっちも困ってるんですよ。お金はもらってるからいいんだけど。荷物置いたまま連絡もなしに突然帰ってこなくなられてもねえ」

　美代子は激しい不安に打ちのめされた。


　美代子は相談のために宗男を呼び、茂と三人で話をした。

　宿泊所の管理人によると、実が宿泊所からいなくなったのは、奥茨城から戻って三日目のことだったという。美代子は実が仕事を請け負っている建設会社にも電話したが、いきなり辞めていく人間は大勢いるからと、まともに取り合ってもらえなかった。

「でも兄貴らしくねえな、連絡や挨拶もなしに他行ぐっつうのは」

「荷物も少しだけど、置いたままだって……預かってくれてっけど……着替えとが……あと」

　そこまで言って美代子が言葉を詰まらせると、茂が続けた。

「家族からの手紙なんかもあんだと」

「そんな大切なもの置きっぱなしにはしねえよな、兄貴は。義姉《ねえ》さん、東京行きなよ。行ってちゃんと訪ねてみたら、その会社だって調べてくれっかもしんねえし……一緒に働いでた人とかがよ、なんか聞いてっかもしんねえし」

　宗男の提案を聞いて、美代子はどうしていいか分からず、思わず茂の方を見た。

「それがいいかもしんねえな」

　茂は宗男の意見に賛同した。

　宗男が一緒に行こうと申し出てくれた。気持ちはありがたかったが、そこまでは甘えられない。

とにかく行けばきっとなんとかなるに違いない、美代子はそう思いたかった。

宗男が帰ったのと入れ違いに、みね子が帰ってきた。

「ただいま！　宗男さんに会ったよ、そこで。なんだったの？」

「うん、ちょっとね、お母ちゃん、明日福島まで行かなくちゃなんないんだ。泊まりになっと思うから。宗男さんとごの奥さん、滋子《しげこ》さんの家の方の親戚で……ご不幸があってね」

美代子は罪悪感を感じつつも嘘をついて、留守の間の食事の支度をみね子に託した。

「あんたたち、明日の夜はお姉ちゃんがつくんだよ、何食べたい？」

ちよ子は母が不在になることを知って不安そうな表情を浮かべたが、進は無邪気にカレーライスをリクエストした。みね子は戸棚に魚肉ソーセージがあるのを確認する。冷蔵庫などない。肉の代わりに入れるのは魚肉ソーセージと決まっていた。

翌朝早く、美代子は眠れなかったのか、既に身支度を調えて仏壇の前にいた。どうか実を守ってください、とご先祖様に手を合わせる。そして、すずふり亭のマッチをそっと手に取った。

土間で朝食の支度を始めると、茂が入ってきた。

「気付けろ。東京は物騒だっつうがらな。……これは言いにくいこどだけどな、もし何の手がかりもながったら、そんとぎは」

「警察に、届け出しますね」

そこにバタバタとやって来たみね子は、母と祖父の間に流れる重苦しい空気に気付いた。茂は、早くしないと遅れると美代子をせき立てた。

「そろそろお母ちゃん行くから、あと頼むね。火の始末だけは気付けんだよ」

美代子が玄関に出ると、眠そうなちよ子と進も起きてきた。子供たちの顔を見ると涙が込み上げそうになったが、なんとか笑顔をつくり、「行ってくんね」と言って家を出た。


バス停で佇む美代子の前に、始発のバスがやって来る。

「おう、美代子、どうした？　はえーな」と次郎がにこやかに話しかける。

走りだしたバスの乗客は美代子だけだ。どこへ行くのかと次郎に聞かれて「ちょっとね」とごまかすが、「まさか、実が恋しくて、東京に会いに行ぐんでねえのが？」とからかわれ、なんとか保っている笑顔がつらい。「実、元気でやってっか？」と聞かれ、「……元気だよ。実さんは……元気だよ」と、自分に言い聞かせるように答えた。

六時三十九分発の列車に乗りたいと伝えると、運転手の小太郎《こたろう》は少しだけアクセルを踏み込み加速してくれた。


上野駅はさまざまな土地から来た人、行く人でごった返していた。発車のアナウンスとベル、そして賑やかな声があふれている。その中に一人、美代子は生まれて初めての東京に緊張していた。恐怖すら感じ、荷物を抱き締めるようにして歩きだす。だが、流れに乗れず、人にぶつかっては「すみません」と頭を下げる。人の波にのまれ、気持ちまで押し潰されそうだった。

一方、みね子がいつものようにバスに乗り込むと、次郎が「母ちゃん、なんかあったのが？」と尋ねてきた。「親戚の不幸で福島行ったんだよ」と答えると、次郎は首をかしげた。

「福島？　違あーど。六時三十九分の列車に乗るっつってだよ。六時三十九分は上りだべ。なんか、あいづ思い詰めだような顔してたけど、大丈夫が？」

そんな話を聞いてしまったみね子は、どうしていいのか分からなかった。たまらなく不安だった。バスの窓から空を見上げながら、心の中で父に問いかけた。

――お父さん……お母さんはなんで私に、嘘をつくんですか？　みね子は……なんだか怖いです……私の知らないところで、嫌なことが起きてる気がして……怖いです。

昼休みになっても、みね子は浮かない顔で座っていた。時子と三男が心配そうに見ては、無言で顔を見合わせている。みね子は覆いかぶさる不安を払いのけるように首を振ると、なんとか二人に笑顔を向けた。

「あ、ごめん、もう大丈夫。さて頑張らないとね、三男。聖火リレー」

次の青年団の会議は、今度の日曜だ。そこで提案するには、予算のことをどこから突かれても大丈夫なくらいしっかり見直さなくてはならない。今日は夕食の支度があるので、放課後に学校に残れないと言うと、三男は「俺と時子の二人でやっとぐから、気にすんな」と親切半分、時子と二人きりになれるうれしさ半分で、作業を引き受けてくれた。

東京に着いた美代子は、建設会社が出稼ぎ労働者たちに提供している宿泊所に向かった。お世辞にもきれいとは言えない木造の宿泊所は、出稼ぎの男たちの生活の場らしく洗濯物がたるんだ物干しに掛けられている。

管理人室を訪ねると、以前電話で話した管理人が忙しそうに出てきた。

「悪いわね、どんな人だったかもよく覚えていないのよ。ここ、人が多いから。置いてった荷物、持っていきます？」

荷物の中には、美代子が持たせた最低限の着替えと、家族からの手紙の束が入っていた。

「……はい、主人のものです……ありがとうございます」

「出稼ぎの人たち……大変なのよ。朝から晩まで、体使って働いてさ、何の楽しいこともせずに、金は皆、クニに送って。もう嫌になっちまってさ、どっか消えちまう人、たくさんいるの」

管理人は悪気なく言っているのは分かるのだが、実はそんな人間ではない、美代子はそう言いたかった。けれど、口には出さず、実が生活していた部屋を見せてもらうことにした。

八畳間に八人の男たちが寝泊まりする部屋だ。一人わずか一畳のスペースには、畳んだ煎餅布団が置かれている。美代子は改めて出稼ぎの現実を知って、たまらない気持ちになった。

次に建設会社に行った。社員の男が出てきて、実が受け取った給料の伝票を見せてくれた。確かに見慣れた筆跡の署名がある。

「もう来てない。どっかうまそうな話にでも乗ったんじゃねえのかね。ま、うまい話ってのは危ないってことなんだけどねぇ」

美代子はここでも実の仕事の過酷さを知っただけで、何の手がかりもつかむことはできなかった。

奥茨城の家では、みね子とちよ子が協力してカレーライスをつくっていた。

昭和三十年代になると、即席のルーが発売されて、カレーライスは一気に庶民の人気メニューになっていた。食品会社はテレビコマーシャルでカレールーの宣伝合戦をしていたが、奥茨城ではカレールーはなかなか手に入らず、みね子は小麦粉とカレー粉を使っている。

みね子からもらった髪留めを付けたちよ子が、鍋をかき混ぜながらつぶやく。

「お母ちゃん、今頃何してんだろね。寂しいね、お母ちゃんいないと」

昼間から母の行き先が気になっていたみね子は、ちよ子に尋ねてみた。

「昨日、宗男さん来ただろ。何話してだか聞いた?」

だが、ちよ子は何も聞いていなかった。妹まで不安にさせてはいけない。今はカレーに集中だ。しばらくして、物置で作業をしている茂を呼びに行ったみね子は、茂が手を止めてぼんやりと考え事をしているのを見てしまった。

「じいちゃん? どうがした? なんかあった? なんか隠してるよ、私だってバカじゃねえがらそれぐらい分がるよ」

「なんのこど言ってんだが」

「ひょっとして東京行ったの? お母ちゃん、そうなんでしょ? お父ちゃんのこと? なんで私に嘘つくの? お母ちゃん、なんで嘘つくの? 分がんないよ、そんなのやだよ」

不安をぶつけるみね子に、茂は静かに言った。

「親が子供に嘘なんかつきたいわげなかっぺ。いいが、親が子供に嘘をつくときは、訳があんだ。子供のこどを思って嘘ついでんだ。嘘に気付いでも、母ちゃんから話すまで待ってやれ」

みね子はハッとした。じいちゃんの言うとおりにしよう、そう決めた。たとえ、怖いくらい不安な気持ちがどんどん強くなっても。

その頃、美代子は赤坂警察署に来ていた。奥茨城の駐在所とは大違いで、都会の警察は忙しい。捜索願を出すために防犯課を訪ねると、既に待っている人たちが数人いた。美代子は緊張しながら順番を待つ。赤ん坊をおんぶして途方に暮れたような顔で待っている女がいた。やはり夫がいなくなったのだろうか。赤ん坊と目が合って、美代子はそっとあやしてやった。

ようやく順番が回ってきた。美代子は担当の警察官と向き合って、捜索願の書類を作成してもらう。だが、忙しい担当官は、対応がどこか雑だ。

「茨城県奥茨城村か。茨城も多いね、出稼ぎは。でもね、奥さん、見つかると思わない方がいいよ」

この頃、全国から東京へ出稼ぎに来る人は百万人を超えるともいわれていた。同時に行方が分からなくなる人の数も増え、その数は一万人を超えるほどだったという。警察署では、そんな人のことを「蒸発人間」などと呼んでいた。

「一応預かるけどこれは。茨城から来てご苦労なんだけど」

「……いばらきです。いばらぎじゃなくて……いばらきです」

美代子は、担当官がずっと「いばらぎ」と間違って発音していたことが我慢できなかった。涙と悔しさがあふれてきた。

「谷田部実といいます。私は、出稼ぎ労働者を一人捜してくれと頼んでるんではありません。ちゃんと名前があります。茨城の奥茨城村で生まれで育った、谷田部実という人間を捜してくださいとお願いしています。あの人は絶対自分でいなぐなったりする人ではありません……お願いします！」

深々と頭を下げたものの、担当官の応対に変わりはなく、美代子は肩を落として出口に向かった。そんな美代子を若い警察官が呼び止めた。赤坂署管内の五丁目派出所で巡査をしている綿引だと名乗る。その言葉にはかすかに茨城なまりがあった。

「茨城です。高萩《たかはぎ》の生まれで。すみません、今、あちらで捜索願出されてんのを聞いてしまっていました。私、ご主人のこど、できる限り捜したいと思うのですが。担当官の許可はもらいました。非番の日にやんなら構わないと言われました」

「……でも、どうして？」

「同じ茨城県人じゃないですか、いばらぎじゃなくて」

まっすぐな瞳で申し出てくれた青年の気持ちがうれしくて、美代子は涙が出そうだった。

谷田部家では、みね子が聖火リレーに関して調べたノートを広げていた。余計なことは考えず、目の前の聖火リレーの計画だけに集中する。

「じいちゃん、何人くらい見に来てくれっかね？　百人くらい来っかな」

「ま、それぐらいは俺が声かげれば、集まっぺ」

茂は藁仕事をしながら答えた。はったりにせよ頼もしい。

笑ったみね子は、ふと仏壇のほうを見て小さな違和感を感じた――マッチがない。母が持っていったとしか思えなかった。やはり母は東京へ行ったのだろうか……。

そのすずふり亭のマッチを持った美代子は、赤坂の商店街を歩いていた。マッチに記された所在地を探し、すずふり亭を見つけた。

店の営業時間が終わり、鈴子たちがようやくくつろいだ時間を迎えたとき、美代子がドアから顔をのぞかせた。

「突然申し訳ございません。私、あの、谷田部と申します」

「あ、茨城、奥茨城の谷田部さん？　奥様でいらっしゃいますか」

鈴子は、笑顔で先日実からもらった手土産の礼を言った。美代子は言葉に詰まってしまった。今日一日で、実のことを覚えていてくれた人と出会ったのは初めてだった。

鈴子は、何か事情があるのだろうと察し、とりあえず美代子を座らせて話を聞いた。

「大変でしたね、それは」と鈴子が言うと、一緒に話を聞いていた省吾もうなずいた。

「失踪なんかじゃないですよ。絶対。ご家族の話をうれしそうにされてて、ねえ、母さん」

「そうね、ウチの料理召し上がって……食わしてやりてぇなぁって」

二人の言葉に、美代子はやはり蒸発なんかじゃないと確信した。かといって、事故に遭ったとも考えたくない。省吾は、きっと急な仕事で忙しくて連絡が取れずにいるのだろうと美代子を慰め、食事をしていかないかと言った。美代子は、ありがたい申し出だとは思ったが断った。遠慮ではなかった。

「あの人、いつか家族皆でこちらに伺おうって言ってたので……それまでは私……すみません」

美代子は、実が持ち帰ったマッチを二人に見せた。そして、丁寧に頭を下げると店を後にした。

深夜の上野駅は昼間の喧騒《けんそう》とはほど遠く、暗くて寂しい。美代子はベンチに座って、ひたすらに朝を待っていた。近くを酔っ払いが大声で歌いながら通り過ぎていき、身をすくめた。

「あぁ、やっぱりいた」という声に振り向くと、鈴子と省吾がいた。東京に知り合いもいないというし、女性一人では旅館にも泊めてもらえないだろう、ならば始発まで上野駅にいるつもりに違いない、そう考えて、二人はここに来たのだった。手には夜食の包みと水筒があった。

鈴子が「お夜食食べましょ」と言えば、省吾も「店のものじゃないから、いいでしょ?」と勧めてくれた。

「せっかくのご縁じゃないですか。あぁ、なんだか楽しい。おしゃべりしましょ、いろいろ」

「長いですよ、この人の話は」

「うるさいねこの子は……さ、食べよ食べよ」

美代子は二人の気持ちが心底うれしくて、涙を必死にこらえた。夜食のお握りは本当においしく、そして鈴子の話は楽しく、笑って、そしてやっぱり泣けてきた。

谷田部家では、みね子が眠れない夜を過ごしていた。やはり眠れない茂の藁仕事を手伝い、二人で黙々と手を動かした。茂は作業が早くてうまい。

「じいちゃん、器用だねえ。私、不器用だがらなぁ、細かいこと下手だ」

「確かに、ちょっとな。父ちゃん似だな、みね子は」

茂にそう言われて、みね子は家族写真に目をやった。写真の中の父は笑っている——。

第３章　明日に向かって走れ！

　みね子は、東京から戻った美代子と向かい合っていた。何があったのか知りたい。でも、知るのが怖い。そんな気持ちで表情は硬くなる。

「心配かけで悪かったね。嘘ついて、ひどいお母ちゃんだね」

「そんなことないよ」

「ありがとう。落ち着いて聞くんだよ、みね子」

　美代子は、実に送った郵便が宛先不明で戻ってきたこと、東京へ実を捜しに行ったこと、そして、手がかりはつかめず警察で捜索願を出してきたことまで、包み隠さず話した。

「どこに行ってしまったのか、どうしているのか、全然分がんない……生きているのかどうかも分がらない」

　想像もつかなかった事態に、みね子は驚きで声も出なかった。

「ごめん、みね子。ひどい言い方したね。ごめんね」

「なんでお母ちゃんが謝んの？　お母ちゃん……一人で行ったの？　東京。怖かったでしょ？

心細かったんじゃねえの？」

みね子は逆に気遣った。自分がもっと大人だったら、一緒に行って母を支えられたのに。そんなみね子の気持ちは、美代子に十分伝わった。

「お母ちゃんね、待ってようと思う。お父ちゃんのこと信じて」

「うん。正月には帰ってくるってお父ちゃん言ってたもんね、そんときまでの辛抱だね」

みね子はその日を信じて頑張ることに決めた。


そんなことがあったみね子の異変に、時子と三男が気付かないはずはなかった。バスの中で「幸せなら手をたたこう」を張り切って歌う様子は、あまりにも明る過ぎた。みね子は二人に問い詰められ、父のことを打ち明けた。

その日の休み時間、三男は聖火リレーをやめようかと言いだした。

「お前それどこじゃあんめえ。そんなのに、できねえよ。意味ねえし、お前がいなきゃよ」

「何言ってんの、やだよ。絶対やめないよ」

いつもと変わりなくしていたいし、その方が明るくいられる。第一、やめるなどと言ったら応援してくれている母はどんなに悲しむだろうか。

すると、時子が大胆な提案をした。新聞社やテレビ局に手紙を書いて売り込もうというのだ。東京のテレビで放送されれば、みね子の父親が見るかもしれない。時子だって、映画会社の人の目に留まればチャンスにつながるかもしれない。

「よし、ガリ版で、書類をつくっぺ。青年団に渡す計画書だ」

三男は、角谷家特産のりんごで手回しよく新聞部を買収し、印刷機を借りる約束を取り付けてあった。放課後、三人はこれまで調べてきたことを順序立てて丁寧に書き上げ、計画書を刷った。なかなかの出来栄えだ。

「頑張っぺね。ね」

張り切って言ったものの、みね子は涙が込み上げてきた。時子はみね子の頭を抱いてよしよしとなでてくれた。

同じ頃、谷田部家の畑で、美代子もまた君子に抱き締められていた。農作業を手伝いに来た君子の顔を見た途端、涙があふれだした。母も娘も、それぞれの友達に支えられていた。

ついに運命の日曜日、奥茨城村青年団の会合が開かれる日がやって来た。集会所には青年たちが集まってくる。その中には太郎や豊作もいた。

三男は家をこっそり抜け出そうとして、あっさりきよに見つかった。「大事な用があんだ」と言い訳すると、「畑より大事な用なんかねぇ」と追いかけてくる母をかわし、「今日だけ勘弁してくれぇ！」となんとか家を飛び出した。

時子も家を出ようとしたところを両親に見つかったのだが、振り切って集会所へ向かった。

みね子は美代子と茂に励まされて出かけた。気持ちだけは勇ましいが、体はガチガチに緊張している。送り出した美代子は、みね子の一生懸命さが報われるように応援していた。そして、みね子たちの頑張りは、東京の実にも届くような気がしている。そんな美代子を、茂は「ちっと、様子のぞいでこぉ」と言って、集会所へと送り出した。

三人の母たちは、図らずも集会所の前で顔を合わせた。たまたま通りかかったきよ、青年団に差し入れを持ってきた君子、そして様子を見に来た美代子だ。三人は物陰から成り行きを見守ることにした。

みね子たちは、意を決して青年団の会合に乗り込んだ。いぶかる青年団員たちを前に、三男がなる三男だったが、ここで負けたらおしまいだ。気持ちを奮い立たせ、思い切って話し始めた。
「一つ提案があります」と切り出し、みね子と時子が計画書を配った。兄が怖くてひるみそうに
「東京オリンピックの聖火リレーが水戸を通る日に、ここ奥茨城村でも、自分たちの手で聖火リレーを行おうという提案です。村の行事として。せっかくのオリンピックだっぺ。奥茨城村でもなんかやれんだというこどを見せたいと思って、自分たちで計画を立ててきました。どうか検討していただけませんでしょうか。よろしくお願いします」

三人はそろって頭を下げた。

ところが、計画書を読んだ青年団の反応は、ある程度予想していたとはいえ冷たいものだった。
「なんだこれは。くだらね」「バカバカしい、無駄だ無駄」「こんなことに使う金があったら、他に使った方がいがっぺ」と、さんざんだ。
「却下ってこどだ、三男。ご苦労さん。どうせもうすぐ村出でいくんだっぺ、余計なお世話だ」

太郎に言われ、三人はうつむいてしまった。しかし、三男が毅然《きぜん》と顔を上げた。
「……確かに俺は、もうすぐ村を出でいくよ。農家の三男坊だがらね。俺の居場所はこの村にはねえ。生まれたときから決まってんだ。でも、そんな俺でもこの村が好きだ。俺みでえに大好き

なのに、村にいらんねえ奴《やつ》もたくさんいる。時子みてえに、ここにいだら夢を実現できなくて、ここが嫌なわけじゃねえのに村を出でいく人もいる。それに、みね子の父ちゃんみてえに、この村のこど考えながら東京で暮らしてる人もいる。村は、住んでる人間のためだげにあるわけじゃねえよ。心ん中に、村をずっと思ってる人のもんでもあるはずだ。なぁあんちゃん、俺、こんなの初めてなんだ。生まれで初めてなんだ。もうちょっとだけ、考えてくれよ」

三男は涙目で切々と訴えた。誰も口を挟まなかった。みね子も時子もなんだか泣けてきて、「お願いします」と頭を下げた。表で聞いていた母たち三人も、こらえ切れず泣いていた。

しばしの沈黙の後、太郎が言った。

「話になんねえな。甘ったれてやがんな。んだから三男坊は嫌だわ、腹立づわ」

「んだな」と豊作までがうなずき、時子は思わず「なんで？」と問い返した。太郎は続けた。

「結局無責任だ。現実っつうもんをちゃんと見でねえ。いいが三男、おめえは生まれだときから村出でいぐ運命だどか、おらかわいそうだみてえな顔してっけどな、じゃあ聞くが、生まれたときからこごを出でいぐこどなんかできねえ運命の人間のことは考えねえのか、あ？」

それは考えたこともない視点だった。三男は返す言葉がない。

「こんないい加減な紙っぺらつくって。実現すっと思ってんのか、ちゃんちゃらおがしいわ。責任ってもんがねえから、こんなもんでやれっと思ってんだ、バカが」

三男も時子も、もう何も反論できなかった。自分たちは甘かったのだと思い知らされた。みね子は二人を見ているのがつらくなって口を開いた。

「もういいよ、太郎さん……そんなに言わないで、そんなに」

表で聞いていた母たちもすっかり意気消沈してしまった。だが、太郎は容赦がない。

「いいか、俺たちはちゃんと現実を背負って生きてんだ。それがどういうこどなのか教えてやる、な、みんな」

青年団員たちが皆うなずき、豊作が計画書を指さした。

「いいが、この表の見積もりは甘過ぎる。桁が違う。会場設営費は一万五千円、チラシつくんのに二千円はかかる。それにトーチはどうする？　これには一体いくらかかるか分がんねえぞ」

「それにこれは警察巻き込まねえとダメだっぺ？　駐在さんに酒でも持ってぐしかあんめえ」

太郎が指摘すると、別の青年団員も続けた。

「新聞社やテレビに手紙？　そんなんじゃどうしようもなかっぺ。おい秀樹、おめんとごの親戚にNHK入った人いたんでねえが」

「おう、いるいる。任せろ、あいづの弱みは握ってる」

こんな調子で、ユニフォームや記念品まで、現実的なアイデアが次々と続いた。

みね子たち三人は、そのやり取りをポカンと見ていた。これってもしかして……と思ったところで、団長の太郎は高らかに宣言した。

「……やってやろうじゃねえか。奥茨城村こごにありってな」

皆、一斉に賛同の声を上げた。

「やれんの？　やってくれんの？　一緒に」

みね子は夢を見ているようだった。

時子が「あんちゃん？」と豊作を見ると、「派手に行ぐべ、な。寄付ぶん取んのは俺に任せとげ」と、ケチなはずの兄は心強い言葉で答えた。

ああ、村の先輩たちはなんて格好いいんだ。みね子は今度はうれしくて涙が出そうだった。

「やったぜぇ！」

三男が叫んだ。

「三男、言いだしっぺだ、アンカー走っか？」

太郎にそう聞かれた三男の答えは「俺じゃなくて、みね子に走らせてやってくれ」だった。

「え？　私？　なんで？」

思いがけない提案に、みね子は驚いた。しかし、時子もみね子を推した。

「東京のお父ちゃんに元気なとこ見せたいでしょ？」

そして拍手が起き、みんなの「頑張れみね子」の言葉に、もうこらえていた涙は止まらなかった。表では、三人の母たちも抱き合って喜んでいた。

みね子は心の中で父に語りかけた。

――お父さん、見ててください。みね子はお父さんのために走ります。奥茨城村は元気です。


聖火リレーに向けて大忙しの日々が始まった。

みね子は家でチラシとポスターづくりだ。美代子もちよ子も進も手伝った。三男と太郎は聖火台の製作に取りかかっていた。時子と君子はゼッケンづくりだ。

やがて村中に告知ポスターが貼られた。若者たちの熱気は村全体に広がっていった。

ランナーの選抜は大変だった。第一走者は三男、ラスト二人は時子、みね子と決まっていたが、その他の人選は、村をよく知る青年団員たちでも難航した。寄付をしてくれる人、物理的な協力をしてくれる人は外せない。年齢を顧みず走る気満々の村長だって入れなければいけない。あっという間に定員オーバーだ。みね子はドキッとした。

だが、そこはやはり大人のやることだった。村長には少しだけ走らせて、その代わり寄付はぶん取ることにし、太郎が「んだら、この辺り、距離を短くしてじいさまどもを入れっか」と打開策を見つけていく。あっけにとられるばかりのみね子たちに、太郎は言った。

「これが政治ってもんだ、分がったか」

あまり分かりたくはないが、大人の世界は複雑なようだ。

トーチづくりに協力してくれた藤井先生が、試作品に点火する。ボッと火がともった。成功だ。ランナーたちは木脇先生の指導を受ける。村長もおぼつかない手つきながら参加していた。

いよいよ聖火リレーを明日に控えた日、谷田部家の軒先にはてるてる坊主がぶら下げられていた。台所は明日の準備で賑やかだ。いよいよだと思ったら、みね子は緊張してきた。

「いざとなったら俺が代わってやっと。若い頃は村いちばんの健脚と言われたもんだ」

茂が半分本気でからかう。「やだよ、走るよ」とみね子は言い返し、仲間たちと頑張って進めてきた計画を完遂しようと、決意を新たにする。

聖火リレーの日は快晴だった。青空に花火が打ち上がり、まるで祭りのような興奮が村を包み込んでいる。団員たちのコネを使ったかいもあり、テレビカメラも来ていた。

太郎が皆の前に立ち、開会を宣言する。そして、豊作が号令をかけた。

「よーい、スタート！」

三男が勢いよく飛び出した。大きな歓声が沸き起こる。みね子と時子も「頑張れ」と声の限りに叫ぶ。涙もろいきよは、もうボロボロ泣いている。

三男はトーチを掲げ、村への思いを抱きながら、故郷の土を踏みしめるように走った。

「ありがとう……奥茨城村……俺を忘れねえでくれ」

力を出し尽くした三男は、次のランナーに聖火を託し「行け！」と叫ぶと、その場に座り込んだ。

聖火は順調にリレーされていく。時子は待っている間に緊張でガチガチになっていた。お手製の派手な鉢巻きをしているが、顔がこわばっている。すると、母の声が聞こえてきた。

「時子！　映画会社！　テレビテレビ！」

東京行きに反対していたはずの君子の思いがけない励ましに、時子はやっと笑顔になった。

時子の手に聖火が渡った。トーチの重みを感じながら走りだす。

「……待ってろよ、奥茨城からのスターになってみせっぺ……絶対なってやる」

威勢のいい言葉をつぶやきながらも切なくなってくる。

「大好きだよ、奥茨城村」

やがて、アンカーのみね子が見えてきた。時子は泣きそうだったが、テレビカメラに気付くと気持ちを立て直し、完璧な笑顔をつくった。

「渡すよ！　みね子！　奥茨城を……うちのお父ちゃんやお母ちゃんをよろしくねぇ！」

「分がった！」

時子の手からみね子に聖火が受け渡され、みね子は走りだした。

ゴールのメイン会場では、家族が待っていた。宗男も駆けつけ、会場の熱気に興奮している。

「なんだこれ、すげぇな、奥茨城村！　すげぇな、みね子たち。格好いいな。日本の新しい世代の幕開けだっぺこれ、なぁ！」

「あ、お姉ちゃん！　見えてきた！」

いち早くちよ子が見つけると、宗男は進を肩車してやった。

走るみね子の耳に、みんなの声援が心地よく響いた。走りながら考えているのは父のことだ。

――お父さん……みね子は走ってます。お父さんのこと考えながら走ってます。気持ちは届きますか？　お父ちゃん……みね子は……ここにいます。

そして、メイン会場に到着し、聖火台の前に立つ。トーチを掲げ、振り返ると皆が見えた。

全員が見守る中、みね子は聖火台にトーチを傾けた。聖火台に大きな火がともる。わぁぁぁぁという歓声と大きな拍手が沸き起こり、みね子ははじけるような笑顔になった。

村が一つになれたこの日をきっと一生忘れない――笑顔が涙でくしゃくしゃになった。


奥茨城村聖火リレーは、ほんの短い時間ではあったが、茨城はもちろん東京でもニュース番組で放送されることになった。

オンエア当日は、谷田部家にみね子、時子、三男の家族と宗男が集まり、鑑賞会となった。

テレビ画面に「人里離れた小さな村でも聖火リレー」というテロップが映し出された。その言葉に皆小さくカチンときながらも、画面に見入る。音楽に合わせ、ニュースが始まった。

「来る東京オリンピックに向けて、東京・千駄ヶ谷《せんだがや》の国立競技場を目指して日本全国を駆け抜けております聖火リレーは、各地で大変な賑わいを見せております。その人気に便乗するかのごとくあやかろうと、ここ茨城県の北、福島にほど近い、その名のとおり奥茨城村では、村主催の聖火リレーが行われました」

最初のインタビューは太郎だった。

「ここ奥茨城も元気でやってるぞと、村を離れだ仲間に伝えようと思いまして」

まるで発案したのは自分だと言わんばかりだ。「なんだよ兄貴！」と三男が憤慨するが、「それが政治ってもんだ」とあっさり父に諭された。

続いて、第一走者として走る三男が映し出された。

「来春には集団就職で東京へ向かうことが決まっている、農家の三男坊。いかにも農家の三男坊という顔をしています」というナレーションに、「どういう顔だ」とまたまた三男が怒り、皆が笑う。

きよは三男の母親なのに「おばあちゃんは、孫の雄姿に感動の涙が止まりません」、茂は「村の重鎮も見守っています」、ちよ子と進は「大地と共に生きるたくましい子供なのです」とそれぞれ勝手な形容をされて、映ったのはいいが怒ったり笑ったり忙しい。

次は時子だ。君子は、我が子ながらきれいだと思って画面に見入った。時子本人の目も真剣だ。

「村いちばんの美人さんであります。夢は東京へ行って女優さんになることだそうで、春には東京へ夢を追って旅立つことを決めているそうであります。果たしてミス奥茨城の夢はかなうのでありましょうか？　夢の翼が折れないことを祈ろうではありませんか」

褒めてはくれているものの、ちょっと嫌な感じだと思ったところで、時子がみね子に聖火を渡す場面が映り、程なくして映像が切り替わると、美代子と君子が紹介された。

「お二人によると、これでも昔はこの辺りで一、二を争う美人であったとか。なかなか美人の多い奥茨城、あなどれませんな」

「これでも昔はって何よ」「あなどんな」と、君子はテレビに向かって言い返す。

そして、みね子が泣きながら走っている場面になった。

「みね子さんは、東京に出稼ぎに行っている、お父さんの実さんのことを思って走っているのです。東京にいるお父ちゃん、見てますか？　お正月には帰ってきてください。お父ちゃんに自分の元気な姿を見てもらおうと、頑張って走っています」

そして、聖火台に聖火がともされ、みね子のとびきりの笑顔で番組は終わり、あっという間に次のニュースになった。

谷田部家に集まった面々は、微妙な後味に誰もが沈黙していた。上から見られたような、東京にバカにされたような気がしてならないのだ。そんな中で、宗男が「なぜ、俺についでは特に触れないんだろうか」と言いだし、君子が「あんた、奥茨城村の人じゃねえんだしよ」と突っ込んだのをきっかけに、皆がてんでバラバラに感想を言い始め、また賑やかになった。

「ねえ、東京でお父ちゃん見でたの？」と、ちよ子がみね子に尋ねた。「お父ちゃん見でたの？」と進にまで聞かれ、みね子と美代子は言葉に詰まってしまった。

優しい笑顔で答えたのは茂だった。

「見でただろ、きっと」

「んだね！　きっと見でたな！」

やっとみね子も明るく言うと、再び一同は盛り上がり、谷田部家は笑い声でいっぱいになった。

奥茨城村聖火リレーから一週間後。昭和三十九年十月十日、東京オリンピックが幕を開けた。谷田部家では、みね子たち家族が再びテレビに釘づけとなった。開会式が行われている国立競技場はとてつもなく大きく、聖火台に火がともされる様子はさすがに本物の迫力で、ブラウン管越しにもその華やかさが伝わってきた。

「ねえ、ここ、お父ちゃんつくったんでしょ？　すごいね」

ちよ子は、そこがかつて父が働いていた工事現場の一つだと覚えていた。みね子はほほ笑み、テレビを見ながら父に思いを馳《は》せた。

――お父さん、日本中の人がテレビを見ている今……お父さんはどこでどう過ごされていますか？　オリンピック、見ていますか？

このとき、みね子はひそかにある決心を固めたのだった。

十月二十四日。東京オリンピックは十五日間の日程を終了した。

日本中を熱狂させた祭りも終わり、秋も深まったある日、東京の工事現場を歩き回る男がいた。警察官の綿引正義だ。いつか美代子と約束したことを、綿引は忘れていなかった。非番の日に谷田部実の写真を持ってあちこちの工事現場に出向き、労働者たちに実の情報がないか尋ね歩いているのだ。だが、結果は芳しくない。

次に綿引の姿は赤坂警察署にあった。身元不明で四十代男性の案件があった場合には連絡してほしいと頼んであったことから、赤坂署の刑事から綿引に連絡があったのだ。

綿引は泥酔者などを収容する保護室に案内された。労働者らしき一人の男が壁にもたれてうなだれていた。半分意識もないような状態で、訳の分からないことをブツブツつぶやいている。

「大丈夫ですか?」と声をかけても反応はない。綿引は「失礼します」と男の顔を確認した。


奥茨城村の山々もすっかり色づいて、風は日に日に冷たさを増していた。

外出着姿の美代子が、村道を家に向かって歩いていた。その顔には疲れがにじんでいる。実からの仕送りが途絶え、農協に分割払いで返している負債が払えなくなっていた。その支払い延期を頼みに行った帰り道だった。

家の前では、みね子が茂の仕事を手伝っていた。もっとも、手伝うというより、茂がみね子に手を貸しているという方が正しいが、茂は孫と肩を並べて仕事をすることを楽しんでいる。

「働ぐのは好きが、みね子は」

「うん、好きだよ、私。働くのは好きだ」

「そうが、だったら大丈夫だ。生きていげるってことだ」

祖父の言葉の意味を考えようとしたところに、美代子が帰ってきた。

「農協さんに、行ってきました。支払いをちっと待ってもらえることになりました」

美代子は笑顔を浮かべてはいるが、そのつらさや惨めさが茂にはよく分かった。

「ご苦労だったな」

みね子は二人のやり取りを複雑な思いで聞いた。そこへ、郵便配達がやって来て、美代子に一通の手紙を手渡した。差出人の名前を見て、美代子の顔色が変わった。

「どした？」

茂が怪訝《けげん》そうに美代子を見る。

「あの……ほれ、高萩出身の警察の人。あの人のこと捜してくれるって言ってくれた」

美代子は手紙を開くのが怖かった。だが、思い切って封を切り、手紙を読み始めた。みるみる力が抜けたような表情になっていく。

「なんだって？」

みね子は気になって仕方がない。

「うん、まだ見つかんないって。申し訳ないって……書いてあった」

美代子の答えを聞いて、みね子は残念な反面、怖いことが書かれておらずホッとしてもいた。

美代子は家に入ると、仏壇のマッチの横に手紙をそっと置いた。


高校の昼休み。みね子、時子、三男は、それぞれ秋の空を見ながらボーッとしていた。ふと、みね子が二人にどうかしたのかと尋ねてみると、三男はためらいつつも、心境を吐露した。

「なんか力が入らないっつうが、青春の終わりって感じかねえ……」

聖火リレー以来、気持ちが燃え尽きてしまい、何をする気にもならないというのだ。家でも畑仕事が進まず、リレーの日に泣いていた母からは「たがが松明持って村走ったくらいで、なあに浸ってんだ、バカたれが」とどやされ、父も兄もいつものように仕事をせかすばかりだ。

時子の方はというと、聖火リレーのときにはてっきり女優になる夢を応援してくれたと思った母が、あれは祭りの妙な熱に浮かされていただけだと言い始めたという。そして、すっかり元に戻ったどころか、より強力に反対するようになってしまっていた。

「みね子は？　何考えてたの？　さっき」

「うん……心に決めたことがあんだけどもさ、まずはお母ちゃんに言わなきゃいげねえことだから、今はあんたたちに言えないんだ。でもね、お母ちゃんにもなかなか言いだせないんだよね。私がそれを言うとね、まるでお父ちゃんが帰ってこないことが前提みたいになっちまうからさ」

みね子の決意がなんなのか、二人にはまだ分からないが、いつかみね子が話すまで待つという。友達ってやっぱりありがたい。みね子は励まされる思いだった。

谷田部家ではちょっとした事件が起きようとしていた。帰宅したみね子が、夕飯の支度を手伝ってもらおうとちよ子を捜したのだが、どこにもいない。そして、いつの間にか、仏壇に置かれていたマッチと綿引からの手紙がなくなっていた。

「……あの子、まさか」

美代子は外へ飛び出していった。みね子もすぐに母の後を追った。

「待ってお母ちゃん、どうしたの？　ちよ子」

「あの子、お父ちゃんに会いに行ごうとしてんだと思う」

「え？　東京？」

そのとき、暗がりの中を、誰かがこちらに向かってやって来るのが見えた。

バスの車掌の次郎だった。次郎の背中には、眠っているちよ子がいた。

「ハハハハハ、次郎さんだっぺ、ハハ」

朝のバスの中と同じように、次郎は明るく笑った。ちよ子が目を覚まし、次郎の背中から降りた。なぜかむくれていて、何も言わずに家へ入ってしまう。「ちょっと」とみね子が声をかけようとすると、「まぁまぁまぁ、怒らんでやって」と次郎が間に入った。

家に入ったちよ子は、茂の横を無言で通り過ぎ、進を押しのけ、押し入れに入るとピシャリと襖《ふすま》を閉めて立て籠もった。とりあえずちよ子はそのままにして、美代子は次郎を招き入れると、お茶の支度を始めた。

「いや、驚いたよ。バス停に、ちよ子がポツンと一人で立っててよ。どご行ぐんだって言ったら」

「あ、ちょっと待って次郎、その先、ちょっと待って」

美代子が慌てて止めた。部屋には進がいる。聞かせたくない話になりそうだ。

「あんたちょっとお便所行ってきたら？」

突然姉からそんなことを言われても、進だって従えるものではない。

「行きたぐねえよ」

すると押し入れの襖が乱暴に開いた。怒った顔でちよ子が出てきた。

「私の話すんでしょ？　いない方がいいんでしょ？　こ・ど・もは」

そう言うと、嫌がる進を引っ張って押し入れの中に押し込み、自分もまた入ってピシャッと襖を閉めた。中からはしばらくドタンバタンと暴れる音が聞こえていたが、やがて静かになった。

次郎が話の続きを始めた。

「どご行ぐんだって聞いたら、東京行ぐって、お父ちゃんのとごに行ぐんだって言うわけだ」

そして、次郎がちよ子に「お母ちゃん知ってんのか」と聞くと、ちよ子は黙ってしまったという。乗せるわけにはいかないと言うと、それなら歩いていくと意地を張ったため、仕方なくバスに乗せ、一周巡回している間に、ちよ子は泣きながら寝てしまったのだった。

「本当に、ありがとう。次郎」

美代子は深々と頭を下げた。

「いいんだよ、これも俺の仕事みたいなもんだ。村のいろんな人を乗っけたよ。悲しい気持ちで村を出で行ぐ人も乗せだ。懐かしくてうれしそうに帰ってくる人も乗せだ。今日のちよ子みだいなことは……たまにあるよ。出稼ぎに行ってるうぢの子にはな……そういうこどはある……それを守るのも俺の仕事だ」

ふだんはひょうきんな次郎の思いがけない深い話に、みね子は聞き入った。美代子はもう一度頭を下げた。母の表情がだいぶ疲れて見えることに、みね子は気付いていた。

次郎が帰った後、美代子が押し入れを開けると、ちよ子も進も眠っていた。ちよ子の頬には涙の跡があった。

「そのまま寝がせといてやれや」

茂が言うと、美代子はそっと襖を閉めた。

「ちよ子には分かってしまいました……いつか、進にも言わねばなりませんね」

「んだな」

茂と美代子の会話を聞いていたみね子は、迷った末、ずっと考えてきたことを思い切って言うことにした。

「私、決めたんだ。だから反対しないで。もし、お正月に……お父ちゃん、帰ってこなかったら、私、東京に働きに行こうと思う。東京で働いて、お金を送るよ……そうしたい。それにさ……東京に行けば、お父ちゃん捜すこともできっかもしんないし……決めたんだ」

みね子の決断を聞いた美代子は、涙があふれてくるのを必死にこらえていた。みね子もつらい。笑顔をつくろうとしたが、逆に情けない顔になってしまった。

「でもさ、帰ってくるよね、お父ちゃん。ね？」

「……うん……うん」

美代子はうなずくことしかできない。茂もまた涙が込み上げてくるのを隠そうとしながら、なんとかうなずいた。みんなの思いは一緒だ。正月に何事もなかったかのように実が帰ってきてくれさえすればいい。そうすればみね子は村に、この家に残ることができ、今までと同じように暮らしていける。そう信じたかった。

季節は秋から冬へと移り変わり、奥茨城村ではどこの家でも冬支度が始まった。

冬の空を見上げ、みね子は心の中の父に語りかける。

――お父さん、すっかり寒い季節となりましたが、お元気でしょうか。風邪などひいてはいませんか？　……もう少し寝ると……お正月です。

みね子はまだ希望を捨てていなかった。

第4章

旅立ちのとき

暮れも押し迫った奥茨城村の家々の軒先には、たくあんにする大根、大根の葉、干し柿、お歳暮で贈り合うことの多い新巻鮭などがつり下げられている。いずれも冬の間の貴重な食べ物だ。谷田部家の冬の蓄えはちょっと寂しい。一家の大黒柱である実が行方不明になって送金が途絶えたため、無理もなかった。残された家族にとっては、いつになく寒さが身にしみる冬である。

今日は冬至。すす払いの後でゆず湯に入り、かぼちゃの煮物を食べて健康を願う日だ。みね子、ちよ子、進は、母に倣って、ほっかむりして忙しく働いていた。大掃除では、畳を上げ、全ての家具や建具のほこりを払っていく。なかなかの大仕事だ。

明日は、みね子にとって毎年恒例となった友達との映画鑑賞だが、今年は行かないと決めていた。それを聞いた美代子は、思わず掃除の手を止めた。

「吉永小百合の映画でしょ？　『愛と死をみつめて』、見たいんでしょ？」

「違うってお母ちゃん、私は楽しい映画は好きだけど悲しいのは苦手なの。映画館出る人、皆、泣いてたんだってよ。んだから、やだよ私。今は楽しいのしか見たくないの」

「……そうけ」

美代子には、それがみね子の本心なのか、家のことを気遣って遠慮しているのか、分からなかった。だが、みね子の表情は極めて明るい。

十二月二十八日になった。家の前で、茂と美代子が餅つきをした。ほかほかのつき立ての餅は、正月がもうすぐそこまで来ていることを感じさせる。みね子は、ちよ子と進と一緒に餅を頬張りながら、心の中で父に祈りを届ける。

――皆……お正月をお父さんと過ごせることを楽しみにしていますよ。帰ってきてくださいね……みね子は信じてお待ちしています。

翌日、みね子と美代子が表で作業をしていると、君子が訪ねてきて、美代子を離れたところに連れ出した。君子は美代子にお金を渡そうとしたのだった。

「いいよ。いい、やだよ」

「何言ってんの、どう考えたって、あんた今、困ってんでしょうよ。いいんだって」

「やだ。あんたからお金は借りたぐないんだよ」

気持ちはうれしかったが、親友だからこそ、美代子は借金をして引け目を感じたくなかったのだ。

「強情な女だね。昔っから。分がりました。待ってなさい。また来っから」

君子は憤然と引き返していった。

程なくして再びやって来た君子は、食料や日用品でいっぱいの背負子《しょいこ》を担いでいた。ドサリと美代子の前に置くと、「これは、我が家からのお歳暮です。気持ちの品ですので。お金ではなく品ですから。受け取っていただきますので」と、有無を言わさぬ顔をした。これにはさすがに美代子も返す言葉がなく、しばらくむくれた顔で親友を見つめていたが、ついに「ありがたく頂戴いたします」と言うと、こらえ切れぬように二人で笑いだした。

美代子は、親友の思いやりが泣きたくなるくらいうれしかった。君子もまた、頑張れと言う代わりに笑った。

そんな母たちを見ていたみね子は思った。自分も時子と、母たちのようにどんなときも変わらず支え合える関係でいたい。

なんとか年越しの準備も整った大みそか。みね子はちよ子と進を連れてバス停にいた。辺りはすっかり暗くなっている。バスがやって来て止まり、ドアが開いた。父は——降りてこない。まさかという気持ちとやっぱりという気持ちが混じり合った。「悪いな、みね子、今年最後のバスだ」とステップに降りてきて謝る次郎に、「次郎さん謝ることねえよ……よいお年を」と返すのが精いっぱいだった。

「お父ちゃんは？　帰ってこねえの？」

何も知らない進が不思議そうにみね子を見上げた。

「うん……お仕事忙しいんだね、きっと。さ、帰って紅白歌合戦見っぺ。よし、家まで競走だ」

みね子が明るく持ちかけると、進は真剣に走りだした。それがおかしくて、みね子はちよ子と顔を見合わせて笑い、進の後を追いかけた。笑って笑って、三人はその笑顔のまま、息を切らして家に飛び込んだ。待っていた美代子と目が合い、みね子は小さく首を横に振った。そうかというように、美代子は穏やかな笑顔でうなずいた。

元旦。簡素な正月の祝い膳を家族で囲んだ。この場に父がいないことなど、今まで一度だってなかった。父の不在が嫌というほど感じられる。

茂からのお年玉を受け取った後、みね子は家族の方に向き直った。

「皆、聞いてください。私は今度の春に高校卒業したら、東京さ働きに行くごどにしました……しっかり働いでくっから、そしてそして……お父ちゃんも見つけたいと思ってます」

「お父ちゃん?」

進は不思議そうな顔をした。もう本当のことを言うときだ。

「お父ちゃん、東京で迷子になっちまったみたいなんだ。だからお姉ちゃん見つけてくるしかなかっぺ。ちよ子、お母ちゃん手伝うんだよ。分かっけ? 進も、しっかりすんだよ。お母ちゃん、じいちゃん。谷田部家をよろしくお願いいたします」

みね子は深々と頭を下げた。ちよ子と進に「姉ちゃんから」とお年玉を渡したが、ちよ子はもちろん、進もさすがに事の重大さを感じたのか、二人ともしくしくと泣き始めた。みね子はそんな妹と弟を抱き締めた。

その夜、みね子は美代子と並んで台所仕事をしていた。ふと美代子が手を止めた。

「みね子。お母ちゃん、あんたに謝んないと。あんたに決めさせてしまった。あんたに言わせでしまった。それはお母ちゃん、ずるいよね。お母ちゃんからあんたにお願いすべきだった。お母ちゃん、頭ん中で思ったよ、お父ちゃんいなくなって、このウチ守っていくためにはあんたに」

「やだよ」

母の言葉をみね子は遮った。

「お母ちゃんにそんなごと言わせたくねえよ。だから自分から言ったんだよ。だから言わないで、言わないで。お願い。私が自分で決めたんだ」

大みそかからずっとこらえてきた涙が、ついにあふれた。

「お父ちゃん、帰ってこながったね」

待ってたのに。信じてたのに。誰にぶつけていいのか分からない言葉をのみ込み、みね子は母の胸で子供のように泣いた。


宗男が新年の挨拶にやって来た。みね子たち三人にお年玉を渡すと、ホラ話と駄じゃれをまくし立て、みね子たちはおなかがよじれるほど笑った。そして、宗男は物置にみね子を誘った。

宗男はガサゴソと物置の奥を探索した。みね子が不思議そうに見ていると、「おぉあったあった！　懐かしいなぁ」と宗男が取り出したのは、ほこりをかぶったラジオだ。

「お前よ、ビートルズ、知ってっか？」

みね子には何のことだか分からないが、イギリスの音楽グループだという。残念ながらラジオは壊れていて音は出なかった。

「みね子に聴かせたかったんだけどな。ビートルズについて若者と語り合いたいと思ったんだよ。

語り合う相手がいねえのよ、この辺りじゃ誰も。たまたまラジオで聴いたんだ。もうはあ体がしびれちゃってよ」

ビートルズはヨーロッパを中心に人気が爆発していた。日本でもこの前年にレコードが発売され、少しずつ名前が知られるようになっており、宗男はそんなビートルズの大ファンだった。バイクに青と赤と白の妙な飾りとイギリス国旗が付けられていたのも、ビートルズのふるさとイギリスをイメージしていたのだった。とはいえ、「ビートル」が「かぶと虫」という意味だと聞いたみね子には、かぶと虫の楽団が演奏するイメージしか浮かばなかったのではあるが。

結局のところ、宗男がビートルズを引き合いに出して言いたかったのは、ビートルズの音楽は自由だ、みね子も大変な理由を持って東京に行くにせよ自由に生きろ、ということだった。

「自由か……自由って言われてもさ、高校でもさ、これがらの若いもんは自由に人生を選択できんだなんて言うけどよ、自由って何？　私はやることが目の前にあって、それを一生懸命やんのが好きだよ。それを不自由だなんて思わないよ、全然。それじゃダメなのけ？」

みね子は、宗男が心配するほど悲壮感を背負って東京に行くつもりではなかった。それは宗男にも伝わった。

「ま、いつか聞いてみな。あどな、東京さ行って、ビートルズのこど載ってる雑誌とが、なんでもいいがら、あったら送って。金送っからよ、な。情報がねえのよ、この辺りじゃ」

ビートルズはよく分からないが、自由に頑張ろう。みね子なりに宗男の励ましを受け止めた。

高校生活最後の三学期が始まった。みね子は、時子と三男に東京行きの決意を語った。だが、一緒に行けることを喜んでくれると思った二人の表情は、いまひとつ明るくない。

「いや、今からそんなこど言っても、難しいんじゃねえのか。だってよ、みね子、就職の季節はもうとっくに終わってるよ。もう募集してるとこなんかなかっぺよ」

三男の言葉に、みね子は今さらながら慌てた。

「やだ私、全然そんなこど考えてねえで、皆に宣言しちゃったよ……どうしよう」


その日の放課後、職員室でみね子の話を聞いた田神先生は、頭を抱えた。既に募集は全部終わり、追加募集も今年は来ていない。

「私、なんでもすっから……行がなくちゃなんないんです。どんな仕事でもいいがら私……」

みね子は必死だった。とにかく就職できるなら、仕事を選ぶつもりなどなかった。

「みね子、ふざけんな。そんなわげにいくか。お前は、先生の大切な教え子だ。なんでもいいとが、どんな仕事でもいいとが、そんな仕事をお前に紹介するこどなんかできねえんだよ。なんでもいいとが言うんじゃねえ。いろいろ動いでみっから、しばらく待て」

田神先生は真剣に言ってくれた。今は感謝して待つしかない。みね子は一礼すると職員室を後にした。廊下に出ると、心配した時子と三男が待っていてくれた。

「バカだね、私……ちゃんと考えもしねえで、一人で浮かれてて。バカだ、本当にバカだ」

悔やむみね子に、時子は提案した。

「どうにもなんなかったら……私の代わりにみね子が行けばいいよ」

「何言ってんの、時子。そんなこどできるわけねえよ」

みね子は改めて、自分の甘さを呪った。どうしてもダメなら就職は諦めるしかない。

田神先生はすぐに行動を開始していた。生徒たちが就職予定の会社に片っ端から電話をかけては、あと一人入社できないかと頼み込む。だが、おいそれと引き受けてもらえるはずもなかった。


学校帰りのみね子は、家が見えてくるにつれて気持ちが重くなった。そんな気持ちを跳ね返すように、自転車のペダルを力いっぱい踏み込んだ。

「ただいま！」

いつものように、いや、いつも以上に元気よく母と祖父に声をかけた。

「あ、そうそう、先生に相談したんだ、就職のこどさ。探してくれるって。なんとかなりそうだよ」と明るく言ってはみたものの、母の顔を見ることができない。

「みね子。難しいって言われたんじゃねえの？」

さすが母親だ。美代子には全部分かってしまう。みね子は、どんな仕事でもいいと言って田神先生に叱られた話をした。


その田神先生は、職員室に残ってみね子の就職先を探し続けていた。職安に問い合わせてみたが、求人はない。できれば、これまで付き合いのある会社でなんとか決めてやりたかった。昨今、新卒の若者は「金の卵」ともてはやされている。しかし、大事な卒業生を都会に送り出しても、蓋を開けてみたら劣悪な職場だったなどということもあり得るのだ。夜の職員室で苦労をねぎらってくれた同僚の藤井先生に、田神先生は思わずこぼした。

「東京ははあどんどん豊かになってっけど、茨城や東北は変わんねえですね。子供を東京で働がせるしかねえ。私も本当なら何度でも東京さ行って、送り込んだ子供らの様子を見てやりてえです。でも、それもできねえ……頑張ってくれやーと祈るしかできねえ」

田神先生は、毎年三年生の担任を続け、生徒たちの就職の世話をしている。企業とのつながりは一朝一夕にはできないので、他の先生に代わることは難しいのだ。

「……あぁ、決めてやりてえな、みね子」

そんな田神先生の気持ちに共感して、藤井先生が手伝うと言ったときだった。突然電話が鳴った。それは少々奇妙な電話だった。受話器の向こうから、おっとりした女性の声が聞こえてくる。

「あ、もしもし？　常陸高校の田神先生でいらっしゃいますか？　キャッ」

悲鳴の後は、なんだかゴソゴソバタバタと音はするものの、いくら呼びかけても返事がない。

その数分後、田神先生は夜の道を自転車で疾走することになった。

谷田部家では、ちょうど夕飯の最中だった。つい暗くなってしまうみね子は、ぼんやりとご飯を口に運んでいた。すると突然、玄関で「こんばんは！」という声が聞こえた。美代子が「はーい、ただいま！」と席を立った。

玄関にいたのは、息を切らしている田神先生だった。

「先生、どうも、いづもお世話になってます。どうかされましたか？」

田神先生は息が上がって言葉にならない。美代子が水を持ってくると、それを飲んでようやく落ち着いた。先生は驚くべきニュースを運んできたのだった。

「みね子、お前、運がいいぞ。ちょうど、ちょうどな、今日の夕方欠員ができたそうだ……そこへ行かせてもらえることになった。しかもだ、どこの会社だと思う？」

みね子は、このニュースを聞いて家を飛び出した。向かったのは時子の家だ。時子は母屋にはおらず、「牛小屋だよ」と君子が教えてくれた。

「時子ぉ、仕事決まったよ私」

みね子は牛小屋に飛び込むやいなや叫んだ。

「え？　本当に」

「うん！　それがさ、時子と一緒の工場だよ！」

時子の顔がみるみる泣き顔になり、「よかった……うれしいよぉ」とみね子に抱きつくと、もう二人とも涙、涙だった。みね子の願いがかなってうれしいのはもちろん、時子は東京に行くことが、本当は怖かったのだ。

「私、本当は自信なんかないし……強がってないと、逃げたくなるからさ……だから」

みね子は時子に最後まで言わせなかった。

「そんなの分がってるよ。あんたと私と、どんだけの付き合いだと思ってんの？　あんたのことをね、親とがは除くけどね、世界でいちばん分がってんのも、世界でいちばん考えてんのも心配すんのも、世界でいちばん時子のこど好きなのも私なんだがらね」

みね子の言葉はまるで恋の告白のようだ。二人は顔を見合わせて笑ってしまう。みね子はホッとするとまた泣けてきた。これからも二人は一緒なのだ。

娘たちの会話を牛小屋の前でこっそり聞いていた君子も、もらい泣きしていた。そこへやって来た正二に「どうした？」と聞かれると、君子は言った。

「行がせるしかなくなっちまったよ」

笑顔を見せようとしても、もう涙は止まらない。


翌朝、バスの中で三男にも報告し、三人一緒に東京に行けることを喜び合った。三人で声をそろえて「高校三年生」を歌いながら、みね子は心の中で父に語りかけた。

——お父さん……春になったら、東京にみね子は行きます……お父さんはそこにいますか？


奥茨城に春が来た。三月、満開の梅の花がそこここで咲き乱れていた。今日はみね子の卒業式だ。みね子は、秋に父が東京で買ってきてくれた靴を箱から取り出し、玄関に見送りに来た母の前で履いてみた。

「どう？　似合うけ？」

「うん。かわいいね。お父ちゃんがみね子のこど考えながら買ってくれたんだね、きっと」

「うん。じゃ、お母ちゃん、行ってくる」

みね子は家を出た。こうして学校に行くのも今日で最後だ。卒業式が終われば、奥茨城にいられるのもあと数日だ。

表に出て自転車に乗ると、そこにいたちよ子に声をかけた。

「この自転車、お姉ちゃん東京行ったら、あんたのだから。大切にすんだよ」

ちよ子は驚いたが、心底うれしそうに目を輝かせた。

「分がった、大切にするよ」

「ちー姉ちゃん、ずれえ」と騒ぐ進をなだめながら、ちよ子は姉の颯爽《さっそう》とした後ろ姿を見送った。

みね子が畑を通りかかると、茂は農作業をしている。

「じいちゃん、行ってきます！」

「おう……気付けろ」

このやり取りもお互いに最後だ。手を振るみね子を、茂は感慨深く見つめた。

みね子は慈しむように自転車に語りかけながら、風を切って走った。

「今日までありがとう。あんたのおかげで毎日の通学が本当に楽しかったよ」

見慣れた風景、物、人。全てが今日は愛おしい。


「お母ちゃん、行かなくて本当にいいのけ？　晴れ姿を本当は見てもらいたいんでしょう？」

「いいってもう」

助川家では、卒業式を見に行きたい母と来てほしくない娘の攻防が続いていた。結局、豊作が「遅刻しちまうべ、早く行げ、時子」と言ってくれたおかげで、時子は家を出られた。母として高校生活最後の娘の晴れ姿を見たいのにと、君子は諦め切れない。

角谷家は朝から忙しく働いている。出かける三男に、太郎は「おうやっと卒業が」とそっけなく言い、きよは「さっさと帰って手伝え、今日は忙しいど」と、いつもと変わらぬ扱いだ。

だが、三男はいつもと違った。「今日までありがとうございました！　行ってきます！」と、深々と頭を下げ、そして走り去っていったのだ。残された両親と兄は、なんだか調子が狂ってしまった。はしごの上でりんごの木の作業をしていたきよは、心を打たれ過ぎた。思わずバランスを崩し、倒れた拍子に征雄と太郎を巻き添えにして、ちょっとした惨事になった。騒ぐ征雄と太郎を尻目に、きよは三男が走り去っていった方角をボーッと見つめ続けるのだった。

そしてバス停では、この三年間の恒例行事が今日も繰り広げられた。三男が一人待っているところにバスが来て、次郎から「早ぐしろ！　出発すっど」と叱られ、三男が「ごめん、ちょっとだげ待って」と頼み込む。お前らは毎朝毎朝……と次郎が愚痴ったところに「ごめ〜ん」とみね子と時子が駆け込んでくる。変わらぬ光景も今日が最後だと思うと、三男は「おせえよ、早ぐしろ！」と怒鳴りながらも泣きそうだ。それはみね子も時子も、そして次郎も同じだった。

「あ〜奥茨城名物の三バガ高校生を乗せんのも今日で最後がぁ」

口は悪いが、次郎なりに三人との別れを惜しんでくれているらしい。

いつものように笑いながら、みね子は今日は泣かないと誓った。父や母、祖父のおかげで過ごせた高校生活の、大切でありがたい時間を、最後までしっかり見て心に刻んでおきたかった。

常陸高等学校で昭和三十九年度の卒業式が執り行われている頃、谷田部家の庭先に「仰げば尊し」の歌声が聞こえてきた。美代子が仕事の手を休めて顔を上げると、君子がむくれ顔で歌いながらやって来て、「つまんないがら来た」と座り込んだ。そこにきよまでやって来て、母親三人組は家の中に移動してお茶の時間となった。

間もなく娘を送り出す美代子にとって、みね子の東京行きが時子と三男と一緒であることは心強い。それは君子にとっても同じだった。

「本当にいがったよ。春からも、こうして三人で集まろうよ、ね、きよさん」

君子が言うと、美代子も続けた。

「泣きたいでしょ？　きよさんだってたまには」

美代子も君子も、ふだん三男に厳しく接するきよの本心は分かっていた。きよは、今まで誰にも話したことのなかった胸の内を語り始めた。

「ありがとう……私……あんたらみてえに優しい母親でねえがら……三男も、いっつもさっさど働げしか言わねえ母ちゃんのこと、そんなに好きでねえだろうし。嫌われるぐれえの方がいいんだって……そう思ってだがら。あいつは生まれたときから体弱くて、でも、三男坊だし、いつか家出ていがなきゃなんねえがら、甘ったれだと、そんなこどできなくなっからよ」

だからきよは、三男が田舎に帰りたいと思わないよう、家を出てせいせいすると思うぐらいにした方がいいのだと考えて、三男を突き放してきた。事あるごとに、お前はいずれ家を出ていくんだと言い、優しくしてやらなかった。そんな母のことなど、きっと三男は嫌いに違いない――きよはそう思っていたのだった。

「そんなことあるわけねえよ、きよさん」と言う美代子に続いて、君子も「んだよ。ちゃんと三男君だって分がってるよ」と励ました。

「そうけ？　……母ちゃんに会いたいと思ってくれんだっぺか？　うぅ……ありがとう」

こうなるともう涙腺は決壊だ。子供たちの前で流せない涙を、三人の母たちは思い切り流した。

泣かないと決めていたはずのみね子だったが、卒業式ではやっぱり泣いた。それも大泣きだった。時子に抱きついて、子供のようにワアワア泣いた。

こうして、谷田部みね子の高校生活は幕を閉じたのだった。


東京への出発を明日に控えた夜、みね子は部屋で妹と弟と向かい合って話をしていた。ちよ子も進も布団の上に正座し、神妙な顔で聞いている。

「お姉ちゃん、明日東京に行ぐんだ。行ったらそう簡単には帰ってこられね。だから明日っから、お姉ちゃんが今までやってたこど、あんたらがやんねえとなんねえ。でないとじいちゃん大変だっぺ、分かっけ？」

二人は「分がる」とうなずいた。

「こんなふうに別れっと思ってなかったからさ……今まであんまし優しくしてやんなくてごめんな。別々のとごろにいっけど、お姉ちゃんも頑張っから。一緒に頑張ろうな」

ちよ子も進もけなげにうなずいた。二人とも幼いながらに、父が帰ってこないこと、姉が東京に行かなければいけないことの重大さは感じていた。どうしようもないことだけれども、生まれたときからそばにいて当たり前だった姉と別れるのは、たまらなくつらかった。

泣き疲れた二人を寝かしつけたみね子が居間にやって来ると、美代子は、実が東京から持ち帰ったマッチを仏壇から持ってきて、みね子に差し出した。

「これ、マッチ、持っていぎなさい」

「でも、これはさ」

この家の宝物ではないかとみね子は言いかけたが、美代子は「あんたが持っていぎなさい。幸運のお守りになってくれるよ、きっと」と握らせた。

そして、美代子は「はい、これ」と、つくっていたコートを差し出した。色も形も本当に美しいコートだった。みね子はそれを抱き締めた。母の温もりがそのまま伝わってくるようだった。

その夜、みね子は美代子の布団に潜り込んだ。子供の頃のように小さくなって母に抱かれた。この温もりを忘れない、きっと何があっても頑張れる、そんな気がした。最後の夜は静かに更けていった。

出発の朝、みね子は生まれ育った家を目に焼き付けるように見つめていた。屋根の色も壁のくすみも周りの景色も、心に刻んでおこうと思った。そして最後にしゃがみ込むと、土をひと握り手にとり、匂いを嗅いだ。かつて父がしていたのと同じように。

ところが、出発前の感傷的なひとときは、ちよ子の「ちょっと進！」という叫びで中断された。進がまたしてもおねしょをしたのだ。

「まったぐ、なんで旅立ちの日に私は、あんたのおねしょの布団を干してるわげ？」

夕べあれだけしっかりしろと言ったのに。顔をしかめるみね子の傍らには、「へへ」と笑う進がいる。ところが、以前茨城県の形だったことのある進のおねしょが、今回は関東地方の形になっている。「あんたちょっと偉ぐなったんでねえの？」と言ってやると、進は「うんだっぺ！」と胸を張り、みね子はつい笑ってしまった。

茂が、お金の入ったぽち袋をみね子に差し出した。

「持ってげ。本当に困ったときのためにとっておげ。靴下の中さ、入れていげ」

なぜ靴下なのかと思ったら、東京のスリでも靴下の中なら盗めないからだという。

「お前は働き者だ……真面目に働いでれば、お天道様は、ちゃんとお前のこど見でる。じいちゃんはそう思う」

祖父の言葉をかみしめ、みね子はうなずいた。


同じ頃、三男の家でも家族が最後の朝食の食卓を囲んでいた。三男は何度もご飯をお代わりし、母の味をかき込んだ。太郎が無愛想ながら自分のおかずを分けてくれた。最後のお代わりを、三男はゆっくりと味わった。それが三男なりの母への感謝の表し方だった。

時子の家の朝食はちょっと違う。君子が「どうしても行ぐの？　つまんねえんだよ、あんたが出でったら、ウチにはこの、つまんないの二人しかいねえんだよ」と愚痴りながら涙に暮れて、時子を困らせていた。それでも、「絶対、日本一の女優になんなさい」と絞り出すように言ってくれた。賑やかで喜怒哀楽の激しい純粋な母。時子は、そんな母が寂しさをこらえて自分を送り出そうとしている気持ちを、ありがたく受け止めていた。


みね子は、母がつくってくれたコートを着て家を出た。バス停には、美代子とちよ子と進が見送りに来た。時子と三男は両親と一緒だ。間もなくバスがやって来て、ドアが開いた。「おはよう」といつものように次郎が言う。美代子たちも挨拶を返すのだが、皆どこかぎこちなかった。

三男が「母ちゃん。俺、母ちゃんに会いたぐなったら、帰ってきてもいいが？」と言った。きよは「そんなことで帰ってきていいわげながっぺ」と答えながらも、もう号泣だ。

時子は父に、「お母ちゃんをよろしくね。口ばっかしで、弱っちいんだから。よろしぐ頼むね」と母を託し、これまた君子の涙腺を崩壊させた。

みね子と美代子だけは、静かにほほ笑んでうなずき合った。それが母子の別れの挨拶だった。

三人は「それでは、行ってまいります！」と声を合わせて頭を下げ、バスに乗り込んだ。

運転手の小太郎がクラクションを一つ鳴らし、バスは出発した。見送る方も見送られる方も、ちぎれるほど手を振った。ちよ子と進がバスを追いかけて走ってくる。進は転んだけれど泣きもせず立ち上がってまた走りだす。その姿がどんどん小さくなり、やがて見えなくなった。


バスは駅に到着し、みね子たちは列車に乗り込んだ。列車は田園地帯の中をまっしぐらに上野駅へ向けて走る。この列車は、中学校や高校を卒業して集団就職する少年少女の専用列車だ。この年、集団就職列車は全国で約百本運行され、東京へ向かう子供は一万五千人にのぼった。

泣いている子、泣いている子を慰めながら自分も泣いている子、妙にはしゃいでいる子、暗い顔をしている子……子供たちの表情はさまざまだ。車両の連結近くでは、職業安定所の職員や引率の教師たちが集まって言葉を交わしている。その中に田神先生の姿もあった。

みね子たちはといえば、とりあえず元気だった。目下の不安材料は、不器用なみね子の就職先がトランジスタラジオの工場だということだ。でも、みね子は、時子もいることだしなんとかなるだろうと楽観している。

三人が弁当を広げ始めたときだった。みね子は、通路を挟んだ隣の席に一人ぽつんと座っている女の子が気になった。いかにも中学を出たばかりの幼さで、弁当がないのか、じっとうつむいていた。みね子が女の子のかわいい髪飾りを褒めると、少し驚いた後、「死んだお母ちゃんがくれたんだ……」と小さな声で言った。みね子は遠慮する女の子を自分たちの席に呼び、弁当を分けて食べさせた。女の子の名前は青天目澄子といった。福島の磐城《いわき》の中学校を卒業したばかりで、なんと就職先は、みね子や時子と同じ工場だというではないか。

「え～? 本当がよぉ?」

優しくしてくれたみね子たちと一緒だと聞いて、澄子は驚き、初めて笑顔を見せた。

上野駅が近づいてくる。みね子と三男、そして澄子は途中から眠ってしまった。時子だけは目を開けて、外の景色を見つめていた。東京が近くなるにつれて田畑が減り、家が増えていく。

「ほら、皆、もう着くよ」

時子の声で三人は目を覚ました。窓の外はいつの間にか夕暮れになっていた。「忘れ物すんでないぞ! しっかり確かめろ!」という田神先生の声が聞こえ、みね子は緊張し始めた。ついに東京に着いたのだ。

列車のドアが開き、次々と子供たちがホームに降り立つ。上野駅は想像以上の混雑ぶりだった。みね子は経験したことのない喧騒に包まれ、澄子の手をしっかり握った。

行き交う乗降客や見送りの人たちであふれ返る駅構内の一角に集められた生徒たちは、就職先から迎えにやって来た人たちに次々と引き取られ、それぞれの職場に散っていった。みね子は心の中で父に呼びかけた。

――お父さん……東京に着きました。私は、こんなに大勢の知らない人を見るのが初めてで、皆、なんだかものすごく急いでいて、怒ってるみたいで……怖いです。

澄子はおびえる小動物のようにみね子にしがみついていた。みね子も震えていた。三男は緊張に負けまいと唇をかみしめ、青白い顔をしていた。念願の東京に来たことを喜んでいるはずの時子までもが震えていた。

「え〜っと、角谷三男君！　どこかなぁ？」という声が聞こえた。三男の就職先の米店の店主・安部善三《あべぜんぞう》だった。三男が「はい！」と返事をすると、挨拶もそこそこに慌ただしく「さ、行こうか！」と三男の荷物を手にとった。田神先生が「三男、しっかりな」と声をかけ、みね子は「三男頑張ろうね！」と、時子は「三男負けんな、負けたら嫌いになるよ」と別れの言葉の代わりにちょっときつめの励ましの言葉をかける。善三はもう歩き始めていて、三男は「おう！」とだけ返すと、慌ててその後を追った。あっけない別れだった。

次にやって来たのは、見るからにおっとりした女性だった。

「あ〜ごめんなさい、遅くなってしまって。ごめんなさいね」

みね子たちはポカンとその女性を見ていたのだが、田神先生はそれがみね子たちの就職先・向島電機の担当者だと分かったようだった。「お電話の感じだと、もっとおじいさんかと思ってました。ハハハ」と言われた田神先生は、明らかに「大丈夫か、この人」と思っているのが顔に出ている。女性はそんな先生の心配をよそに、みね子たちを見ると目を細めた。

「あらかわいらしいこと……よろしくね。永井愛子です。愛子さんて呼んで。えっと舎監といって、あなたたちの面倒を見たりします」

そこで愛子は書類に目を落とし、時子、澄子の名前を確認したのだが、突然、みね子の名前がないと言い始めた。田神先生は焦った。

「いやいや、向島電機さん、追加で一人お願いしているはずですよ、谷田部みね子」

「あぁ。そうでしたよねえ。どうなってんだろ、会社大丈夫なのかな、ここに書いてないけど」

田神先生と愛子は、駅事務室へ行って会社に電話をかけることにした。取り残された三人の少女を、通り過ぎる人たちが好奇の目で見ていく。強気を取り戻した時子は毅然とにらみ返していたが、みね子は不安でたまらなかった。

「……どうしよう。私、働けないのかな。このまま帰れないよ……帰るわけにはいかないよ」

年下の澄子に「大丈夫だ……きっと大丈夫だよ」と慰められ、みね子はなんだか情けない表情になってしまった。ひどく長い時間が過ぎた気がした頃、田神先生と愛子が戻ってきた。

「確認できました。ありました、谷田部みね子さん」

愛子に言われて、安堵《あんど》のあまりみね子は全身の力が抜け、涙まで出てきてしまった。

「ごめんなさい。心細い思いさせてしまって、ごめんね」

愛子が心底申し訳なさそうに詫《わ》びた。

田神先生は愛子にみね子たちを託し、改めて三人の方に向き直った。

「みね子、時子……それに、澄子……頑張れ、体に気付けてな」

「はい、お世話になりました、先生」

みね子は涙を拭いて頭を下げた。

「先生、ありがとうございました」

時子は先生にまっすぐな視線を向けた。


そして、三人は愛子の後をついて歩き始めた。見送る先生の気配が遠くなるとともに、ふるさとも遠くなっていく気がする。それにしてもこの愛子さんという舎監さんは頼りない……みね子はそう思いながら歩いた。そんなみね子に、時子が「負けないで行こう、東京に」とささやく。きっとそれは、時子が自分自身に言い聞かせている言葉でもあるのだろう。

駅の構内から外へ出る。途端に強い風がみね子たちに吹きつけた。走る車の音、クラクション、街で叫ぶ売り込みのアナウンス、音楽。さまざまな音と景色が一気にみね子たちの耳と目に飛び込んできた。

ついに東京という新しい世界に、みね子は足を踏み入れた――。

第5章

乙女たち、ご安全に！

みね子たち向島電機の新入社員は、愛子に引率され、墨田区向島に向かった。東京都の東部に位置し、桜の名所・隅田川《すみだがわ》を臨み、国技館も近い下町情緒豊かな町だ。当時は高い煙突が建ち並ぶ工場の町で、集団就職者が東京でいちばん多い地区だった。

愛子に連れられて歩く同期入社の仲間は、全部で四人になっていた。初めはみね子、時子、澄子の三人だったが、実はもう一人いたのである。別の列車で一人到着することを愛子がすっかり忘れていて、駅を出た後で逆戻りするという、ちょっとしたハプニングがあったのだ。

駅で愛子を待ちくたびれ、不機嫌そうに合流した兼平豊子は、青森県の中学校を卒業したばかりの十五歳だが、どうやらみね子よりもずっとしっかりしているようだ。成績は抜群だったのに、高校に進学せずに就職したという。怒ったような顔をしているのは、きっと納得いかないことがあるのではないだろうか。

一行は向島電機に到着した。愛子が誇らしげに建物を指さした。

「あれがあなたたちが働く工場。そして、その隣が今日からあなたたちが暮らす乙女寮です。私も一緒に住んでるのよ、フフフ」

「乙女」寮に自分も住んでいるということを強調したかったらしい愛子そっちのけで、少女たちは明日から働く職場を見つめていた。誰も反応しないので気まずくなったみね子が、仕方なく「愛子さんも乙女ですもんねえ、ハハ」と答えるしかなかった。

豊子は、職場と寮が近過ぎることについて、「四六時中管理されてるみてでさ、どうなんですかねこれって、労働環境として」と早速冷めた意見を口にする。みね子が「労働環境？　すごいこど言うね……でも、遅刻しなくて便利だっぺ」と能天気な感想を言うと、鼻で笑われた。

乙女寮の玄関には簡素な靴箱があり、寮生たちそれぞれの名札が貼ってあった。自分の名前を見つけたみね子は、ちょっとうれしくなった。

愛子に案内されて寮の食堂に向かったみね子たちは、思いがけない歓迎を受けた。そこには乙女寮の先輩寮生が全員集まっていて、四人が入ってくると、一斉に立ち上がった。そして、寮長の秋葉幸子の指揮に合わせて、全員で歌い始めたのである。明るく楽しい歌声がみね子たちを包んだ。みね子は心底感動した。クールな時子も胸を打たれているようだ。澄子はポカンとし、豊子は感動していることを悟られまいと必死で、顔がおかしなことになっていた。

歌が終わると、新入社員は順番に自己紹介をした。みね子が「不器用で私、仕事ちゃんとできっか心配なんですけど……」と不安を漏らすと、「大丈夫！」「すぐ慣れるって」と皆が口々に声をかけてくれた。時子の「将来の夢は女優です」という言葉にも、「きれい！」「なれるなれる」

と声援が飛ぶ。不安そうな澄子の挨拶も、仕事の成績一番を目指すという強気な豊子の宣言も、先輩たちは温かく受け止めてくれたのだった。

歓迎会のハイライトは、食堂の料理人・森和夫が腕によりをかけたカレーライスだ。後で予算のやりくりが厳しくなるのを覚悟で、今日はたくさんの肉を入れていた。新しい子たちに頑張ってほしいという和夫の願いが込められたカレーライスだった。

寮長で新人の指導係も担当する幸子が、みね子たちに食堂のルールを教えてくれた。幸子は山形県出身で、みね子たちと同部屋だという。山形弁が温かい。もう一人、秋田県出身の夏井優子も同部屋だ。二人とも優しそうで、みね子はホッとした。

まだ少し緊張が残ったままカレーライスを口にすると、そのおいしさに、みね子は驚いた。家でつくっていたものとは段違いだ。ちよ子や進にも食べさせてやりたいと思った途端、急に家が恋しくなって泣けてきた。そんなみね子の気持ちは、幸子も優子も理解できたのだろう。何も言わずにいてくれた。離れて見守る愛子が「頑張れ」とほほ笑んでいた。

「おいしいね」

みね子は何度も言った。時子が「うん」と同意した。豊子もうなずいた。でも、澄子がいない。みね子が顔を上げると、早くもお代わりの列に並んでいるのが見えた。思わず泣き顔が笑顔になって、そしてみんなで笑った。こうしてみね子の東京での暮らしが始まった。

向島電機の乙女寮には、十五歳から二十九歳まで、全部で三十五名の女子社員と、舎監の愛子が生活している。一部屋の人数は五人から六人。門限は十時で、朝昼晩の三食が提供される代わりに、給料の中から食費として三千円が天引きされる仕組みになっていた。ちなみにみね子の給料は一万二千円だ。

今日からみね子、時子、澄子、豊子、そして幸子と優子の六人が、十二畳ほどの部屋で共同生活をすることになった。みね子は部屋で荷物を整理しながら、その中にすずふり亭のマッチと、綿引の交番の所在地を書いたメモが入っていることを確認した。どちらも父につながる大切なものだ。

他の三人も、それぞれに荷物の中に大切なものを忍ばせてきている。時子の荷物には、スターのグラビアやインタビューが掲載されている本。東京に来て、夢に少し近づいたのだと思いながらページをめくる。が、最初に目に飛び込んできたのは、ブロマイドよろしく満面の笑みを浮かべた母・君子の写真だった。さらに出てきたのは、官製葉書の束だ。全て君子宛ての表書きが書き込まれていた。どこまでもついてくる母の愛情に、思わず時子はため息をついた。

澄子は家族の写真、豊子は体育以外オール5の通信簿を、お守りのように大切に見つめていた。そこに愛子が入ってきた。みね子たちが明日から着る制服を届けに来たのだ。愛子は、「それを着ているときは、あなたたちは向島電機の人間なんだということを忘れないようにしてください。大切に扱って、ね」と、名前入りの制服を一人ずつ手渡した。

新しい生活は、起床は六時、起きたら布団を畳んで、洗顔と歯磨きは共同の洗面所で。制服に着替え、朝食は七時から。始業開始は八時なので、工場に七時四十五分には着いていなければならない。制服を手に、また一つ社会人になる実感が湧いてくる。

「あと兼平豊子さん。高校の通信制に申し込んでるよね。書類が届いてます。頑張ってね。仕事でも一番になるんだもんね」

愛子はそう言って書類を豊子に渡しながら、「ちなみに今の成績一番は幸子さんなのよね」と言い添えた。当の幸子もいる場でそれを聞くと、さすがに豊子は少し気まずくなった。

「分からないこととか、心配なこととか、なんでも言って。あ、とりあえず幸子さんに聞いた方がいいかな。幸子さんの方が私より、寮生活長いし、よく分かってるから……私も分からないことは幸子さんに聞くのよ。それにね、こんなおばさんより、やっぱり年の近いお姉さんの方が話しやすいだろうし、おばさんよりねえ」

愛子はみね子を見ながら言った。なんで私……とみね子は思いながらも、我関せずの時子が華麗に無視する中、ちゃんと「そんなことないですよ、愛子さんがおばさんだなんて、とんでもない。ハハハハハ。お姉さんって感じです。ハハハ」と答えた。

みね子の言葉に気をよくした愛子は、最後に「優子さん、体、大丈夫？　疲れてない？　無理しないでね」と気遣う言葉を残して、部屋を出ていった。

優子は、「私ね、ちょっこし体弱くて……時々疲れがたまったりすると、寝込んでしまって」と自分から教えてくれた。皆に迷惑をかけてしまうのが申し訳ないし、休めば給料も引かれてしまうが、それでも働かなければならないので頑張っているという。優子のはかなげな可憐《かれん》さは、そんな切ない事情を抱えているからなのだろうか。

幸子は豊子に、「あなだと同じだよ、私」と語りかけた。幸子は、高校に行きたかったのに行けず、働きながら通信で高校を卒業し、悔しさをばねに仕事で一番になろうと頑張ったのだ。

「だがら頑張れ」という幸子の励ましに、強気の豊子が初めて泣きそうな顔になった。

同室の六人の話題は、乙女寮のコーラスのことになった。乙女たちは毎週月曜日の夜に指導に来てくれる先生の下、全員で練習している。「時子ちゃん、女優志望なんでしょ？　吉永小百合とか映画で歌うじゃない？　ちゃんとした発声とか教えでけるよ」と幸子に言われ、時子は早くもやる気になった。なんと、指導の先生は幸子の婚約者だという。優子に暴露され、皆にからかわれた幸子は、「婚約だなんて。ただ、いつか一緒になれだらいいねって約束してるだげで」と照れた。豊子が真顔で「そいを婚約っていうのではねんでしょうか」と鋭い発言をして、皆で「んだね」「んだべ」と盛り上がる。楽しく笑っているうち、みね子はこの仲間が好きになった。

朝になれば仕事の第一日目だ。舎監室の愛子が六時ちょうどにチャイムのスイッチを入れると、「いつでも夢を」のメロディーが寮内に流れ始めた。みね子と時子と豊子は、唐突に始まった音楽に驚いて目を覚ました。澄子は全く起きる気配がなく、みね子が起こしてやらなければならなかった。

「へば、朝の戦争の始まりだよ」という優子のかけ声に、皆は一斉に動き始める。布団を畳んで部屋を出ると、各部屋から出てきた寮生たちで、確かに廊下も洗面所も戦争のようだった。

朝食を終え、工場に出勤したら、最初に廊下でタイムカードを打ち込む。機械にカードを入れると出勤時刻が刻印されるのを、みね子は「すごいね」と目を丸くして見ていた。

そして作業場に女子工員たちが整列した。初めて見る機械を前に、みね子は緊張していた。ドキドキして、同じ東京の空の下にいるはずの父に心の中で語りかけずにはいられなかった。

――お父さん……いよいよ、私の東京での仕事のスタートです。怖いです……私、できるかな。

一方、みね子のいない谷田部家では、早朝から畑仕事をしていた茂が遠くの空に向かって「頑張れ……みね子」とつぶやいていた。離れた場所から祈ることしかできないのが歯がゆい。

台所では、ちよ子が見よう見まねで母の手伝いをしていた。

張り切って食器を運ぶのを手伝っていた進は、朝食の席で、何を思ったのかいきなり立ち上がって言った。

「皆さん、谷田部家は、この進にお任せください！」

しかし、茂にすかさず「そのためには、まず、寝小便直さねえとな」と言われてしまい、形なしだ。それでも、ちよ子も進も、東京で働くみね子に負けないようにと頑張ろうとしている。

美代子は家族写真の中の笑顔のみね子を見つめ、心の中でみね子の無事を祈った。


さて、工場のみね子である。目の前に並んだ得体の知れない機械から目を離せずにいると、工場主任の松下明がやって来て、皆の前に進み出た。作業着を羽織ってはいるが、きちんとネクタイを締めている。なかなかの男前だが、少し気が弱そうでもある。

皆が一斉に「おはようございます」と声を合わせて挨拶すると、松下の訓示が始まった。

「今期もアポロンＡＲ64の売り上げは好調で、トランジスタラジオは今や我が国にとって、外貨を稼ぐ一大輸出品になりました。皆さんもその商品をつくっているのだという、誇りと責任感を持って、仕事に取り組んでいただきたいと思います」

ラジオは、昭和三十年代に入ると、それまでの真空管を使った大型のものから乾電池で動く小型のトランジスタラジオが主流となった。一家に一台から一人一台となり、持ち運び可能になったことで、室内のみならずビーチやキャンプ場、野球観戦まで、さまざまな状況で楽しまれていた。そして、国内の需要のみならず、この頃までには日本の代表的な輸出品にもなっていた。

松下はさらに、ヨーロッパ市場を開拓するためにアイルランドにアポロンの工場ができる、アイルランド人に本家が負けるわけにはいかないと、やけにスケールの大きな話で皆にハッパをかけた。向島電機は、アポロン電機という大手電機メーカーの下請けなのだ。

どうやら日本を背負っているらしい、その責任の大きさに、みね子はますます緊張した。もっとも、そんなに硬くなっているのはみね子だけで、先輩工員たちは全く気にしている様子はなかった。今日の松下の訓示の内容が、いつも耳にタコができるほど聞かされている話だとは知らないみね子は、また心の中の父に語りかける。

――お父さん……アイルランドに日本が負けたとしたら、それは私のせいかもしれません……アイルランドってどこですか。

「では今日も一日、頑張りましょう！　ご安全に！」

松下のかけ声とともに、作業が始まった。松下はストップウォッチを押し、工員たちは持ち場へと素早く散っていく。ベルトコンベヤーが動きだし、鈍く大きな音が響き渡った。みね子たち新人四人は、幸子に作業スペースの一角に案内され、仕事の説明を受けた。

ラジオは、トランジスタ、コンデンサ、抵抗器、可変抵抗器、発振コイル、トランスなどの細かい部品でできていて、みね子たちが行うのは、それらの部品を基板に挿していく仕事だ。さらにアンテナを取り付ける作業や周波数を合わせる作業を経て、向島電機のトランジスタラジオは完成する。全部で八十工程以上あり、途中のたった一つの部品でもきちんと付けられていなければ、ラジオは鳴らず、不良品となる。もしも最後にチェックして音が出なければ、誰がどこでミスをしたのか、徹底的に原因究明される。

硬くなっているみね子や泣きだしそうな澄子を見て、優子は「そんなに難しく考えないで、要は正確に丁寧にやればいいだけ。一つ一つの作業が難しいわけではないから」とほほ笑んだ。だが、次に「でも、それを早くやらねばならね」と付け加える。さらに幸子が畳みかけた。

「そう。そこが大事。いくら間違いがなくても、一人一人時間がかかってたら、つくれる数が限られる。それでは工場は利益が出ない。私たちにお給料が払えない。目標としてるのは、一日三百四十台を生産すること。ということは、一人が一つの作業を行うのに、平均三・五秒」

みね子は、とてもできる気がしなかったが、辺りを見回すと、皆それくらいのスピードで仕事をこなしているように見えた。

次に作業のポジションを決めるために、新人四人は優子に倣い、見本を使って作業してみることになった。真剣に取り組むみね子たちを、愛子は松下と並んで目を細めて見ている。

「いいものですね。若い子たちが真剣な表情で働いている姿っていうのは。皆、それぞれ一人一人違う場所で生まれて、それぞれの事情があって田舎から東京に出てきて……そうでなければ出会わなかった仲間たちと、同じ場所、同じ時間に、同じ目的に向かって頑張る。いいものです」

「はぁ……愛子さんはロマンチックですね。言うことが。愛があるっていうか」

松下は半ばあきれて言ったのだが、愛子は「やっぱり愛子ですから。愛があるんですかね。ハハ、やだもう」と松下の肩をドンとたたいた。誰に対しても、愛子はちょっとズレている。

そのとき、大きな音がしてベルトコンベヤーが突然停止した。「トランジスタの向きが逆になってる！　誰これ！　いいかげんにして！」という女子工員の声が聞こえた。失敗するとあんなふうに皆の前で叱られるのか。食堂でほがらかにコーラスしていた先輩たちも仕事場では厳しい。みね子はまた固まった。

見本を使った練習の様子を見て、幸子が四人の担当する工程を決めた。はっきり言われたわけではないが、みね子はどうやら、時子、豊子に続き、四人中三番目の成績と見なされたようだ。年下の豊子に負けていると思うと情けない。でも、やるしかない。

幸子の「新人さん、挿し工程の3から6に入ります！」という声をスタートに、ベルトコンベヤーが動き始めた。みね子たちも今から大事な商品をつくるのだ。

ちなみに、この作業場所は通称「鶏小屋」と呼ばれていた。左手で部品を持ち、右手で挿す動きが、鶏小屋で餌をついばむ鶏に似ているからだ。豊子は真剣に集中し、時子はどこか余裕で、時々心配そうにみね子を見ていた。澄子に至っては、アワアワした状態で作業に時間がかかっている。ベルトは新人の前もおかまいなしに容赦なく流れていく。

突然ガタンという音がしてベルトが止まった。「4番工程、誰？」という鋭い声が聞こえてくる。みね子はゆっくりと手を上げた。皆の視線が痛い――。

そんな調子で数日が過ぎた。ベルトコンベヤーがガタンと止まるたび、手を上げるのはみね子、ということが多かった。仲間たちに心配そうに見つめられ、ストップウォッチを止める松下は露骨にため息をつき、いらだちを見せる。唯一愛子だけが、いつもと変わらぬ笑顔で「大丈夫、そのうちできるようになるから」と繰り返し言ってくれたのだが、みね子は焦れば焦るほど震えてしまってうまくできない。そしてまた焦る。そんな悪循環に陥っていた。

ついにはみね子は、眠っているときですら仕事の夢を見て手が動いてしまうようになった。目に見えて元気もなくなっていく。

もちろん失敗するのはみね子だけではない。澄子もみね子に次いで失敗が多かったが、本人はさほど気にしていない様子だ。そのことにみね子はカチンときてしまう。愛子は毎回「大丈夫、そのうちできるようになるから」と言うが、その言葉にもだんだんいらつくようになってきた。そのうちにできるようになんてならない——。みね子は心の中で父に恨み言を言った。

——私が不器用なのはお父さん似だそうで……ちょっぴり恨みます。

今日もまたベルトコンベヤーが止まった。奥の方で誰かの怒鳴り声が聞こえる。またやってしまったと、みね子が手を上げようとしたときだ。「すみませ〜ん」と手を上げたのは、時子だった。やっちゃった、という顔で時子はみね子に笑ってみせるのだが、みね子の気持ちを軽くするためにわざと失敗したのは明らかだ。みね子はかえって涙が出そうだった。

食事のときもみね子は「少なめでいいです」と言って食堂の和夫を心配させた。食べている間も言葉はなく、ぼんやりして箸の進みが遅い。同じくらい不器用な澄子がおいしそうに大盛りで食べているのを見ては、心の中で「あんたよく食べられるね」と毒づいてしまう。そんなみね子に、幸子が「ちゃんと食べよう、冷めちゃうよ。みね子さん、ね」と優しく言ってくれるのだが、いつになくみね子は素直になれなかった。

「はぁ……なんか私、役に立ってねえどころか足引っ張ってんのに、申し訳なくて……なんだか食欲が」

いじけて同情を買うついでに、澄子への皮肉も混ぜている。心がねじ曲がってどんどん嫌な感じになっていくのを自覚しているのに、どうにもひねくれた考え方をしてしまう。

皆は、気にするな、食べないと体が持たないなどと心配してくれる。豊子でさえ、「食費は食べねくても引かれますよ」と現実的な励ましをくれた。愛子もやって来て「大丈夫、そのうちできるようになるから、ね」といつものセリフを言って、頭をぐりぐりとなでる。しかし、今のみね子は、笑顔で根拠なく「大丈夫」と言われると、むしろ腹が立ってしまうのだ。

自分でもどうしていいのか分からなくなっているみね子を、時子が心配そうに見つめていた。


夜。部屋には布団が敷かれ、就寝までの自由時間を、それぞれが思い思いに過ごしていた。ぼんやりしているみね子のところに、時子が雑誌を持ってきた。

「見て見て、芦川《あしかわ》いづみ、私この人好きなの。きれいだよねえ」

「うん、きれいだね」

会話は全くはずまない。

「元気出せ、みね子」と言う時子に、みね子はつい言ってしまった。

「愛子さんはさ、なんであんなに簡単に言うんだろ。そのうぢできるようになるって、励ましてくれてんのは分かっけどさ……なんかさ」

するど、会話を聞いていた幸子がみね子に尋ねた。

「愛子さんにそう言われて腹が立つの？　なんで？」

みね子としては、その場しのぎで励まされているだけのような気がしてならないのだ。だが、そこまではさすがに言えないでいると、優子が思いがけないことを言った。

「愛子さん、私たちの先輩なんだよ」

そして、幸子が続けた。

「私たちど同じように、十五歳がらずっとこの会社の工場で働いでだんだよ。お父さんどお母さん早ぐ亡くなって、弟ど妹ど三人暮らしで、愛子さんが働ぐしかなかっだがら」

人一倍不器用な愛子は、いつも怒られていたという。昔は今のように工場の人は優しくはなく、怒鳴られたり、時には蹴飛ばされることもあったらしい。それに、工場の機械も今ほど安全にはできておらず、けがをすることも多かった。それでも必死に働いて、弟と妹を学校に行かせたが、ついに体を壊してしまった。しかし、それまで一日も休まず何年も働いてきた愛子に、会社が事務の仕事を勧めてくれて、やがて舎監の仕事に就くようになったのだった。

「だから言ってるんだよ、そのうちできるようになるからって」

幸子の話を聞いて、みね子はうなだれた。何も分かっていなかったことが恥ずかしかった。

当の愛子は、食堂で「下町の太陽」を鼻歌で歌いながら日誌をつけているうちに、興が乗って、ついには立ち上がって熱唱していた。

「♪ああ　太陽に涙ぐむ――」

歌が突然止まった。

「わ！　びっくりした！　ど、どうしたの？　みね子ちゃん」

愛子のそばに、いつの間にか、泣きそうな顔をしたみね子が立っていた。そして「ごめんなさい」と頭を下げた。

「いいのいいの、え？　何が？」

「本当に……ごめんなさい」

「え？　ハハ……なんだろ、なんだか分からないけど。分かった、許す、ハハハ」

みね子はもう一度頭を下げると、今にも涙がこぼれそうな顔で戻っていく。愛子はみね子を呼び止めて言った。

「大丈夫、そのうちできるようになるよ」

部屋に戻ったみね子は「寝る……」と一言言うと布団をかぶった。


みね子と澄子が眠り、しばらくして皆も寝ようとしていると、豊子が時子に話しかけた。

「今日、わざとミスしましたよね」

「まぁね」

時子は肩をすくめて認めた。みね子は目が覚めてしまったが、とりあえずそのまま寝たふりをして聞くことにした。豊子が冷静な口調で続けた。

「それってどうなんですかね」

「間違ってるよ。そんなことは分かってる。あんなに追い込まれた顔したみね子、見たことなかったからなんとかしたかっただけ」

「そんなことしたって、どうにもならねし、仕事なので、おがしいと思います」

時子はもう一度「分かってる」と言ったが、正義感の強い豊子は正論を引っ込めようとしない。

幸子が「まぁ、確かによぐはないよね、仕事だし、私たちだけじゃないしね。ま、時子さんは分かってるんだろうげど」と間に入り、時子は「すみません」と謝った。だが、豊子は話をやめようとしなかった。

「みね子さんと澄子がなかなかできるようにならないでねんですか。二人は似てるようで、私、違うと思うんです」

豊子の分析によると、澄子は単純だ。何をするのも遅い。会話も遅い。ただ、できないわけではないので、それこそ愛子の言ったとおり、慣れてくればできるようになるだろう。一方、みね子の方が問題は大きい。遅いというより、とにかく不器用で、早くしようとすればするほど手がまともに動かなくなり、強引にねじ込もうとして、その結果失敗する。

「性格的な問題です」

豊子は理路整然と言ってのけた。

すると、時子が声に怒りをにじませて言った。

「豊子……あなたさ、やめなよ、そういうの腹立づ」

「え？　何がですか？」

豊子は時子がなぜ怒っているのか分からず、依然として強気だ。みね子は聞いていてハラハラしてきた。でも、今さら起きることもできない。時子は語気を強めて言い立てた。

「だから、やめろって言ってんの、そういう言い方。そうやって冷静ぶってさ、いつでも冷たく言い放つみたいなの、やめなって言ってんの。自分は人とは違うって言いたいんでしょ？　あんた見てっとさ、自分見てるみたいで嫌んなんだよ。イライラしてたんでしょ？　ずっと青森で。こんなところで埋もれるのは嫌だ。だからそうするこどしかできないんだよね」

豊子は悔しそうに唇をかんだ。

「私の気持ちなんて、あんたさ」

「分がるよ。私もそうだったからね。でも私はそういうのやめた。もう東京に来たんだがら。そんなふうにギスギスすんのやめた。新しい場所に来たんだがら」

時子がそんなことを考えていたなんて、みね子はちっとも知らなかった。

全て言い当てられた豊子は、素直になれずに黙り込んでいる。時子はなおも豊子に切々と語りかけた。ここの仲間はちゃんと豊子のことを認めているのだから、そんなふうに冷たいことは言わなくていい、皆と違うと主張しなくたっていいのだと。

「新しい自分になれんだよ、もう。かわいぐないよ、素直になりなよ」

「めんこくなんかもどもどねよ」

「そんなこどないよ、かわいいよ、豊子は。だから言ってんだよ。分がった？」

豊子はうなずく代わりに「うぅ」と奇妙な声を発すると、突然時子に突進していった。幸子と優子が止めても、豊子は時子につかみかかって離れようとしない。目にいっぱい涙をためて、どうしていいか分からない気持ちを時子にぶつけていく。そのうちに時子が振り払うと、豊子と優子がみね子の上に飛ばされてきた。今がチャンスだと、みね子は判断した。

「どうしたのぉ？」

たった今目が覚めたかのような寝ぼけた芝居をして、みね子は起き上がった。

「どうもしない」と時子は答えた。どうやらみね子の演技はバレていないようだ。

「何があったの？　喧嘩《けんか》？　泣いてんの？　豊子」

「泣いてなんてね！」

「何が……あったの……かな？　時子」

「え？　面倒くさい説明すんの」

時子に代わって優子が、「どっから話せばいいのかな」と教えてくれようとした。すると、豊子が時子の前に立って、「分がりました！　時子さんのしゃべったとおりに……します。ごめんなさい。かんにん……してけ」と泣きだした。時子はそんな豊子を抱き締めた。優子も幸子も、豊子の頭をなでている。

もらい泣きしたみね子は、つい言ってしまった。

「よがったね豊子。仲よぐやろうね。ごめんね、私がふがいなくて、あんたにあんなこと言わせでしまって。ごめんね」

一瞬、沈黙が走った。

「聞いてたの？　みね子さん」と優子がみね子を見ると、幸子も「起きてたの？」と聞き、「いつから？」と時子が畳みかける。最初から聞いていたとみね子は白状し、言い訳をした。

「寝てたら、話し声がしてさ、自分のこと言ってるわけだからさ、起きられないでしょうよ」

「まぁ分からないではねですけど、んだったら、最後まで寝てればいいかと」

豊子がまたいつもの口調で言うものだから、みね子は「何よ、今、そういうのやめるって言ったでしょうよ、あんた」と言い返すと、豊子は「あ、そっか、すみません」とあっさり謝った。

「それに、いぐらなんでも、あんなドカンと乗られて、それでも寝たふりできないでしょ？　澄子じゃないんだから」

この期に及んでも澄子はすやすや眠っている。そこで時子が気付いた。

「え？　じゃ、あの……何があったのとかいうの、あれ、お芝居？　何やってんのよ、みね子」

「何って、芝居うまかったっぺ、女優の参考にしなさい、時子」

「何言ってんだ、バカ。だいたいね、あんたがウジウジしてっからこういうことになんでしょ」

みね子の不器用は今に始まったことじゃない。子供の頃からできなかったり下手くそだったりしたことがたくさんあった。でも、そんなときでも、みね子は笑っていた。今みたいにウジウジしていなかった。そこがいいところだったのに――。時子は、今のみね子が本来のみね子らしくないと感じていたのだった。でも、みね子にとって、あの頃と今とは違うのだ。

「だってその頃はさ、何ができなくても、愛嬌《あいきょう》で済んだんだよ。だから笑ってたんだよ。でも、今は違うんだよ。仕事なんだからさ、できねえー、苦手だぁ、へへへじゃ済まないんだよ。仕事失うわげにはいがないんだからさ。あの頃みたいには、できないでは済まないんだよ。失敗するたんびに、茨城の家のこど思い出してしまうんだよ」

「確かにそうだ。ごめん」

時子の反省の早さに、みね子は拍子抜けした。

「そんなにあっさりと謝られたら、どうしたらいいのよ」

「でも、私のそういうとごろが好きなんでしょ？　前そう言ってたでしょ、みね子」

「言ったけどさ、そうだよ、好きだよ」

「私もみね子のそういうとご好き」

「ありがとう……なんなのこれ」

二人は笑い合った。幼なじみ同士、話せば分かる。豊子も幸子も優子も、そんな二人をほほ笑ましく眺めた。真夜中のすったもんだは収束しつつあった。しかし、みね子は引っ掛かっていた。

「……一つ気になってんだけど、なんでこの子は起きないの？」

なんと澄子はまだ熟睡していた。ついには皆で噴き出してしまった。

みね子がポンと澄子をたたくと、「あ、おれでねぇです。みね子さんですぅ」と、寝言が澄子の口から飛び出した。

「なんだその夢、どんな夢見てんだ。その夢やめなさい」とみね子が澄子に枕を投げると、「いでぇ……なんだべ？」とやっと澄子が目を覚ました。澄子がみね子に枕を投げ返し、そこから六人全員で枕投げ大会になった。ドタバタ、キャーキャー、とんでもないことになったが、注意しに行きかけた愛子は、「ま、いいか……青春だよねぇ」と鼻唄を歌いながら立ち去ったのだった。

皆が戦いに疲れた頃、病気で修学旅行に行けなかったという優子が、「きっとこんな感じだったんだろうね、楽しいね」と独り言のように言った。幸子が「楽しいね」と答え、皆で静かに笑い合った。

みね子は改めて、この仲間たちと一緒に働けることが幸せだと思った。だからこそ、ちゃんとできるようになりたかった。

翌日から、六人の結束は一層強くなった。リーダーの幸子、それを優しくサポートする優子を中心に、みね子たち新人四人がついていく。豊子は、身に着けていた鎧《よろい》を脱いだかのように、素直な笑顔を見せるようになった。

「いい？　みね子。時間かがってもいい。遅れてかまわない。その遅れは、仲間たちが取り戻す。だから仲間ば信じて」

始業前の工場で幸子にそう言われ、みね子は肩の力を抜いて仕事に取り組むことができた。そしてその日、終業チャイムが鳴るまで、ただの一度もベルトコンベヤーが停止することはなかったのである。

「やったね。みね子、澄子」

時子がみね子と澄子の肩をたたいた。

同室の仲間だけでなく、他の同僚たちまでもが拍手してくれた。

もっとも松下だけは「当たり前なんですけどね、これが……今月の生産目標大丈夫かなあ」とため息をついていた。愛子が「なんとかなりますって」といつもの笑顔でのんきに励ましても、「なりませんよ、怒られるの私なんですよぉ」と泣き言を続ける松下だった。

「皆さん、ありがとうございます！　これで、日本のトランジスタはアイルランドに負けません！」

みね子は皆の祝福に、やけにスケールの大きな言葉で返した。同時に、心の中の父にもつぶやいた。

――お父さん……みね子はやっと、ちゃんと東京で働く労働者諸君の一員になれた気がしています。働くって楽しいです。

ところで、三男はどうしているかというと……日本橋の外れにある小さな個人商店・安部米店で働いていた。店の前掛けをして、伝票と首っ引きになりながら米の仕分けをしたり、重たい米袋を運んだりする姿は、多少危なっかしくはあったがなんとか様になっていた。一つ、三男が想像していたのと違ったのは、店は思ったよりずっと小さくて、店主の善三の他、従業員は三男一人だけということだった。

店の奥は家族の住居に続いている。その居間から、この家の娘・安部さおりが、やけに不機嫌な顔で出てきた。

「三男君！」

そう呼びかけられただけで三男は震え上がった。何かと思ったら、さおりは「ごはん」と一言告げ戻っていった。それでも三男が仕事を続けていると、今度は善三が顔を出して、「三男メシメシメシメシ来い。いいから来い早く来い、早く」とせっかちに催促する。善三は娘と二人きりになりたくないのだ。二人はなぜだか仲が悪い。家業が米店でありながらパン派の娘と、当然ながら米派の父親に挟まれたおかげで、三男の朝食はパンに味噌汁という妙なことになっていた。米とパン、どちらを支持するのかと二人に問い詰められ、うろたえた三男は思わずパンにたくあんを載せて食べてしまった。

さて、今日はみね子たちにとって初めての休日だ。当時、工場の休みは日曜のみの週休一日制だったから、貴重な休日というわけだ。

朝、乙女寮のみね子たちの部屋では、六人が思い思いに過ごしていた。

幸子は外出の支度をしていたが、横になっている優子を見て、「優子、大丈夫？」と顔をのぞき込んだ。優子は、新しい仲間が来たうれしさで、はしゃいで疲れただけだと言い、心配して出かけるのをためらう幸子の背中を押した。幸子はかわいらしい服を着ていた。今日はデートなのだ。幸子は映画「マイ・フェア・レディ」を見たいと思っている。時子も見たがっていたその映画は、貧しい花売り娘がお金持ちの紳士と出会ってすてきなレディになっていく話だ。でも恋人の方は西部劇が見たいらしい。

時子は、敵情視察と称してテレビ局や映画会社を見て回る予定だ。今後オーディションを受けることになるのだから、その際に物おじしないように、どんなところか見ておこうというわけだ。

「時子がスターさなったらうれしいね、自慢だよね」との幸子の言葉に、皆うなずいた。

澄子はといえば、今日は一日寝ているという。農家に生まれ、母を亡くした澄子は、朝早くから夜寝るまで、学校の授業以外は一日中働いている毎日だった。

「ずっと寝でいられるなんて夢っこのような話だべえ」

澄子は、実家の父親が後妻を迎えたので、もう故郷では自分は必要とされていないと感じていた。でも、ここが大好きだからずっといたいと、泣かせることを言う。

「澄子……好きなだけ寝なさい」

みね子は心から言った。

豊子は勉強だ。通信教育で高校を出たいし、いろいろな資格も取りたい。

「堂々と勉強できるのうれしいです。ウチさいだときは、女が学問なんかしても仕方ねよ、そいより働げっていっつも言われで。んだから私、隠れて勉強してたはんで」

こんなに明るい部屋でノートを広げて勉強できるなんて、豊子は幸せだと感じていた。そこで澄子が「おれの寝る幸せと一緒だぁね」と余計なことを言ったものだから、豊子は「私の場合はそこさ向上心というものがあって、昼寝と一緒にされるのはちょこっと」と反論し、澄子は「音痴のくせによぉ」と言い返し、また賑やかな口喧嘩が始まりそうになった。そこに、愛子が郵便物を届けに入ってきた。

ここでまた、愛子の思いがけない過去が明かされた。今日、愛子は千葉の方まで墓参りに行くのだが、家族の墓ではないという。

「今日行くのはうんとね……私の大切な人。戦争でね、亡くなったの。結婚のね、約束してた。いつか一緒になろうねって……同じ工場で働いてた人でね……ふふん、格好よかったんだよ。ちょっと森雅之《もりまさゆき》っていう俳優に似ててね」

いつもと変わらぬ柔らかい笑顔で語るのだが、皆しんみりしてしまった。

「みね子さんは出かけないの?」と愛子に聞かれたみね子は、家族に手紙を書き終えたら赤坂に行ってみるつもりだと言った。目指すのはもちろん、洋食店・すずふり亭だ。

皆が不思議そうな顔をするのを見て、みね子は、父が行方不明になったこと、そのために急遽東京への就職を決めて、今ここにいるのだということを語った。時子以外の皆が絶句した。単純そうに見えるみね子がそんな事情を抱えているとは、誰も想像していなかった。

「でね、この洋食屋さんは、お父ちゃんが何度か行ったお店で、お母ちゃんがお父ちゃん捜しに来たときも、優しくしてくれた人たぢなの。だから東京さ来たら、娘です、東京にいますって挨拶に行がなくちゃと思って」

　そんな話をしたときだった。先輩工員が部屋に駆け込んできた。

「みね子。お客さんだよ。男の人だよ。なんかすてきな人」

「え？　誰？　……三男？」

「三男じゃそんな騒ぎになんないよ」

　時子に言われ、それもそうだとみね子は玄関へ急いだ。玄関では先輩たちが皆ポーッとなっている。そこには、ざわめく乙女たちの様子になんだか困ったような顔をした青年がいた。

「谷田部みね子は私ですが……」

「あ、君がみね子ちゃん？　赤坂署五丁目派出所の綿引といいます。よろしく」

　爽やかな笑顔だった。

　驚いたみね子は、心の中の父に思わず言った。

　――お父さん……背が高くて、優しそうな人です……ちょっとお父さんに似てるなと、みね子は思いました。

第6章 響け若人のうた

綿引と会ったみね子が最初に思ったのは、父に何かあったのだろうかということだった。不安が顔に出ていたのだろう。「お父ちゃんに何が……」と尋ねるみね子に、綿引は焦って説明した。

「違います違います。お母さんからお手紙もらって……東京にみね子さんが来られたこと、いつか訪ねておいでになるだろうから、そのときはよろしくと書かれていて。あ、でも、慣れない東京で私がいるところに来るのは大変だと思って」

綿引は、「驚かせてごめんなさい」と謝った。みね子はホッとすると同時に、まだ部屋着姿なのが急に恥ずかしくなった。「どこかでちょっと話せませんか?」と言われたが、男子禁制の寮なので、上がってもらうわけにもいかない。みね子は、「ちょっと待っててください」と言い置くと、バタバタと部屋に駆け戻った。

玄関で待つことになった綿引の居たたまれなさといったらなかった。寮生たちにはじろじろ見られ、幸子にはなぜか「みね子……いい子なので、悲しい思いどがさせないでくださいね」と的外れな釘を刺されたうえに、優子、豊子、澄子、それに愛子にまで、そろって「お願いします」

と頭を下げられたのだ。さらに豊子には「本物ですよね？」と疑いの目まで向けられた。

一方、時子と共に部屋に戻って大慌てで服を着替えるみね子は、思い切りうろたえていた。

「いぎなりお客さんが来るなんてこどに驚いてさ、で、ハンサムだなとか思ってそれに驚いてさ、お巡りさんってなんかもっと怖い感じの人想像してたがら。でも、あの人が突然来るってことは、お父ちゃんに何かあったのかと思って、頭ん中真っ白になったら、そうじゃないし、そしたら、あとなんだっけ？」

完全に我を失ったみね子に、時子は冷静に言った。

「これから、この人とどっかで話すのかと思ったら、急に恥ずかしくなったんでしょ？」

二つ以上のことが同時に起こるとどうしていいのか分からなくなるみね子の性格を、時子はよく知っていた。


乙女寮の仲間たちに心配されつつ送り出されたみね子は、綿引と小さな喫茶店に入った。初めての喫茶店で、思わずキョロキョロ辺りを見回してしまう。そんなみね子に綿引は「いい仲間たちなんだね」と言葉をかけた。寮生たちにいろいろ言われたのを思い出すと、つい笑ってしまう。「ものすごい大金持ちの箱入り娘の吉永小百合をデートに連れ出した、浜田光夫みたいだった。よかったね、東京で、いい仲間と出会えて」

みね子は綿引が注文してくれたクリームソーダの美しさに驚き、そのおいしさに目を丸くした。ちよ子や進にも飲ませてやりたいと思った。綿引はコーヒーだ。東京の男の人はどこか違うと思っていたら、綿引は「苦いわ……本当は、番茶とばぁちゃんの梅干しの方がいい」と笑い、その言葉にみね子はホッとした。

みね子は改まって姿勢を正し、綿引に礼を言い、深々と頭を下げた。見ず知らずの人がこんなに親切にしてくれることが不思議だった。

「いやいや。よそうよ、そういうの。だって同じ茨城でしょ？　助け合わなくてどうするの」

綿引いわく、東京にいる茨城の人間は、東北地方に比べると故郷が近いこともあって、大して大変じゃないだろうという目で見られ、東北出身者ほど仲間意識も強くない。しかし、だからこそ、綿引は同郷の人を大切にしたいのだった。

みね子は、父が働いていた場所や暮らしていたところを見に行きたかった。綿引は、「君みたいな女の子が行くところじゃない」と困惑したが、みね子の真剣さに負けて、あることを条件に承知してくれた。それは「一度行ったからといって、自分一人でまた行ってみようとは絶対しないこと」だった。


みね子は綿引に案内され、父が暮らしていた宿泊所にやって来た。家族から離れて暮らす男たちが寝るためだけに帰ってくるその場所は、およそ温かみというものはなく、仕事が休みの男たちが数人たむろしていて、みね子は少し怖さを感じた。ここに父はいたのか。そしてここを母は一人で訪ねてきたのか。

管理人はみね子に目をやると、「どんな人か覚えてないけど……奥さんが来たり、しつっこい警官が来たり、娘が来たり……人気者だねえ」と言いつつ、実が暮らしていた部屋を見せてくれた。殺風景なその部屋に入った途端、涙が込み上げてくる。そんなみね子を綿引は黙って待っていてくれた。みね子は心の中で父に呼びかけた。

——お父さん……みね子、来ましたよ、みね子、東京にいるんですよ。どこにいるんですか、お父さん……会いたいです。


休日もそろそろ終わりに近づいた夕方、向島電機の中庭では、優子と豊子と澄子が並んでベンチに座っておしゃべりしていた。最初に帰ってきたのは時子だ。ひどく疲れた顔をしている。続いて、デートだった幸子も現れた。なぜか浮かない顔をしている幸子に、優子が「あんら？　早いね」と声をかけると、「喧嘩した」とむくれた顔で言った。

次に戻ってきたのは愛子だ。いつもと変わりない笑顔で、バッグから南京豆を出して皆に勧めてくれる。それぞれ異なった一日を過ごした乙女たちが賑やかに語らう中、時子がつぶやいた。

「みね子、大丈夫かな」


みね子は綿引に送られ、寮の近くまで来ていた。

「……すみません、なんか泣いてばっかりで」

初対面の綿引になんだか格好悪いところばかりを見せてしまったようで、恥ずかしかった。

「いや、また会いに来るよ。今度は俺もクリームソーダにする」

綿引はどこまでも優しく爽やかだ。「ありがとうございました」と、みね子がぺこりと頭を下げると、綿引は小さく手を上げて帰っていった。

中庭に入っていくと、仲間たちがいた。ほんの数時間、別行動していただけなのに、さまざまな思いが込み上げてきて、みね子はまた泣けてきた。

「みね子？　なんか嫌なことあったの？　大丈夫？」

心配そうに声をかける時子に、みね子はうなずいた。

「……なんか、家に帰ってきたみたいで……家族みたいで、皆が……ただいま……」

仲間に囲まれ、涙はますます止まらない。

「食べる？　南京豆」

愛子が口に入れてくれた南京豆がおいしくて、みね子は「……おいしいよぉ」とまた泣いた。

それを見た仲間たちまで、なんだか泣き笑いになってしまうのだった。


休日の終わりに、みね子たちは銭湯に行った。湯上がりの頬を桜色に染めた乙女たちは、皆いい顔をしている。さあ帰ろうと思ったら、澄子がいない。「すみまね〜す〜」とのんびり出てきた澄子は、ずっと入っていたいほど大きな風呂が好きだという。

風呂上がりにはラムネが飲みたくなる。だが、小さな駄菓子屋の前で立ち止まったみね子は「高えなぁ」とため息をついた。ラムネの値段は十五円だ。ちなみに銭湯は二十八円、ラーメン一杯は七十五円、理髪料金は三百五十円で、映画館入場料は四百円、民宿は一泊二食付きで千五百円。少ない月給の中から実家に仕送りまでしているみね子たちに、贅沢をする余地はなかった。

「へば二本買って、三人で一本にしようか」

優子の提案に皆が乗って、ベンチに座って律儀に少しずつ回し飲みをしながら、時子が放送局へ行ってきた話を聞くことにした。

放送局では、ピカピカの車が次々に出入りし、そこを行き交う人々も流行の最先端の服をまとった人たちばかりだった。スターを待ち受けていたファンたちが、黄色い声を上げて嵐のように通り過ぎていく。時子はそんな女の子たちに押しのけられ、地べたに座り込んでしまった。ところが、これが時子の負けず嫌いに火をつけた。このまま帰れるかという気持ちになった時子は、ちょっと偉そうな紳士が中から出てきたのを見ると、「私、女優になりたいんですけど」と声をかけたのだ。そして見事、来月行われるドラマのオーディションの情報を得ることができた。

「いよいよだねぇ、時子」とみね子はすっかり感心したが、豊子は違った。「怪しい人ではねんですよね」といぶかり、悪い人もいるのだからそういうときは名刺をもらうようにしないと、と相変わらず慎重だ。

「読んだ小説で、そういうのがありました。女優を志す田舎から出てきた女の子が、だまされて踊り子さなっていく話です」

中学のときに、図書館の本を片っ端から読んだという豊子は、妙なことを知っていた。ア行の棚から読み進め、ヌまで読んだところで卒業になってしまったと言って悔しがっている。

みね子は皆に、綿引にクリームソーダをごちそうになった話をした。

「いいな、そんなんごちそうしてくれる人どデードしたいよ、私は」

幸子の言葉に、優子以外の皆が「え？」と顔を見合わせた。

「お金、ないんですか？　婚約者」

時子が容赦なく質問をぶつけると、それをきっかけに、幸子は恋人の愚痴をまくし立てた。

幸子の恋人は音楽家を目指しているため、働いたお金は全部音楽につぎ込んでしまう。先日もドイツの有名なオーケストラの来日コンサートがあり、月給一万五千円であるにもかかわらず、千五百円もするコンサートに二日も通っていた。今日のデートの映画代は幸子持ちで、しかも恋人の意見に合わせて西部劇を見た。ところが、恋人は鑑賞中に「君は殺されるインディアンの気持ちを考えないのか」「アメリカ人は一方的な侵略者だ。インディアンは平和に暮らしてたんだ」などと言いだして、幸子は途中から楽しめなくなってしまった。おまけに、おいしいものでも食べたいと思ったのに、「資本家に踊らされてるだけだ」と言って、コッペパンを公園の水を飲みながら食べるだけ。そのうちロシア革命の話まで始まり、映画を見て楽しい話をしたかった幸子は、しまいには怒って帰ってきてしまったのだった。

それでも、豊子が冷静に「別れたんですか？」と尋ねると、幸子は「別れでないわよ！　喧嘩しただけよ！」とムキになった。優子に「でも好きなんだよねえ」と言われれば、「才能はあると思うし……、コッペパンも、二つに分けるどぎ、私の方に大きいのくれるような優しい人だし」と、結局はおのろけだ。どうやら、こんな喧嘩は日常茶飯事らしい。

そのうち、乙女たちは坂本九《さかもときゅう》の大ヒット曲「見上げてごらん夜の星を」を歌いだし、また明日から頑張ろうと励まし合って、休日は終わったのだった。

みね子が東京へ行って一週間。谷田部家に東京から葉書の束が届いた。みね子は、家族一人一人にそれぞれ一枚ずつ、葉書を書いたのだ。

「すげぇ、すすむさまだってぇ、さまだよさま！」

進が歓声を上げる。美代子は、元気でやっていると書かれた文字を目にしただけで、うれしくて涙がこぼれそうだった。

みね子の便りは宗男にも届いていた。

「みね子！　頑張れぇ！　忘れてっかもしんないけど！　ビートルズの情報なんかあったらよろしくなぁ！　この空は、東京にもリヴァプールにもつながってんだなぁ……イエィ！」

畑で叫ぶ宗男に向かって、思い切り日本犬の面構えの飼い犬・ジョンがワンと吠えた。この犬の名がジョン・レノンにちなんでいることは言うまでもない。

角谷家にも三男から葉書が届き、きよが目頭を押さえては何度も読みふけっていた。『元気で忙しく働いております。職場の環境もよく、厳しい中にも充実した日々を過ごしております』と大人びた文でつづられていたのだが……実際のところは相変わらず仲の悪い父娘に挟まれ、仕事とは別の苦労をしていた。ある日、三男は善三に尋ねてみた。

「旦那さん、もしかして、二人になんのが嫌だがら、俺を雇ったんですか？」

善三は「そうだ」と即答した。三男はため息をつくしかない。葉書には、米店の仕事より父娘の間で右往左往させられる方がよほど疲れる、とはもちろん書かず、『とてもやりがいのある仕事を任されて、責任重大です』と書いておいた。

助川家でも、時子から届いた葉書に君子が大騒ぎしていた。こちらは『元気です。時子』とやたら大きな字で書いてあり、それが全てだった。たったこれだけかという不満と、とりあえず元気だと分かってホッとした気持ちが入り交じり、「あぁ、いづ東京さ様子見に行ごうかねえ」と言う君子に、正二も豊作もあっけにとられるばかりだった。

みね子たちは乙女寮のコーラスの練習に参加することになった。手づくりの歌集を持って乙女たちが食堂に集まり、愛子は少し離れたところにニコニコ顔で座っている。厨房《ちゅうぼう》では和夫が、練習後に食べる軽食を準備している。どことなく華やいだ雰囲気になっていった。

幸子は、コーラスの指導者で恋人の高島雄大を迎えに出ていた。雄大は東京出身で、芝浦《しばうら》にある大きな工場で働きながら音楽の勉強をしている。今日は先輩にもらったという上着を羽織っているが、先輩は大男らしく、上着は雄大には明らかに大き過ぎる。だが、本人は気にする様子もなく、いざとなったら質屋に持っていけばちょっとは金になるかと屈託なく笑っていた。

「あぁ、今日、森さん何つくってくれてるかなぁ」

練習後の軽食を楽しみにしている雄大に、幸子はうなずいた。

「楽しみだね……あ、こないだごめんね」

幸子は日曜のデートのときに怒って帰ったことを謝ったのだが、返ってきた答えは「え？　なんだっけ？」だった。雄大は本当に忘れている。心底悪気のない人なのだ。そんな彼が好きだなあと幸子は改めて思った。

「わ、すてぎな人だね」

食堂に入ってきた雄大を見たみね子が、正直な感想を漏らした。上着が大き過ぎるのは気になるけれど。

「先生いらしたので、皆さん、集合してください」

幸子の声に、皆が慣れた様子で決められた位置に立つ。雄大は今日から参加の新人四人に自己紹介し、「思い切り声を出すことがいちばん大事ですから。まずは歌うこと。働く仲間で一緒に、日々の大変さとかそういうことを忘れて楽しむこと。うまく歌おうなんて思わなくていい」と言うと、和夫に合図を送った。和夫はいすに座って、なんとアコーディオンを構えた。料理人にしてアコーディオン奏者？　一体どういう人なんだと驚くみね子は、雄大の指揮と共に始まった合唱にさらに驚き、息をのんだ。

乙女たちは想像以上に上手で、美しいハーモニーが食堂いっぱいに広がっていく。

練習曲はロシア民謡「トロイカ」だった。ロシア民謡は、シベリアからの引き揚げ者が多く持ち込んだといわれ、学生運動が盛んだった当時、多くの若者がロシア革命への共感を持っていたこともあって人気を博していたのだ。

みね子たち新人もだんだん楽しくなってきた。雄大の指揮に合わせて、静かにゆっくり歌う小節があったかと思うと、最後はアップテンポになって盛り上がって終わった。なんという高揚感だろう。

「すばらしい！」という雄大の拍手に、乙女たちの笑顔がはじけた。

「やだ、楽しいこれ」「いいね！」と、みね子と時子は目を見合わせた。豊子も珍しく感動しているし、澄子に至っては感動し過ぎて泣き顔になっていた。

東京に来てまた一つ新しいことを知ったみね子は、心の中の父に報告する。

——お父さん……歌うって楽しいんですね、こんなに。皆、顔がぽ～っとほんのり赤くなってて……乙女寮の乙女は皆かわいいなぁと思いました。

コーラスの練習が終われば、待ちに待った軽食の時間だ。和夫が腕によりをかけた今日のメニューはフレンチトースト。乙女たちも雄大もおいしそうにパクついた。歌は楽しいし、おやつは珍しくておいしいものが食べられる。みね子が喜びをかみしめていたとき、ちょっとした事件が起きた。ドカンと音がして、突然男が飛び込んできたのである。悲鳴が上がり、愛子は箒《ほうき》を構えて臨戦態勢に入った。

闖入《ちんにゅう》者は綿引だった。「なんだ警察の人か」との豊子の言葉に、「警察か？」となぜか雄大がとっさに隠れようとしたものだから、「怪しいなお前。今、隠れようとしただろ」と、綿引と雄大の間で妙なやり取りになってしまう。そんなことをしている間に、みね子は不安で泣きそうになっていた。

「あ、みね子ちゃん、違うんだ、悪い知らせじゃない。あ、ごめん。また驚かせてしまった……ごめん。ごめんなさい。どうしてもすぐに知らせたくて」

「え……お父ちゃんのことですか？」とみね子がおずおずと尋ね、「見つかったんですか？」と時子が単刀直入に聞くと、綿引はまた謝った。

「あ、ごめん、そこまではいってないんだけど……いい知らせなんだ。谷田部実さんと同じ現場で話したことのある人が見つかってね。その人がね、実さんを見たっていうんだ。それも、つい先月に見かけたんだって。あれは確かにそうだって」

みね子は、思いがけない知らせに驚きで固まってしまった。

「よかったわね、みね子さん。ご家族には？」

愛子に言われて、みね子は我に返った。

「あ……そうですよね……どうしよう……電話はないし、ウチ……」

豊子が「電報ですかね」と提案したが、この状況を短い言葉で伝えるのは難しい。手紙では届くまでに時間がかかる。困っていると時子が提案した。

「ウチにしよう、電話。ウチの親に伝えでもらおう、ね」


愛子に寮の電話を借り、まずは時子から助川家に電話をかけた。東京からの電話を受けた助川家では、時子が何も言わないうちから君子が大騒ぎしていた。

「もしもし時子！　どうした？　何があった？　言ってごらん。何があってもお母ちゃんがなんとがすっから。すぐ東京行ぐから、ね。どうした？　何もないって、じゃ何？　声が聞きたぐなったんだね、そうだね、寂しいの？」

言葉を挟む余地もない君子をどうにか黙らせると、時子はみね子に受話器を渡した。みね子は、綿引から聞いたことを話し、母に伝えてほしいとお願いした。

「うんうん、分がった。いかったね、みね子ちゃん。ちゃんと美代子に伝える。これからもなんかあったらこの電話を使いなさい、分がったね？」

伝言を引き受けてくれた君子に、みね子は東京の様子も伝えた。

「すみません、私は元気で頑張ってるって、うちの人に伝えてください。それから君子さん、時子、元気ですから。一緒に頑張ってます。いい人ばっかしだし、すてきな友達もできましたから」

そう話すみね子を、愛子、時子、そして心配で様子を見に来た幸子、優子、豊子、澄子が見守ってくれていた。


助川家では、電話を切って涙を拭いている君子に、「どうしたんだ?」と正二と豊作が尋ね、心配そうに答えを待っていた。しかし、真っ先に美代子に話したい君子は、「後で!」と外へと飛び出した。夜の道を自転車で走り抜け、君子は谷田部家へ急いだ。

谷田部家では、ちよ子と進は既に眠っていた。美代子は洋裁の仕事をしている。お茶でも淹《い》れようかと思ったときだった。外でキキーッという嫌な音と「わ、わ、わ、わ」という慌てた声が聞こえたかと思うと、ドカンと何かがぶつかる鈍い音がした。「なんだ?」と茂は緊張した顔で近くにあった工具を手に構える。

すぐにドンドンドンと戸をたたく音とともに「美代子! 君子だよ!」という声がした。

美代子が戸を開けると、息を切らして腰を押さえている君子がいた。

「どうしたのよ君子、こんな時間に」

「あのね、ウチに電話があったのよ、さっき、みね子ちゃんから」

「ちょっと待って。怖い話? 私……やだ、聞きたくない、聞きたくないよ、やだ」

美代子はみね子がわざわざ電話をよこしたと聞いて驚き、一体どんな話なのかとすっかりおびえてしまった。

「違うよ。あのね、実さんを見たって人がいんだって。それも今から一か月前に、東京で」

「え……そう……生きてるんだね、実さん。いがった……」

美代子は腰が抜けたように力を失い、言葉と裏腹に複雑な表情を浮かべた。

その頃、綿引は成り行き上、雄大と帰路を共にしていた。雄大は「君はいい奴なんだな、警官の割には」と、素直に喜ぶべきかよく分からないような感想を綿引に述べ、おまけに、金がないくせに屋台のラーメンを一緒に食べながら語り合いたいと言って、ちゃっかりごちそうになることに成功していた。

「で？　君はこれからどうするんだ？」

「捜すよ。見たって場所の辺りをさ、捜す」

綿引は「絶対、見つける」と正義感に燃えていたが、雄大は一つ分からないことがあると言って質問をした。それは誰もが思い浮かべている疑問だった。

みね子はその頃、乙女寮の物干し場で、夜空を見つめながら父を思っていた。

――お父さん……皆、同じことを思っているのだけど……優しいから口にはしないでくれてます。お父さん、その人がお父さんだとして……だとしたら……どうして、連絡をくれないんですか？　その先の答えを知るのが……みね子は怖いです。

月明かりは優しくみね子を照らす。だが、みね子の心には新たな黒い雲がかかっていた。

複雑な思いを抱えながらも、みね子は懸命に働いた。昼休みには支給されたパンと牛乳を手に、中庭で同室の六人で過ごしていたが、言葉にしなくても皆がみね子のことを心配してくれているのが分かった。

そこに、愛子がやって来た。

「どう？　元気？　みね子さん」

みね子は、「すみません、いづも心配ばかりかげて」と謝ると、愛子はそれが自分の仕事だとほほ笑んだ。すると澄子が、「東京の母ちゃんみでえなもんだな、愛子さんは」と無邪気に言い、「母ちゃん」はまずいだろうという目で皆が澄子を見て、それからやっと「あ、東京の姉ちゃんみでえなもんだっぺ」と言い直したものだから、また皆で笑ってしまった。

「心配かげてますよね、私、皆にも、なんかごめん」

みね子は皆に頭を下げた。

「なんで謝んのよ？」

時子が軽くみね子をにらむ。みね子はそれをきっかけに、今感じている自分の複雑な気持ちを皆に打ち明けた。

「一生懸命捜してくれてる綿引さんには悪いけど、このまま見つかんない方がいいなって……心のどっかで思ってて……だってお父ちゃんがその人だったとしたら、ちゃんと元気なわげで……なんで連絡してこないんだろうってこどんなってしまって……嫌んなってしまったのがな、私たち家族のこど……そんでいなぐなっちまったのかなって……考えるとそういうことになってしまって」

「絶対そんな人じゃないよ、みね子の父ちゃんは」と時子は言ってくれたが、みね子は「ありがとう」と言ったまま黙ってしまった。母からの手紙にも、見つかるといいね、会えたらいいねとは書いてあったが、母もみね子と同じ気持ちなのは読んでいて分かった。

「じゃあれだね、今、あなたにできることはないね。だったら、くよくよ考えても仕方ない。なるようになる。なるようにしかならない。分かる？」

愛子の言葉が消化し切れず、みね子は曖昧にうなずいた。愛子は続けた。

「でも、ちゃんと毎日を頑張って生きてないと、いいことはやって来ない。神様がいるのかどうか知らないし、いたとしても本当に皆のこと平等に見てるのかなって思うけどね。でも、ちゃんと頑張ってないと神様は気付いてくれないよ。私はそう思う。私が神様だったら、つらいことあっても頑張ってる人に、幸せをあげたいなって思うしね。それに、平等なんだとしたら、つらいことたくさんあったら、その分いいことが待ってるでしょ？」

「……はい」

みね子は素直にうなずいた。きっと愛子は、そんなふうに考えて今まで頑張ってきたのだろう。

「いろいろあったからね、つらいことや悲しいこと。だから私はこれから幸せしか待ってないのよ。もうね、大変なことになってしまうわよ、これからの私」

そう言って愛子が笑い、皆も笑った。それぞれの心にそれぞれの形で、愛子の言葉は響いていったのだった。

それからも、みね子の日常は規則正しく続いた。そして、初めての給料日がやって来た。この日ばかりは、始業前から誰もがどこか浮ついている。

「こら！　いつまでもピーチクパーチクやってると、給料明日にするぞ」

皆に活を入れた松下にとっては、今月は生産台数目標を下回っているうえ、本社からはさらに生産台数を上げろと言われており、頭の痛い日々が続いているのだが、乙女たちにとってはやはり給料日は特別な日だ。皆、一日中うれしそうな表情で仕事をしていた。

就業後、女子工員たちは松下から手渡しで給料を受け取った。この頃の給料は全て現金支給だ。ただし、この三年後の昭和四十三年、ボーナス支給日に現金輸送車が強奪された「三億円事件」が起きたのをきっかけに、手渡しから振り込みに変える機運が高まったといわれている。それでも、手渡しには、働いたお金の重みを感じるというられしい側面もあった。

みね子もずっしり重い……とはいかないものの、東京に来て一か月頑張った証の給料袋を、しっかり抱き締めた。

みね子の給料は一万二千円。そこから食費や税金、保険料、積立金などが引かれて、手取りは六千円だ。給料をもらうとすぐに郵便局へ行き、皆、多くを故郷に送る。みね子は手取りの六千円のうち五千円を送った。残りは千円。これがみね子の一か月のお小遣いというわけだ。ちなみに、この年の大卒公務員の初任給は二万千六百円だった。

乙女寮の食堂では、定期的に業者がやって来て、さまざまな品物を買うことができる。婦人服から文房具、小物、アクセサリーとなかなかの品ぞろえで、今日も給料日直後の乙女たちが集まって賑やかに品定めをしていた。業者のおじさんも「母ちゃん、いくつだ？　こんなのどうだ？」とマフラーを勧めたりして、なかなかの商売上手だ。

「皆、無駄遣いしちゃダメよ！　よく考えてね！　迷ったらやめときなさい」と、愛子は舎監らしく乙女たちを見守っていた。業者が「それはないよぉ」とぼやいている。

　みね子も、ちよ子と進のためにちょっとした文房具などを選んでいた。ふと一枚のブラウスが目に入った。

「すてぎだなぁ……」

　たちまち夢見る女の子の表情になった。鏡の前でブラウスをあてて見ると、皆に似合うと言われ、一瞬心が動いたのだが、値札を見たところ、「無理だ、ハハ」とそっと戻すしかなかった。

　数日後、みね子はそのブラウスを着ている先輩工員を見かけた。仕方ないことだが、さすがにちょっぴり切ない。

　しょんぼりしたみね子が部屋に戻ると、早速、時子に何かあったことを見抜かれ、察した幸子が元気づけようと思ったのか、「銭湯行ごうが」と誘ってくれた。そこに優子が来て、「みね子、荷物届いてあったよ」と包みを渡してくれた。

「お母ちゃんだ」

　母から届いた小包を、みね子は早速開いてみた。

「え……」

　思わず声が震えた。母から届いたのは、手づくりのブラウスだったのだ。それも、買いたくても手の届かなかったあのブラウスとどこか似ている。いや、もっとずっとすてきに見えた。手紙が添えられていた。

『みね子様、仕送り本当にありがとう。無理してませんか？　みね子が働いて送ってくれたお金は、大切に大切に使わせてもらいます。本当にありがとう。このブラウスは、お母ちゃんがつくりました。みね子はこんなの好きじゃないかなと思ってつくりました。よかったら着てください』
「……お母ちゃん」
もう涙は止まらなかった。ブラウスを大事に抱き締め、みね子は思い切り泣いた。

晴れた日曜の午後、みね子は母から贈られたブラウスを着て赤坂へ行った。目的は、父が持ち帰ったマッチの店・すずふり亭へ行くことだ。父も母もこの町を歩いたのかと思うと、なんとも不思議な気分になる。そして、こうして真新しいブラウスを着て東京の町を歩くのはなんともウキウキする体験だった。あかね坂商店街には人が多かったが、平和な空気に満ちていて、みね子は楽しくなってきた。ショーウインドーに映るブラウス姿の自分につい見入っていると、店の中からおっかない顔をした店主ににらまれているのに気付いて逃げ出した。
そんなふうに歩いていたみね子は、一軒の電気店を見つけると駆け寄った。ショーウインドーに、向島電機でつくっているのと同じトランジスタラジオが飾ってあったのだ。「売れてます」と書かれた札がついている。自分たちが工場でつくっているものが商品として世に出ているのを初めて見た。胸の奥が誇らしさでいっぱいになった。

みね子が目指すすずふり亭では、昼休みののんびりした時間が流れていた。店の裏で、高子は雑誌をめくり、元治と秀俊はそれぞれに芋の入った籠を抱えて皮むきを始めようとしていた。秀俊は、どう見ても元治の方が芋の量が少ないことに気付いた。だが、先輩の元治には何も言えない。それをいいことに元治は「つまんない奴がつくる料理はうまくならないぞ。遊び心っていうかさぁ、心の大きさっていうのか？　そういうのがないと料理人はダメ」などと勝手なことを言いながら、こっそり自分の籠から秀俊の籠に芋を移していた。まったく調子のいい男だ。

そこへやって来たのは、隣の中華料理店・福翠楼《ふくすいろう》の福田五郎《ふくだごろう》だ。

「チャーハンばっかり立て続けに来やがってさ、いっぺんに来りゃ、もっと楽なのにな」

五郎は愚痴をこぼすと、元治を新しくできたキャバレーに誘った。元治は「行く行く」と大乗り気だが、秀俊はどんなに固いと言われようがその手の誘いには乗らない。その代わり、元治が五郎とキャバレーの女の子の話で盛り上がっている隙に、芋を元治の籠にしっかり戻していた。

気が付くと、いつの間にか五郎の女房の安江《やすえ》がそこにいるではないか。安江は五郎に向かって怖い顔で一言、「チャーハン」とすごんだ。

「またかよ、違うもん注文取ってこいよ。せめて五目チャーハンぐらい取ってこい。ま、うちのは厳密には五目じゃなくて三目だけどな」

ヘラヘラしていた五郎だが、キャバレーの軍資金を安江に目ざとくポケットから奪い取られ、耳を引っ張られて戻っていった。賑やかなお隣さんである。

入れ代わりにやって来たのがみね子だ。商店街の案内図を見てここへ来たのだが、店の裏側に来てしまい、行き止まりに戸惑っていた。

「あの、すずふり亭ってお店は」と三人に尋ねると、元治が「あぁ、ウチだけど」と答えた。

「本当ですかぁ？　いがったぁ、あの、私、谷田部みね子っていいます」

「谷田部って、あ、あの、茨城の？」

　秀俊がすぐに気付いた。みね子を表に案内しながら、秀俊は「お父さん、見つかった？」とみね子に尋ねた。まだだと言うと、「見つかるといいね」と言ってくれた。みね子は見ず知らずの人までがこんなふうに自分たちを心配してくれていることに驚くと同時に、心の中がぽっと温かくなるのを感じた。


　表に回り店へ入ると、鈴子と省吾がいた。

「初めまして、谷田部みね子といいます」

「あらまぁ、ようこそ。どう、東京慣れた？　仕事はどう？」

　美代子から手紙を受け取っていた鈴子は、みね子を温かく迎えてくれた。

「いつ来てくれるかなぁって、楽しみにしてたんだよ」と、省吾もうれしそうだ。

「あの、これ、母が送ってくれた、茨城のかんぴょうなんですけど、おいしいので……。母が料理長さんに、戻すときは塩を付けてよくもんでから水につけてくださいって伝えるようにって」

　みね子は手土産のかんぴょうを省吾に手渡した。省吾は見事なかんぴょうに感心し、秀俊に「のり巻きつくるか、賄い」と言って渡す。秀俊は「はい！」と頭を下げるときびきびと調理場へ入っていった。

　みね子は改めて、父と母が世話になったことのお礼の気持ちを込めて、鈴子と省吾に頭を下げた。そして、実がまだ見つかっていないことを報告した。

　鈴子は純朴で礼儀正しいみね子をひと目で気に入ってしまった。

「楽しい？　仕事は」

「はい。働ぐの好きです。じいちゃんに言われたんです。働ぐのが好きなら生きていげるって」

「すてきなじいちゃんだね」

鈴子に家族を褒められて、みね子はうれしくなった。

ふとみね子は店を見回し、「そうか、レストランはそういう仕組みになってんのかぁ、そうかぁ残念だな」とつぶやいた。初めての給料ですずふり亭で食事をすると決めて、楽しみに来ていたのだ。それを聞いた省吾は言った。

「特別に、みね子ちゃんのために店開けよう」


こうして、たった一人の客のために全員がスタンバイしてくれた。みね子は真剣な表情でメニューを見ているのだが、正直なところ、どの料理も今のみね子には高くて手が出ない。省吾は値段を気にするなと言いかけたのだが、鈴子はみね子の気持ちを察して首を横に振った。ごちそうするのは簡単なことだが、ここはみね子のしたいようにさせてやるべきだと思ったのだ。

高子に小声で予算を聞かれたみね子は、恥ずかしいくらい少ない金額を言うと、高子が予算内の料理を勧めてくれた。それはサイドメニューのコロッケただ一品だったのだが、高子はちゃんとオーダーを通してくれた。

「コロッケ、ワンです！」

調理場からも「コロッケ、ワン！」と、省吾、元治、秀俊の声が聞こえ、三人はテキパキと調理にかかった。

やがて、みね子は目の前に置かれたほかほかのコロッケを、緊張しつつも口に運んだ。

「なんだこれ……うんめえな！」

初めて自分で稼いだお金で食べる洋食はほんのわずかな量だったけれど、みね子にとっては格別だった。そんなみね子を見ているすずふり亭の面々も、思わず笑顔になった。

「私、決めました。お給料のたんびに一つずつ注文しに来ます。そして最後は、このビーフシチュー、いつか頼みます！」

「おう……お待ちしております」

省吾がかしこまって答えた。

「おいしいなぁ」

みね子はまた一口食べると、自然に笑みがこぼれた。

「うまいよね、自分で働いて稼いだお金で食べるもんはさ」

鈴子はこの気分を味わってほしかったのだ。

「頑張れ、みね子」

「はい！」

初任給で食べたこの料理を、みね子はきっと一生忘れないと思った。ほんの少しだけ大人になった気がした。そして、食べ終わるのが惜しかった。

父はここで食事をしながら、一体何を考えていたのだろう。

——お父さん……私も一人前の労働者になれた気がしました。

第7章 椰子の実たちの夢

「あの……この辺りで、この人、見かけませんでしたでしょうか？」

　みね子は綿引と共に、目撃情報のあった街に赴き、父を捜し続けていた。だが、通行人は差し出された写真をちらりと見るだけで「さぁ」と冷たく通り過ぎてしまう。足早に歩く人波の中でぶつかっては頭を下げ、みね子は戸惑っていた。見知らぬ場所で見知らぬ人に、父を知らないかと問い続けていることは不思議な気分だったし、それでいて、自分から尋ねているくせに、もし「あぁ知ってるよ」と言われたらどうしようという気持ちもあった。

　すっかり疲れてしまったみね子を、綿引は喫茶店に誘った。客が出入りするたびにカウベルがカランと楽しげな音を立てる。クリームソーダを一口飲むと、少し気分が癒やされた。綿引はまだ東京の人の多さを怖がっているみね子に、かつて先輩に言われたという話をした。

「東京は確かに人が多いけど、皆、俺たちと同じだって。ほとんどの人は東京にいた人じゃなく、東京に来た人たちなんだって。来て、いつの間にか東京の人になるんだって。東京はそういう人の集まりなんだって。で、そう思ったら、そんなに怖くなくなった」

「……東京の人かぁ」

颯爽と歩く都会の人たちも、皆どこかの田舎から出てきたのだろうか。みね子は窓の外を急ぎ足で行き交う人たちを、少しだけ違う目で見られるようになった気がした。


今日もまた、乙女寮では雄大を迎えてコーラスの練習が行われていた。今回は「椰子《やし》の実」という曲だ。雄大は曲の説明から始めた。

「海辺を歩いていたら、椰子の実が一つ流れ着いているのを見つけます。これはどこから来たんだろう、南の島なんだろうなぁ、どんなところなんだろうか……そして、どれくらい海を漂ってここにたどり着いたんだろう。海を漂っている間、どんな気持ちだったんだろう。心細かっただろうな。ふるさとを離れるのは寂しかっただろうな……。私と一緒だな。そんな気持ちを想像してみてください」

その言葉は乙女たちの心に響いた。思わず、ふるさとを遠く離れて都会に漂っている自分たちに置き換えてしまう。どことなく郷愁を誘うメロディーと相まって、心を込めて歌い終わったときには誰もが温かくも切ない表情になっていた。

練習の後、愛子は和夫に、そろそろ新しく入った子たちが心配だと話した。東京暮らしの緊張も解けてきて、仕事にも慣れ、そうするとふいに田舎が恋しくなってくるものだ。それに、故郷の親から何かと荷物が届く子もいれば、葉書すら届かない子もいて、その傾向もはっきりしてくる。そんなことも、新入社員たちをつらくさせることがあるのだ。そんな愛子の心配が現実のものになるのはそれから間もなくのことだった。

みね子たちの部屋では、優子が田舎から送られてきたハタハタのつくだ煮を配っていた。皆おいしいと言いながら頬張っていたのだが、なぜか澄子が一人しょんぼりしている。

「どうした？　なんか嫌なごどあっだ？　言ってごらん」

幸子が問いかけると、澄子は肩を落としたまま答えた。

「なんか悪いなど思って、おれ……もらうばっかりで……ウヂがらはなんも送ってこねえから……なんか恥ずがしくて、勘弁してくれ」

「おめが恥ずかしいとか思う必要ね、絶対ね」

豊子が怒ったように言い、皆が口々に慰めると、澄子は、ここが好きだから寂しくはないと言って笑顔をつくった。仕送りしても葉書一枚送られてこないが、それも初めから分かっていたことだった。

「だから帰りだいとも思わないです。帰っても邪魔にされるだけだし。でも……ばぁちゃんには会いでぇなぁ……達者がなあ……。ばぁちゃんに手紙書きてえんだけんど……ばぁちゃん、字、読めないいんで……」

皆がしんみりする中、澄子はもう一度「会いでぇなぁ」と言うと、ふっと笑った。中学に入ったばかりの頃の、ある出来事を思い出したのだ。

長年働き詰めだった澄子の祖母は、腰が曲がってゆっくりとしか歩けない。その祖母が一度だけ驚くような速さで走ったことがあった。澄子が学校でけがをして、帰りが遅くなったときのことだ。畑の中の一本道を澄子が一人帰っていくと、向こうから祖母が走ってきた。

「ばぁちゃん、腰がピン！とまっすぐになってで。それで、澄子！って向かってきて、走ってるわけですよ。おれ、びっくりしちまって」

澄子は祖母に抱きついて泣き、その後すぐ、祖母の腰はすっかり元に戻ってしまったという。皆に笑い話のように話したけれど、澄子はその夜、祖母を思って声を出さずに布団の中で泣いた。


澄子の姿が見えなくなったことにみね子たちが気付いたのは、翌日の終業後のことだった。もうすぐ夕食の時間だというのに、澄子が帰ってくる気配はない。

「晩ご飯には戻ってくるでしょ？」

みね子が言うと、幸子も「そうだね、今日はカレーライスだしね」と心配を吹き飛ばそうとするように答えた。カレーの日はいつも、澄子は気合いが入っていて、誰よりも早くお代わりしている。それくらい好物なのだ。だが、皆笑おうとしてもすぐに表情が曇ってしまう。

今日の澄子は朝から元気がなかったうえに、仕事中もボーッとしてミスを連発し、松下に「クビにするぞ」と厳しく叱責されていた。もちろん、本気でクビにしようというわけではない。だが、そう言われても仕方ないくらい、澄子は心がどこかに行ってしまっているように見えた。

夕食の時間になっても澄子は戻ってこない。隣のテーブルの寮生が、澄子が仕事の後、しょげた様子で外へ出ていくのを見たという。

「あの子、まさが」

みね子がつぶやくと、豊子が「ばぁちゃん……」と続けた。一瞬の沈黙の後、みね子、時子、幸子、優子、豊子は立ち上がった。愛子が驚いて声をかけたが、答える間もなく五人は食堂を飛び出していた。外はもう真っ暗だ。

みね子たちは上野駅へやって来た。祖母会いたさに、きっと澄子は故郷を目指したのだろう。しかし、来てはみたものの、みね子と時子と豊子にとっては、上野駅は初めて東京に着いたとき以来だ。その広さと雑踏に、途端に心細くなってきた。しかし、今本当につらい思いをしているのは澄子のはずだ。早く見つけなければ。

「皆、バラバラにならないで。はぐれちゃうがら、私がら離れないで」

幸子が皆を先導して常磐線のホームを目指す。五人ははぐれないように固まって先を急いだ。全員が泣きそうな気分で必死に澄子を捜した。だが、その姿はどこにも見当たらない。

「澄子、乗ってっちゃったのがな」

みね子がつぶやくと、「もっど早ぐ気付いてあげればよがっだな」と、幸子は先輩としての後悔を隠せなかった。

ひょっとしたら寮に帰っているかもしれない。そんな一縷《いちる》の望みを持って、皆で引き返すことにした。すると、突然、いかにも怪しげな男がみね子たちの前に立ちはだかった。

「お姉ちゃんたち、どうした？　行くとこないのか？　迷子か？　ハハ、どっかうまいもんでもごちそうしてやろうか？　腹減ってんだろ、なあ」

いやらしい目つきでみね子たちをなめ回すように見る。皆おびえてしまって声も出ない。さらに連れの男が「行こう行こう。仕事困ってるんだったら、いい仕事紹介してやってもいいよ」と迫ってくる。最初に声をかけた男が「よし行こう行こう」と豊子の肩を抱こうとした。

「触らないで！」

声を上げたのは幸子だった。

「なんだこのガキ」

「私だぢは行ぎ場のない迷子なんかじゃない。ちゃんと自分だぢの力で自分たちの場所で生きてます！　バガにしないでください！」

幸子は男たちをにらみつけて一気に言った。だが、男たちはそんなことでひるむはずもなかった。薄ら笑いを浮かべ、今度は優子の手を引っ張っていこうとする。

「触んな！」

時子が男を突き飛ばした。

「何すんだこら！」「なめてると承知しねえぞこら」と、さすがに男たちも黙ってはおらず、すごむような目でじりじりとみね子たちに迫ってくる。

「逃げるよ！」

幸子の合図で、みね子たちは手に手を取って走りだした。振り返りもせず、人混みをかき分け必死で逃げた。走り疲れてようやく立ち止まったときには、もう男たちの姿はどこにも見えなかった。だが、皆笑顔はなく、言葉を失っていた。ただただ怖かった。そして悔しかった。

寮に帰り着くと、「どこ行ってたの？　あんたたち」と寮生たちが駆け寄ってきた。説明する気力もないみね子が、澄子は帰っているのか尋ねると、返ってきたのは意外な答えだった。

「病院だって。向島中央病院から電話あって、愛子さんが行ってる」

一体何があったのかは全く分からない。五人は、今度は病院に向けて走りだすことになった。

向島中央病院に到着したみね子たちは、教えられた病室を探した。澄子は無事なんだろうか。誰も口にはしなかったが、最悪の事態すら頭に浮かんでしまう。

病室のドアを開けると、最初に目に飛び込んできたのは、穏やかな表情の愛子だった。そして、その後ろのベッドの上には、澄子がいた。しかも、座ってバナナを食べていた。

「澄子、どうしたのよ、あんた」

茫然《ぼうぜん》とした後、ようやくみね子が口を開いた。

「澄子、大丈夫なの?」と優子が気遣い、「なしてバナナ食べてんのよ、どこが悪いの?」と豊子が畳みかけた。この頃のバナナといえば高級品で、土産としてもらうか病気のときくらいしか食べられない貴重品だ。

澄子は皆の勢いに完全にけおされていた。

「あ……あの……おれ、銭湯に行ってで、その……なんていうか」

「銭湯の湯船で寝ちゃって、のぼせて、気を失って、救急車で運ばれたのよね」

愛子が助け船を出してやった。

「ハハ、はい、簡単に言うとそういうことです」

「難しく言っても同じだと思うけどね」と、飄々《ひょうひょう》と愛子が言う。

なんだ、それ。みね子たちはすっかり脱力してしまった。なぜ何も言わずに一人で行ったのかと幸子に聞かれ、澄子は大真面目に答えた。

「なんかゆんべ寝れねぐて、で、今日、仕事で失敗して怒られて。このままじゃダメだど思って、元気出さねどなんねと思って、銭湯行ってさっぱりして、挑もうと思いまして。でも、寝でねがったから寝でしまって……ハハ」

挑むというのは仕事に対してなのか。それほど気にしていたのか。ところが、澄子の真意は違ったらしい。

「違いますよぉ。だって今日カレーの日じゃないですかぁ。元気ないとダメだべえ？」

皆があきれて腹を立てたのは言うまでもない。だが澄子は、皆がわざわざ上野駅まで行って、怖い思いまでして必死で捜してくれたことを知ると、泣きだした。

「皆……おれのために？　おれのごど心配してぐれで……」

「当たり前だっぺよ」

みね子は心から言った。澄子は「だって……だってぇ」としゃくり上げる。泣きながらもバナナを食べ続けることは忘れなかったのだが。

なぜか時子が澄子をおんぶして帰ることになった帰り道、屋台のラーメン屋を見つけた。途端にみね子たちのおなかは盛大に鳴った。

「皆おなかすいてんでしょ？　よし食べてこうか、愛子さんがおごるよ」

皆一斉に歓声を上げた。フラフラしていたはずの澄子まで、急に元気になる。

もし奥茨城に残っていたら、この仲間と出会うことはなかった。おかしな言い方ではあるが、これも父のおかげかもしれない。生きているということは、なんと不思議で面白いのだろうと、みんなでラーメンを食べながらみね子はつくづく思った。

さまざまな出来事が、寮の同室になったみね子たち六人の友情を確かなものにしていた。

忙しい毎日の中、時子はもちろん夢を追い続けていた。時には誰もいない川原に行って、一人発声練習をすることもあった。乙女たちは、そんな時子の夢を全力で応援していた。

ドラマのオーディションを目前に控えた日、食堂に集まったみね子たちは、時子のために模擬オーディションを行った。読書家の豊子は、オーディションでどんなことが行われるのかしっかり調べてきていた。時子と向かい合う審査員席に、みね子、幸子、優子、豊子、澄子が並んでいる。和夫が食堂の片づけをしながら見守り、仲間に入りたがった愛子もちょっとだけ参加して、模擬オーディションは進行していく。審査員役のみね子たちが質問し、それに答える時子は、なまりもなく、なかなか堂々としていた。

「私が審査員だば合格だな」と優子が太鼓判を押し、「うんうん、大丈夫だよ、時子」とみね子も大きくうなずいた。しかし、時子にはまだ不安が残っているようだ。

「でもさ、私、こういう場だと大丈夫なんだけど、いざとなっと結構ダメなんだよねぇ」

「そうなんだ。時子はふだんパリッとしてっけど、意外にいざとなっとダメ。そういうとき、私がいないとダメな子なのよ、ハハハ」

みね子の誇らしげな言葉に、豊子は「へぇ」といぶかるような反応をしたが、時子は真面目な顔でうなずいた。

「だからさ、みね子、一緒に来て」

みね子は驚いたが、これも親友のためだ。付き添いとして同行することにした。

愛子は時子に色紙を押しつけた。オーディション会場のNHKで、もし石原裕次郎《いしはらゆうじろう》に会ったら、サインをもらってこいというのだ。優子は西郷輝彦《さいごうてるひこ》、幸子は橋幸夫《はしゆきお》を希望し、和夫は山田五十鈴《やまだいすず》だけで他は要らないと、豊子に至っては高倉健《たかくらけん》がいいが丹波哲郎《たんばてつろう》でも大丈夫などと言い、「おれは時子さん一筋ですから」と言っていた澄子までが「でも、植木等《うえきひとし》がいだらお願いします」と、皆が勝手なことを言いだし、緊張感に満ちていた模擬オーディションは大笑いで終わった。


オーディション当日、とっておきの服に着替えてみね子と共に玄関に出た時子は目を丸くした。そこには、愛子を始め寮生全員が集合していたのだ。皆は「せえの！」の合図で声を合わせ、一斉に叫んだ。

「向島電機のスター！　助川時子さん、頑張れ！」

時子は感動して声も出なかった。皆が夢を応援してくれる気持ちがうれしかった。絶対に合格してやる、スターになってやる、時子はそんな決意を新たにした。

昭和四十年当時、NHKは現在の渋谷ではなく内幸町《うちさいわいちょう》にあった。みね子と時子は都電を乗り継いで内幸町に向かった。やっと到着したとき、入る前からみね子は圧倒されていた。ここでテレビ番組がつくられているのか。ふと横を見ると、時子の顔もこわばっていた。

テレビがお茶の間の主役になった時代、多くの少年少女たちがテレビに出ることを夢見るようになっていた。この頃、俳優になるには、劇団や養成所に入るか、もしくは新人オーディションを受けて合格する、その二つの道が一般的だった。

「わ、すごいね、なんか。時子はここにいづも来るようになんだよ。有名になっても友達でいてよ」と言うみね子に、時子は「バカ」と笑ったが、まだ笑顔が硬い。

「ねえ、見てこれ」

みね子は愛子に押しつけられた色紙を出して見せた。昨日は石原裕次郎のサインをもらってこいと渡された一枚だけだったはずなのに、いつの間にか三枚になっている。

「愛子さん、加山雄三《かやまゆうぞう》と小林旭《こばやしあきら》も会えたらもらえって。皆いっかもしんないから、一応渡しとぐって……今朝」

「紅白歌合戦じゃないんだからねぇ」

思わず笑いだした時子に、みね子はホッとした。やっぱり時子は笑顔の方が断然いい。


ところが、時子の笑顔はオーディションの控え室に足を踏み入れた途端に凍りついてしまった。派手なドレスに身を包んだ人形のようにきれいな子、ダンスのステップを踏んでいる男装の子、歌の練習をしている子もいる。皆華やかな雰囲気をまとい、場慣れした様子だ。緊張した表情を浮かべている子もいるにはいるが、やっぱりあか抜けている。みね子には、時子がすっかり自信を失ってしまっているのが分かった。このままではまずい。なんとかしなくては。

「時子、高校の文化祭の演劇、覚えてる？」

みね子は文化祭で時子が「真夏の夜の夢」の舞台に立ったときのことを話し始めた。三日間の公演は評判が評判を呼び、どんどん観客が増えて、体育館に入り切れなくなった。皆、時子を見に来たのだ。時子が泣けば観客も泣いた。時子が笑えば、見ている者たちまでがうれしくなった。

最後は拍手が鳴りやまなかった。

「そりゃね、茨城の田舎の高校の舞台だったかもしんない。でもね、私は思うよ、同じなんじゃないかなって。テレビとか映画とかが、見てる人の数が違うだけで、見てる人の気持ちは同じなんじゃないかって思う。んだから、自信を持って。あんたはさ、皆をいろんな気持ちにさせることができる人なんだよ。私はそう思ってる。分がっけ？」

「……うん」

時子の顔にかすかにほほ笑みが戻ってきたかなと思えたとき、名前が呼ばれた。時子はみね子に力強くうなずいてみせると、部屋を出ていった。時子を見送り、改めて辺りを見回せば、誰もがキラキラ輝いて見えて、みね子は心のどこかで、時子は落ちてしまうのではないかと思った。そして、そう考えてしまう自分が嫌でたまらなくなった。時子はみね子にとって、ずっとスターだったのに。


時子は間もなく戻ってきた。「なんか食べて帰ろうか。おなかすいた」と言う時子の顔を見て、無理してふだんどおりの顔を装っているのが分かった。だから、帰り際、一度だけテレビ局の建物を振り返った時子が苦しげに唇をかむのを見てしまったときにも、みね子は何も言わなかった。

乙女寮では、部屋で幸子たちがやきもきしながら時子の帰りを待っていた。時子の気持ちを尊重して、帰ってきてもいきなりどうだったかなどと聞かないことに決めた。もっとも、聞かなくても、時子はともかくみね子の顔を見れば分かるはずだ。

そして、みね子と時子が帰ってきた。二人とも笑顔だ。時子は帰り道、みね子に選考結果を話し、寮の皆を心配させないように明るく帰ろうと決めたのだ。おかげで幸子たちには結果が分からない。オーディションのことには触れない微妙な会話が続いた。その空気を破ったのは、いきなり部屋に入ってきた愛子だった。

「おかえり。時子さん、どうだった？　受かった？　落ちた？」

その場にいた全員が固まった。

「ハハ……ハハハ……落ちましたぁ」

今まで気を張っていた時子だったが、笑顔はたちまち泣き顔に変わった。

「悔しい……悔しいよぉ」

時子はみね子と抱き合って泣いた。

オーディションはどんな様子だったのか。ひとしきり泣いた後、時子は語り始めた。

オーディション会場に足を踏み入れた時子の緊張は、居並ぶ審査員たちを見た瞬間に加速していった。

「私、とにかく緊張してしまって、で、なんでだか、緊張すればするほど、なまってしまって」

セリフを読むよう指示されると、頭の中では違う違うそうじゃないと思っているのに、声は震えて裏返り、ことごとくなまった。残念だけどまた挑戦してくださいと言われたときには、なんとかもう一度やらせてほしいと願い出たのだが、当然のことながら却下された。

「なるほどね。そうか、ならよかった」

時子の話を聞き終えた愛子の言葉に、皆は何を言いだすのかと驚いて愛子を見た。

「つまり、時子さんは緊張して、本来の自分を発揮できなかった。そうなんでしょ？　じゃ、いいじゃない。諦める理由はないよね」

自分では完璧にできたと思ったのに落ちたならともかく、持っている力が出せなかったのなら、また次に頑張ればいい、それが愛子の考えだった。

「そうかぁ、そういうことかぁ、次頑張ればいいのか……んだね」

愛子の言葉は、ゆっくりと時子の中にしみ込んでいったようだった。

「んだね、そういうこどだね」

みね子も大きくうなずいた。そして、愛子のように相手を楽にさせてやれる人になりたいとつくづく思ったのだった。とはいえ、その後、しっかり裕次郎のサインを催促するのを忘れない愛子だった。


それから、時子は表面的には何事もなかったかのように働いていた。だが、以前と比べて元気はなく、ふとしたときにつらそうな表情を浮かべる。川原で発声練習やセリフの練習をしているのをみね子がこっそりのぞくと、時子は一回セリフを言うたびに、すぐにため息をついては座り込んでいた。それに、夜眠っている時子の頬には涙の跡があり、「もう一回やらせてください、もう一回……」と絞り出すような声で寝言を言った。夢の中でまでオーディションを受けて苦しんでいるとみえる。

そして、みね子は考えた末、時子のためにある人物に手紙を出したのだった。

日本橋の安部米店では、三男が朝早くから働いていた。奥からは善三とさおりがそれぞれ朝食に呼ぶ声が何度も聞こえる。三男はポケットから手紙を取り出して読み返していた。それはみね子からで、『時子を元気にしたいのです。どうか、よろしくお願いします』と切々とつづられていた。幼なじみのピンチに三男が黙っていられるはずはない。ただし、時子に会いに行くためには、一つ乗り越えなければならない面倒なハードルがあった。

相変わらず仲の悪い父娘に挟まれ、パンと味噌汁という和洋折衷の朝食が三男の定番だ。三男が何か言おうとしているのを察したさおりが、「分かってる三男君。本当はパンが食べたいのに、遠慮してんでしょ？　偉くもないのに偉そうにしてる人に」と嫌みな口調で言えば、善三が「本当は米が食いたいんだろ？　でも怖いんだよな。分かる、分かる。おっかねえもんなぁ、女のクセになぁ」とあてこすりを言う。三男を間に挟んでまた喧嘩になりそうなところで、三男はなんとか切り出し、「あの……、今度の日曜日、休みください。お願いします！」と頭を下げた。

「日曜はお前、定休日じゃねえだろうが」

「そごをなんとが……一緒に茨城出てきた仲間三人で会いたいんです。そのうぢの一人が、ちょっといろいろうまぐいってなくて、励ましてやりてえんです」

「前に話してた、女の子だ」

さおりはすぐに気付いたらしく、面白くなさそうな顔をした。善三は善三で、三男がいないとさおりと二人だけになってしまうと言って渋る。休暇をくれるのかくれないのかはっきりしないまま、途方に暮れる三男を挟んで、善三とさおりは無言で朝食を食べるのだった。

よく晴れた日曜日、みね子と時子は精いっぱいのおしゃれをして日比谷《ひびや》公園にやって来た。都会の真ん中の公園では、生い茂る緑までもがハイカラに見える。時子は「あ〜、ここよく映画に出てくるとこだよ」と大きな噴水を見上げた。公園のシンボルの噴水が、涼しげな水しぶきを立てていた。

「でもいがったね。三男、日曜日に休みがとれでさ。たまたまさ」

みね子は「たまたま」をつい強調してしまう。

噴水が高く上がり、空中に美しい虹を描いた。なんてきれいなんだと見とれていると、水しぶきが低くなり、その向こうに見えてきたのは三男だった。何やら格好つけた上着など着ているではないか。みね子と時子は同時に噴き出した。

「なんだよ、何がおがしいんだ？　格好いがっぺ、なぁ、三田明《みたあきら》みたいだっぺ？　惚《ほ》れ直したが、時子」

「惚れ直すも何も、もともと惚れてないわ」

再会した途端に、奥茨城で毎朝バスに揺られていた頃の三人に戻るのがみね子は不思議で、そしてうれしかった。

「仕事、大丈夫だったの？」

みね子が尋ねると、三男は一瞬言葉に詰まったが、「おう、全然大丈夫だったよ。楽しんでこうって送り出されたよ、ハハハ」と笑った。実際は、さおりからも善三からも「行くの？　やっぱり、どうしても？」「俺たちを二人にして、それでもどうしてもお前は行くのか？」と思い切り恨みがましい目で見送られたのだが、それを言うわけにはいかない。

三人は銀座へと繰り出した。銀ブラというわけである。この頃の銀ブラの定番といえば、銀座通りとみゆき通りをブラブラ歩いて、デパートで買い物をして帰るというコースだ。もちろん三人に買い物や食事を楽しむお金の余裕などなかったが、華やかなショーウインドーをのぞき、最新のファッションに目を輝かせていると、それだけで少し大人になったような気がしたし、三人でいればずっと笑っていられた。


夕方、日比谷公園に戻ってきた三人は、すっかり疲れ切ってベンチに座り込んだ。

「どごさ行っても人だらげだな。一体どっから湧いてくんだっぺ、あんなに人が」

三男にはいまだに東京の人の多さが不思議で仕方ない。みね子が「そん中の一人だよ、私たちも」と言うと、「あ、そうが」と頭をかいた。

「でも楽しかった。いろいろ見られて、うん」

時子は間違いなく心から楽しんでいた。

「高くて全然何も買えながったけどねえ。いづになっか分がんねえけどさ、頑張ってお金ためて、買えるような人になりてえなって思ったよ。そりゃ世の中にはさ、根っからのお金持ちもいんのかもしんないけど、今日のデパートとがにいだ人は、頑張った人たぢなんじゃねえかなって。だって皆、すごく楽しそうな顔して買い物してたよ。あれは、頑張った人たぢなんだよ、きっと」

みね子は、今日一日銀座を歩いてそう感じたのだった。

「確かに楽しそうだったなぁ、皆」

そう言って三男もうなずいた。

「買わなくても楽しかったよ、ね。ありがとう……みね子でしょ？　みね子がさ、私のために、三男に頼んだんでしょ？　今日のこど。三男も無理してくれてありがとう。休むのは本当は大変だったんでしょ？　ごめんね、ありがとう」

時子には最初から分かっていたのだ。みね子の心配も、三男の無理も。時子は「あ〜あ、人から心配される人になってしまったなぁ」と自嘲するように続けた。みね子が「どういうこど？」と尋ねると、時子はなぜ女優になりたいと思ったのかを静かに話し始めた。

もちろん芝居が好きだし、さまざまな役を演じている間、自分とは違う人生を歩めるのもすてきだと思う。でも、いちばん大きいのは、映画などを見ているときには嫌なことも心配なことも全部忘れてしまうということだ。それはすごいことなのではないかと、幼いときから思ってきたのだった。

「私なんかさ、恵まれてる方だと思うんだよ。でもさ、もし恵まれてんだったら、弱ってる人とが、つらいこどたくさんある人がさ、私が出てる映画とが見てさ、その間だけいろんなこど忘れられるような人になるべきなんだって……そう思ってた。東京来てね、皆、いい子たちで、応援してくれてさ。でも、皆それぞれつらいこどとかあって、皆見てると余計にそう思った。なりてえなって。でも、逆に皆に心配される人になってしまった。まいった」

時子は、単なる憧れや、スターになって華やかな生活がしたいとか、そんなことではなく、人を幸せにしたいという夢を持っていたのだ。みね子はそれがすてきだと思った。だから言った。

「諦めたわけじゃながっぺ」

時子はうなずいたが、表情は暗かった。東京に来るまでは自信があって、放送局に行けば「君を待っていたんだ！」なんて言われるのを想像していた。でも、実際は全く違った。

「星の数ほど私みだいな女の子はいて、その中の一人なんだなって……そしたら急に怖ぐなってきた。なりたいって気持ちが強くなればなるほど怖いんだよ」

夢を持っているが故の怖さなのだろう。みね子は想像することしかできなかったが、時子がつらい気持ちでいると、みね子もつらくなる。

すると突然、三男が手をたたいて立ち上がった。

「よし決めだ、時子。女優諦めろ。で、俺の嫁さんになれ」

今の時子の話を聞いていながらそれはないだろうと、みね子はムッとしたが、それ以上に時子はイラついた。

「女優ダメなら俺は絶対お前を嫁さんにすっかんな、絶対だ。絶対そうしてみせる」

「なんだそれ、ダメって決まったわけじゃないよ、最初だから緊張しただけだ」

「ダメダメ、諦めろ、な」

三男と時子のやり取りを聞きながら、みね子には三男の真意が分かってきた。

「冗談じゃないわ、絶対やだね、あんたの嫁さんなんか」

「だったらなってみろよ、泣ぎ言言ってねえでよ！　めそめそしてっと嫁さんにすっと。分がったか」

「バカじゃねえの。分かったよ、なってやるよ。死んでも嫌だね、あんたの嫁なんて」

「死んでもってお前、そごまで言わなくてもいいだろうがよ！　死ぬよりましだっぺ！」

三男なりの励ましであることは、時子にも分かった。

いつの間にか、三人はふざけ合いながら笑っていた。そして、三人は気付かなかったが、離れたところで三人のやり取りを見ていたさおりが、寂しげな顔でそっと踵《きびす》を返して去っていった。

時子と三男の話を笑いながら聞いていたみね子は、心の中で父に語りかけた。

――お父さん……三男はいい奴です。そして切ない恋心です……恋をしているんだなって思いました。三男は本当に時子に恋をしていて……時子は女優さんという仕事に……恋してるんだなって。私は……まだ恋をしていないのかな……と思ったりしましたよ。


さて、その頃、奥茨城村で家族たちはどうしているのかといえば……。

よく晴れたある日のこと、きよが大事そうに風呂敷包みを抱え、道を急いでいた。鼻唄など歌いながら実に楽しそうだ。きよが目指していたのは谷田部家だった。

「お邪魔するよぉ！　ハハハ」と戸をガラリと開けると、「あぁ来た来た」と迎えたのは美代子と君子だ。

「楽しみにしてだんだ今日を、あんたらとしゃべんのをよ、ハハハ」

きよは早くも笑いが止まらない。風呂敷の中身は、三人で食べようと持ってきた差し入れだ。きよの勢いに押されたのか、仕事をしていた茂が立ち上がった。

「きよ。おめえとご、亭主いっか？　ウヂに」

「いるよ、そりゃ他に行ぐとごねえもん。たまにはどっか遠ぐまで出がけでほしいもんだわ」

茂は、機械のことで征雄に相談があるというのを理由に、「どうせ男の悪口言いたい放題言うんだっぺ、聞いでられっか」と逃げるように出かけていった。

続いてちよ子も立ち上がる。

「あんまし子供に聞かせたぐない話すんの？」

「いやぁ、そんなこどは……ねえ」「んだよねえ」「んだ……なぁ」と、美代子たち三人の歯切れは実に悪い。察したちよ子は、進を連れて外へ出ていった。なかなか賢い子なのである。

「でもさ、きよさん、ウヂの方は大丈夫だったの？　出でくんの」

君子がきよに尋ねた。

「なんだがぶつくさ言ってたけど知っちゃこっちゃねえ」

きよは、出かける前に夫の征雄と少々もめた。「仕事いぐらでもあんのに。遊びに行ぐつもりじゃながっぺな」と苦虫をかみ潰したような顔の征雄に、きよは「私は行ぐ。誰がなんつっても行ぐ。あんたが今死んでも私は行ぐ。離縁だと言われでももぢろん行ぐ」と宣言し、出てきたのだ。

「革命だね、きよさんの。革命起こしたんだねぇ。これがらは女の時代だよ、その扉を開けたんだよ、きよさんは」

君子は心底感心したように言った。革命と言われても、きよはピンときていなかったが、褒められたことですっかり気をよくした。

「んで、子供らがら手紙来っか？」

きよが口火を切った。やはり、まずは東京へ出た子供たちの話題だ。君子が、たった一度だけ来た『元気です。時子』と書かれた葉書を見せると、あまりに時子らしく、そして間違いなく元気に違いない便りに、美代子もきよも笑ってしまった。

「ちっちゃい頃がら、意思が強いっつうが、何するが分がんないとごある子でねえ」

君子が話し始めたのは、時子の「落とし穴事件」だった。それは時子が小学校に上がったばかりの頃に、生まれたときからかわいがっていた牛を売らなければならなくなったときのことだ。

「泣いで泣いで、そごまではかわいいんだけど。あの子、いよいよ業者さんが引き取りに来る前の晩に、ウヂの前の道、徹夜ででっかい落とし穴掘ったんだよ。業者の車が入れないように」

そして、翌朝早く用事で外に出た時子の父が、穴に落ちた。

「知らずに業者さんの車が来たら、大変なこどんなってたよ。亭主でよがったよ、本当に」

君子の話を美代子は笑って聞いていたが、きよはなぜか笑いたいのを我慢している。

「聞きにぐいこど聞くけどいいが、美代子。今みだいに亭主の話みだいなすっとぎ、どういうふうに気遣ったらいいがね、あんたに」

きよは、行方不明の実のことを気にしていたのだった。美代子は答えた。

「全然気遣わないのがいいんだ。気遣われんのやだよ」

「そうが、分がった、君子、今のとご、もういっぺん言って」

「え？　えっと……落ちたの亭主でいがったよぉ」

君子が改めて最後のオチを話すと、きよは思い切りガハハと笑った。つられて美代子と君子も大きな声で笑った。

「で、三男君は手紙は？」

子供の話に戻って、君子はきよに尋ねた。

「あぁ来た。なんだが、えらいしっかりした手紙でよ、角谷家の皆様とが書いであって。仕事は順調だと、皆いい人で、大事な仕事を任されてる。やりがいのある仕事ですなんて書いでいだ。お母ちゃんも体に気付けでなんて書いであるもんだがらよ、泣いだ泣いだ、もう」

それを聞いて美代子も君子もすっかり感心してしまった。ところが、きよはさすが母親だ。よく考えてみたら、そんなにすぐに大事な仕事を任されるわけがない。三男はそうやって見栄《みえ》を張るところがあるのだ。本当のところは苦労しているに違いない、そう見抜いていたのだった。

「ただ、米屋のご主人はいい人らしい。丁寧に挨拶の品なんか送ってきた。息子さんをお預がりします。ご安心くださいとが書いであってよ。ただな、その品がな……バガなんじゃねえがと思うんだ」

一体どういうことなのかと、美代子も君子も身を乗り出した。なんと、送られてきたのは米だというのだ。

「売るほどあるわって話だわ。しかも、新潟の米だ。喧嘩売ってんのがって亭主とが怒るしよ。しかもだ、この米は最上級で日本橋の料亭に卸しているもんだどが書いであってよ、何が日本橋の料亭だ。なぁ」

「で？　食べだの？」

美代子は興味津々だ。

「あぁ……うまい」

きよはあっさり認めた。

「ダメだよ、そんじゃ。そういうとごろが茨城のダメなとごだよ、もう」

君子に叱られても、本当にうまかったと言って、きよはまたガハハと笑った。

次に、みね子の話になった。みね子は家族それぞれに何通も手紙を送ってきていると言うと、きよは「いい子だねえ」と心底感心してくれたのだが、美代子は素直に喜べなかった。

「いい子過ぎます。私がそうさせてしまってるんだ。あの子は、本当はのんびり屋で、ぼんやりしてでさぁ、小さい頃は。気が付くとそごらで寝でで、みね子じゃなくて猫みてえだなって言ってたような子なんだよ、本当は」

「そうだったねえ」と君子も昔を懐かしむ目でうなずいた。

「でも、父親が出稼ぎ行ぐようになった頃がらさ、自分がしっかりしなくちゃいげないんだって思うようになったんだろうね。そっからだよ、あんなふうになったのは。わがままとが言わねえし、全然私を困らせない。おまげに実さんいなぐなっちまって。あんなポーッとしてた子が、今じゃ、あの小さい体で、この家を支えでんだよ。泣けでくるよ、本当に」

「んだな」

きよは改めて谷田部家のこの数年の苦労を思い、静かにうなずいた。

「本当なら、今は皆、女の子だって、たくさん夢持ってさ、我慢なんかしねえで、やりたいことやれる時代になってるっつうのにさ。私のせいだな。このウヂのせいで、全然自由じゃないんだなって思うんだ」

そんな美代子の言葉を、君子は柔らかく否定した。

「そんなこど思わないよ、あの子は。東京行ぐ前にウヂに遊びに来たときにさ、言ってだよ、世界でいぢばんお母ちゃんのことが好きだって。尊敬してるし、憧れてるし、お母ちゃんみてえになりてえんだって、目キラキラさせで言ってたよ」

みね子がそんなふうに思ってくれていたと聞き、美代子は胸がいっぱいになって、何も言えなくなった。きよは既に顔をグチャグチャにして泣いている。君子は静かに続けた。

「なんか想像できねえよねえ、あの子らが東京で働いでるなんてさぁ。想像しただけで、なんだろ、胸がきゅ〜っと痛ぐなるよ。テレビとがで東京でなんか事件があったとが見っと、電車の事故とがさぁ、息が苦しくなっちまうんだよ」

美代子もきよも大きくうなずいた。とにかく子供たちに嫌なことが起こらないでほしい。子供が悲しい思いをするのは嫌だ。東京でしっかり働けるくらい成長したとしても、やっぱり子供は子供なのだ。つらい思いをするのなら代わってやりたいと、三人の母は心底思っていた。

「んだねえ……私、思いっきし泣いでもいいが？」

美代子の言葉に、「うん」と君子がうなずき、きよが「泣げ、美代子」と言った途端に、美代子は堰《せき》を切ったように泣き始めた。ワアワアと子供みたいに泣いた。一緒に暮らす舅《しゅうと》と幼い子供たちの前では流せない涙だった。

同じ母の立場だからこそ、心おきなく涙を流し合えた。三人の母は、それぞれの子供を思って思い切り泣いたのだった。

第8章 クリームソーダと恋？

東京に夏がやって来た。奥茨城のように朝晩の涼しい風など吹いてはくれない。朝礼のため整列したみね子たちは、早くも額に汗を浮かべていた。松下が訓示を始めた。

「昨夜も巨人が勝ちました。別に私が長嶋《ながしま》ファンだから言ってるわけではありませんよ。我が社にとってありがたいことなんです。どういうことか分かりますね」

みね子たち新入社員にはさっぱり分からなかったのだが、それは、巨人が強いと後楽園球場が連日満員になり、すると、球場に行った観客は試合を見ながら実況中継の解説も聞きたくなって、トランジスタラジオが欲しくなる、ということだった。持ち運びのできるトランジスタラジオならではの楽しみ方だ。

後楽園球場に詰めかけるファンは一日三万八千人。だから巨人が強いとラジオが売れるのはまぎれもない事実だと、松下は熱弁を振るった。とはいえ、もちろんそのラジオの全てが向島電機でつくっているＡＲ64ではないわけで、会社としては熾烈《しれつ》な競争に打ち勝つためにも次を見据えていかなくてはならない。

「そうです。次というのは、クリスマス商戦です。クリスマスに向けて今日から気合いを入れ直して頑張りましょう！」

こんなに暑いのにもうクリスマスの闘いなのか。東京とは、会社とはなんとせわしないところだろう。みね子は今さらながらあっけにとられた。


そんなわけで、仕事は決して楽ではなかったが、みね子が東京にやって来て四か月がたち、同じ部屋で暮らす仲間たちと泣いたり笑ったりする毎日を楽しんでいた。

時子は小さな劇団に頼み込んで稽古に参加させてもらうようになり、仕事以外の時間は女優を目指して努力を続けていた。

豊子は仕事の合間に通信制の高校の勉強に打ち込み、優秀な成績を修め、皆を驚かせた。

体が丈夫ではない優子は、夏の暑さがこたえるようで、時々青い顔をしてフラついては皆を心配させていた。そんな優子のために、食堂では和夫が特別にスタミナメニューのレバー炒めをつくった。「レバー苦手なんだぁ」と言いながら、みんなに見張られて渋々《しぶしぶ》、でも感謝しながら食べる優子を、みね子はキュートだなぁと思った。「キュート」とは、最近みね子が覚えた言葉だ。

みね子から見ると大人の世界へ足を踏み入れているのが幸子だ。寮長なのに一度門限を破り、ベランダからこっそり戻ってきた幸子を皆で協力して部屋に入れたことがあった。恋人同士というのは一分一秒でも長く一緒にいたいものなのか。これは、まだみね子には想像のつかない世界なのだった。

澄子は、東京に来て三キロ太った。寮の食事をお代わりばかりしているから当然だ。そして、よく寝て、よく笑う。就職列車で不安に押し潰されそうな顔をしていた頃とは別人のようだ。

みね子はといえば、仕事に慣れてだいぶミスをしなくなったくらいで、特に大きな変化も出来事もない。時々、父が目撃された場所に行ってはみるものの、相変わらず手がかり一つ見つかっていない。一人で都心に出るのはまだまだ怖かった。東京に住んではいるけれど、東京の人ではないし、茨城からは遠く離れてしまっている。あのまま奥茨城にいたら今頃どうしていたのだろうかと想像を巡らせてみるのだが、農作業をしている自分を思い浮かべても、その像はなぜかぼんやりとしてしまうのだった。

そんなある日、部屋でいつものようにおしゃべりしていると、もうすぐやって来るお盆休みの話題になった。時子も幸子も優子も澄子も豊子も今年は帰らないという。

「私もそうしようかな。お金かかるし、お正月まで我慢かな、帰りたいけど」

みね子も、この夏は奥茨城に帰らないことにした。父が見つからない今、往復の交通費も惜しい。ふと、幸子がいたずらを企むような笑顔を浮かべて言った。

「ねえねえ、一日さ、どっか皆で出がけない？」

その途端に皆の目が輝き、たちまち海水浴に行く話がまとまった。

「決まりだね。てこどは、あれが必要だよ、あれが」

幸子にそう言われても、みね子が思いつくのは浮き輪くらいのものだったが、「違うわよ、これ、これ」と差し出されたのは、雑誌の水着の特集ページだった。どれが誰に似合うか、こんな大胆なものは無理だとか、生地が少ない方が安いのだろうかとか、年頃の女の子たちのおしゃべりは尽きるところを知らない。

「あ、そうだ、あいづ、会社の車借りられんだって。だがら運転手させよう」

幸子があいつと言うのは、もちろん雄大のことだ。その言葉に「車で海？　格好いいね、加山雄三の映画みたい」と時子は大喜びだ。

「海かぁ。いいねえ、青春だねえ」という声に振り向くと、愛子がいた。みね子は思わず「なんかすみません」と謝ってしまった。本来、お盆はご先祖様の魂を迎え、亡くなった人のことを偲ぶための日だ。なのに遊びに行こうとはしゃいでいる。しかも、愛子は大切な人を失っているというのに。でも、愛子は怒ったりしなかった。

「いいのよ。それは気持ちさえあれば。私たちの年くらいまでの人は、偲ぶ人がたくさんいるけどね。あなたたち戦後生まれの若い人は違うんだから、精いっぱい楽しみなさい。それが亡くなった方々へのいい供養になるよ。そんな楽しい世の中になったんだなって、そう思ってくれる。だから楽しみなさい」

「愛子さんは？　どうされるんですか？」

幸子が尋ねた。

「私？　私は、泣くの。たくさん思い出して、ずっと泣くの。涙出なくなるくらい泣くの」

皆しんみりと黙ってしまった。いつもほんわかと明るい笑顔の愛子の心の内には、どれほどの悲しみが詰まっているんだろう。

「それでね、たくさん食べるの。食べられなかった頃のこと思い出して、たくさん食べてやるのよ。もうね、とんかつでしょ、ラーメン、オムライス、チャーハン、カレーライス、それにとんかつ、あとコロッケ、メンチカツ、ハムカツ、それにとんかつ」

とんかつが三回も出てきて、よほどとんかつが好きなのかと皆で笑った。愛子は「いいなぁ海か、水着かぁ、私も行きたいなぁ」と言ってみね子たちを慌てさせ、結局、「冗談よ」と笑った。

「楽しんでおいで若者たち」

その表情はどこまでも優しく、東京に来たといっても遠出して遊ぶことなど考える余裕もなく一日一日を必死にこなしてきた乙女たちの胸に、その言葉は温かく響いた。


次の日曜日、みね子たちは洋品店のバーゲンに繰り出し、水着を買った。財布と相談しながら思い思いに選んだ水着は、それぞれの個性が出ていて、六人は大いに盛り上がる。この時代の水着といえば、後の時代のものに比べれば肌の露出も少ないのだが、肩や足をむき出しにするというだけで、みね子たちにしてみれば十分過ぎる冒険だ。

「あ〜私、人生でいちばん高い買い物だったかもしんねえよ」

みね子は水着を抱き締めた。遊びのためにお金を遣うことに罪悪感を感じるのは皆同じだったようで、澄子などは「あぁ、磐城のお父ちゃん許してくれな」と福島の方向に手を合わせていた。


その頃、奥茨城の助川家では、君子がすっかりむくれていた。時子から届いたのは、例によってやたら大きな字で『お盆には帰りません、ごめんなさい、時子』という一枚の葉書のみだ。豊作は、ただ帰りませんと書くだけでなくごめんなさいと付け加えているところに、時子なりの成長の跡が見えると言ったが、君子は納得しない。そればかりか、母親のためにひそかに時子に帰省を促したりしないのかと、豊作や正二にそんな気遣いを要求した。

「兄としてさ、ないの？　元気なようだが、お母ちゃんは最近弱ってっから、帰ってこうとが」

「弱ってねえだろ、全然」

「気が利かないねえ」

無茶苦茶な八つ当たりだったが、君子としては心底がっかりしており、「つまんない夏だねぇ」

とぼやくのだった。


残念な知らせは谷田部家にも届き、みね子からの手紙を読んだちよ子と進が肩を落としていた。

正月までの我慢だと茂に言われ、二人とも渋々「んだな」とうなずく。

「なんて書いてあったの？」

美代子は自分宛ての手紙を封筒にしまいながら二人に尋ねた。

「たくさん遊べって。でも、夏休みの宿題も頑張れって」

「私も……あど、ちゃんと高校まで行ぐつもりで勉強しとげって。お姉ちゃんが絶対行がせてやっから、って」

そんなことまで考えて働いているのか。美代子はみね子の責任感に胸が痛くなったが、幼い子供たちの前では顔に出さないようにした。

「あどお友達と海水浴行ぐって書いであった。でもさ、海水浴行ぐんだよって書いたあどに、ごめんね、って書いてある。なんで？」

ちよ子は不思議そうに母を見上げた。

「あんたらを連れでってやりたいけど、自分だけごめんねって意味じゃねえかな」

「そんなの謝らなくていいのに」

ちよ子が答え、進もうなずいた。

少し前まで、何かあるとすぐに「ずれえ」と羨ましがって駄々《だだ》をこねていたのに、みね子が働きに出るようになってから、ちよ子も進も少し大人になったようだ。進は茂に、みね子へ返事を書くときにおねしょの回数も報告しろとからかわれている。それを聞いてちよ子が笑う。美代子はそんな光景を見ながら、子供たちが否応なしに大人になっていくのが少し切なくなった。


向島電機乙女寮の食堂では、今日も雄大の指揮の下、乙女たちののびやかなコーラスが響いていた。今日の曲は「夏の思い出」だ。帰郷を目前にした乙女も、帰ることがかなわない乙女も、ふるさとを思うせいだろうか、誰もがとりわけ感情を込めて歌っていた。

コーラス指導の帰り道のこと。雄大が乙女寮を後にし、ラーメンの屋台が出ている道にさしかかると、そこに綿引がいた。

「今日、コーラスだったんだろ。……みね子ちゃん、元気だったか？」

気になるなら寮を訪ねればよさそうなものだが、綿引は遠慮したのだという。自分が行くと、父親に何かあったのかとみね子を驚かせてしまうからだ。相変わらず、捜索に進展はなかった。この日非番だった綿引は、昼間の暑い中、また実を捜していた。「人捜しは警察に任せた方がいいぞ、あんちゃん」と通行人に言われる始末だったが、わずかな手がかりでも欲しかった。

「いっそのこと、君もコーラスに参加したらいいんじゃないのか？」

「男のくせにコーラスとかバカ言ってんじゃねえ。そんなもんできるか気持ち悪い」

雄大が黙ってしまい、さすがに言い過ぎたかと綿引も気まずくなった。しばしの沈黙の後、雄大はようやく口を開いた。

「君は今、恐らく言い過ぎたと思って後悔しているだろうと思ってね。謝罪の機会を与えようと思って待っていた」

そうして、雄大はちゃっかりまたラーメンを綿引におごらせた。ラーメンを食べながら、綿引はスリのおばさんを捕まえた話を始めた。連行される前に家族に会いたいと泣きながら言うのを真に受けて、自宅だと称する一軒家に連れていったところ、表から入って裏からまんまと逃げられたというのがオチだった。人のいい警察官なんてすてきじゃないかと雄大は言ったが、警察官がお人よしでは社会は成り立たないと、綿引は結構落ち込んでいた。雄大がそんな綿引に夏休みの日を尋ねると、偶然にも幸子たちと海水浴へ行く日と同じだというではないか。

「決まりだな！　立場は違っても同じ働く若者同士、青春を謳歌《おうか》しようではないか。海だ。夏だ。海水浴だ。乙女寮の女の子たちとな。どうだ？　みね子ちゃんも来るぞ」

お盆休みの前日、みね子は黙々と働き、仕事を終えると帰省する寮生たちを見送った。その様子を見ていた時子は、みね子に声をかけた。

「なんか私はちょっとみね子が心配だよ」

「何が？」

明らかに、みね子は実家に帰らず海水浴に行くことを後ろめたく思っている。誰にだってそういう気持ちはあるが、みね子はそれが強過ぎると、時子は思っていた。実が出稼ぎに行くようになって以降、テレビを見て笑っていても申し訳なさを感じるようになったみね子は、実が行方不明になってからは余計にその気持ちが強くなっていた。このままでは、これから楽しいことが起こっても、みね子は心から楽しめなくなってしまう。

「心配なんだよ私は。みね子、そんなんじゃ恋もできないでしょ」

「自分だってしてないでしょうよ」

「私は、映画に出てその相手役と恋に落ちるって決めてっからいいの」

みね子はそれを聞いて笑ったが、やっぱり罪悪感のようなものが胸をざわざわさせるのだ。

部屋に戻ると、ちよ子と進から大きな封書が届いていた。なんだろうと封を切ったみね子は、中に入っていた画用紙を見るとみるみる泣き顔になった。

「どうした？　みね子？」と幸子が心配そうに声をかけ、皆も集まってきた。

「これ……これ」

みね子が皆に見せたのは、ちよ子と進が一緒に描いた絵だった。晴れた空と真っ青な海、そして、海岸で水着を着て笑っているみね子が描かれている。会ったこともないのに、寮の仲間たちもちゃんといる。皆、それを見て歓声を上げた。お姉ちゃんだって楽しんでいいんだよという、妹と弟の声が聞こえてくるようで、みね子は泣いて、そして笑った。

海水浴の前夜、乙女寮のみね子たちの部屋の窓には、六個のてるてる坊主がぶら下がっていた。六人は「せーの」と一斉に空に向かって手を合わせた。

「明日晴れにしてください。お天道様よろしぐお願いします！」

せっかく水着も買ったのだ。なんとしても海に行きたい。乙女たちの表情は真剣だった。

「じゃ寝ようか。明日は朝、食堂借りてお弁当づくりだがらね、早起ぎだよ」

幸子に促され、布団に入ったものの、海はどんなだろう、浜辺で食べるお弁当はさぞおいしいだろうな、そんなことを考えていると、子供の頃の遠足の前の晩のように興奮してなかなか眠れなかった。

ところが、お天道様は乙女たちの祈りを聞き入れてはくれなかった。翌日は朝から嵐になっていた。どしゃ降りの雨が窓にたたきつけ、稲妻が走り、雷鳴がとどろく。雨は強さを増しているようで、海水浴どころか外出するのさえ勇気が要るような天候だった。みね子たちはすっかり落胆してしまった。とりわけ、澄子と豊子の落ち込みようは見ていられないほどだった。そんなどんよりした空気を吹き飛ばすように、幸子が明るく言った。

「よし！　とりあえずおいしい朝ご飯食べで、お弁当つくるよ。晴れるがもしれないし、雨なら雨で、休みば楽しもう、ね」

こんな時でも皆を励ますことができる幸子を、みね子は改めてさすがだと思った。

食堂でのお弁当づくりが始まって、ピクニックさながらにテーブルの上に色とりどりのお弁当が並び、やっと皆に笑顔が戻った。そこへ外出着姿の愛子が入ってきた。

「おはよう。あいにくのお天気だったわねえ」

そこまではよかったのだが、雨がやんで晴れることに一縷の望みを託している乙女たちに「あ、天気予報では一日中雨だって」と要らない一言を言って皆を固まらせた。乙女たちが肩を落としたとき、玄関から「おはようございます」と雄大の声が聞こえた。

皆と一緒に玄関で雄大を迎えたみね子は、そこに綿引がいるのに驚いた。まさか綿引が来るとは思わなかったし、そもそもいつ雄大とそんなに仲よくなったのだろう。

「いいかな？」

綿引が遠慮がちに言った。みね子は「もちろんですよ、ねえ」と皆を見た。当然、大歓迎だ。問題は今日これからどうするかだった。映画はどうかと優子が提案すると、時子が言った。

「あのね、『ウエスト・サイド物語』っていう映画がね、リバイバル上映してんだ。ミュージカルでね、劇団の方が、見た方がいいよって言ってて」

「おぉ、いいね。僕も見たい。バーンスタインという作曲家が音楽をやってるんだよ」

雄大が即座に反応した。皆も賛成し、映画館へと繰り出した。

「ウエスト・サイド物語」は、一九六一年に公開されて大ヒットした、アメリカのミュージカル映画だ。舞台はニューヨーク。敵対するグループの男女が出会って恋に落ち、やがてグループ同士の争いに巻き込まれて悲恋の幕を閉じる、悲しくも美しい愛の物語だ。若者たちがエネルギッシュに歌い踊る姿は日本の多くの観客を魅了した。

数時間後、寮に戻ってきた一同は、映画の余韻ですっかり華やいだ気分になっていた。

「あんな役やってみたいなあ」

時子がヒロイン・マリアのしぐさを再現してみせた。さすがにうまい。

「音楽はどうだった？　よかったよね」

「ああ、すばらしかったねぇ。もともとは映画ではなくて舞台だったから、あれが生演奏されてたらしい。あぁ、映画音楽かぁ」

幸子と雄大は、自然と音楽の話になる。

「シェイクスピアの『ロミオとジュリエット』を現代に移し替えたんですね。すばらしかったです」

豊子は博識なところを披露しつつ、素直に感動していた。

澄子は、男性たちの踊りがよかったと言ってまねしてみせるのだが、どうも盆踊りに見えてしまうのが惜しい。

「……なんかあれだったなぁ、警察はあんまりよく描かれてなかったなぁ」

綿引はどうしてもそこに注目してしまう。みね子が反応に困っているのを見て、綿引は「あ、ごめん、なんか」と慌てた。

「君は、なんで警察官になろうと思ったんだ？」

雄大に聞かれ、そんな話を今するのかと口ごもった綿引だったが、みね子に「私も聞きたいです」と真剣な顔で言われると、照れくさそうに語り始めた。

綿引の父は、村に駐在する警察官だ。子供の頃の綿引は、友達に「綿引に見られると捕まるぞ」などとからかわれることもあったが、綿引自身はそれほど気にしていなかった。しかし父には、警官になるのはやめておけと常々言い聞かされていたという。綿引の父は立場上、戦時中に村人に厳しく接することがあったせいか、戦争が終わると周囲の態度は冷たく変わった。そのことが、父にはつらかったらしい。

ところが、小学校の社会科の授業で町の模型をつくったときのことだ。皆忘れていたのか、役所や映画館はつくったのに交番がなかった。綿引はそれに気が付いたものの、口に出せずにいた。

「出来上がったときにね、へへ……俺の初恋の女の子がいたんだけど……その子がさ、町には交番がないとダメだよって言ったんだ。ないとダメだよ、皆が困るよ、大事だよって言って……へへ、そんとき、交番で働く巡査になろうかなって思って。ハハ、恥ずかしいな」

みね子が力強く言うと、豊子も「いいお話です」とうなずいた。

「恥ずがしくないですよ」

「んだか?」

綿引が聞くと、乙女全員で「んだんだ」の合唱になった。照れた綿引は「ちょっと便所行ってくるわ」と出ていった。

「あんまし楽しぐながったかな、綿引さん、映画」

みね子は少し心配になった。警察が悪く描かれていたのは、やはり気持ちのいいものではなかっただろう。

「いや、そんなことはないよ」

雄大がニヤリと笑った。

「隣の席だったからね、こんなふうに足でリズムを取っていた」

「私、ちらっと見えたんだけど……」

優子も、綿引が映画を見ながら涙を流していたのを見ていた。おまけに、皆で玄関に出てみると、トイレから戻ってきた綿引はなんと鼻唄を歌い、指を鳴らし、軽く踊っているではないか。

一同の視線に気付き、決めのポーズのまま固まる綿引。みんなで笑った。これはこれでいい休日だったと皆一様に思えるような、楽しいひとときだった。

突然、豊子が窓の外を指さした。いつの間にか雨が上がって、太陽が顔を出している。

「行こう！　海！」

幸子の言葉に異論を唱える者はいない。日はもう傾きかけていたが、皆で一斉に走りだした。

その後到着した海はもう夕暮れが近く、波も高くて泳ぐどころではなかったけれど、とにかく楽しくて、何をしていてもおかしくて、みね子は心の中で父に報告した。

――お父さん……私たちは海水浴に皆で行きました。昭和四十年、一九六五年の夏の海を、みね子は一生忘れないと思います。


みね子と時子が短くも楽しい夏休みを過ごしている頃、三男はどうしていたのだろう。

「♪就職列車に　ゆられて着いた　遠いあの夜を　思い出す」

お盆休みの前日、自転車で配達から戻る三男は、流行歌「ああ上野駅」を口ずさんでいた。

「♪お店の仕事は　つらいけど　胸にゃでっかい　夢がある」

気持ちよく歌い上げて店に入ると、離れた場所で口も利かずに背を向け合っている善三とさおりがいた。それはいつものことなのだが、さおりに「つらいんだ？　お店の仕事」と言われ、三男は焦った。あれはあくまでも歌詞ではないか。善三もさおりも、三男が帰省を前に浮かれている様子が気に入らないのか、言葉にトゲがある。

「お盆休みか。いいよな、帰れるところがあってな。死んだ女房な、お盆だから、あれだろ？

魂が家に帰ってくるだろ？　会ってほしいな。安心させたいんだ。こんないい若者が働いてくれてるぞってな、一緒に迎えてほしい」

しんみりと善三が言う。断る方が申し訳なくなってくるような言い方だった。だが、三男も譲るわけにはいかない。「奥様には改めて、お墓参りに」とかわした。その途端に善三の舌打ちだ。うっかり情に流されるところだった。ところが、まだ続く。二人でいるのは嫌だから、いっそ三男の田舎についていくかという無茶な話になりかけた。今からでは切符が取れないと言ってようやく父娘を黙らせ、三男は振り切るようにして、なんとか奥茨城に帰ったのだった。


ところが、懐かしの我が家に帰ってみると、母親きよの第一声はとんでもないものだった。

「なんで帰ってきた、おめえだげ。みね子も時子もいろいろ忙しいし、金もかがっから正月までは我慢するっつうじゃねえが。なんでおめえだけ帰ってくんだ。母ちゃん、立場ねえわ、まったぐ、『奥茨城母の会』の会長としての立場どうしてくれんだ」

「は？　なんだそれ」

三男がむくれて座り込むと、やがて母と父と兄は、三人で顔を見合わせて笑った。さんざん怒っていたくせに、結局きよは「何食いてぇんだ？」と聞いてくる。なんだかんだ言っても、やっぱりうれしいのだ。

しばらくすると、美代子と君子が訪ねてきた。二人とも東京での娘たちの様子を知りたかった。三男はしっかりした口調で報告した。

「元気で頑張ってます、二人とも。東京さ行って変なふうに変わったりとが？　浮がれたりとが？　全ぐしてねえです。ちゃんと俺たぢ、地に足着けで頑張ってます。みね子は、最初仕事あんましうまぐやれなくて、苦労したみたいです。詳しくは分がんねえけど、なんか寮の仲間がすごぐいいみたいで、皆に応援されで、ちゃんと自力でできるようになったみたいです。あ、お母ちゃんにもらったっつう服、大事に着てましたよ」

「そう……うん」

頑張っているみね子の姿が目に浮かぶようで、美代子は胸がいっぱいになった。

次は時子の話だ。時子自身は何一つ教えてくれないから、君子はじれったくて仕方がない。

「俺が言っていいのがどうが分がんねえけど、一度テレビ局とがのオーディションとがいうのに行ったけど、緊張しちまって全然ダメだったみたいで、落ちて。でも、負けずに頑張ってます。なんか劇団とがいうとごろで芝居の稽古に仕事終わってから行ったりしてるみたいで。大丈夫ですよ、時子は」

「そうけ……そうけ……」

君子はうなずき、聞いているきよはもう涙が止まらない。

「これからもよろしくね、三男君」と君子が言えば、美代子も「よろしくね、お願いします」と深々と頭を下げた。

「いやそんな、とんでもないです、こちらこそ」

続いて美代子はきよにも「ありがとう会長」と礼を言った。

「何言ってんだ副会長」ときよは答える。

「ありがとね。会長」と君子も続ける。

「だから何言ってんだ、副会長」と、またきよは答えた。

どうやら「奥茨城母の会」は、会長と副会長しかいないらしい。三男が「なんだそれ」とあきれ、大笑いになったものの、やっぱり泣けてしまう母たちだった。

続いて、なぜか宗男まで角谷家にやって来た。みね子のことかと思ったら、あいつは大丈夫だろうと言うし、実のことかと聞けば、そんなのは三男に聞いても仕方ないと言う。宗男はビートルズの話がしたかったのだ。ところが、三男はテレビのニュースで一度見たきりという頼りなさだった。

「東京の若者の間ではビートルズ旋風が吹き荒れでんじゃねえのが?」

「さぁ、特に吹き荒れではいないような」

三男に流行のことを尋ねる方が間違っている。

そんな三男の里帰りだったが、少なくとも「奥茨城母の会」にみね子と時子の様子を報告できただけでもよかったと三男は思った。


やがて季節は秋へと移り変わった。みね子が東京にやって来て半年がたつ。東京の寒さはそれぞれの故郷に比べればはるかに穏やかに違いないのだが、それでも銭湯帰りには北風がこたえる。

だが、明日は給料日だ。それだけで足取りも軽くなるというものだ。そのとき、向こうから松下が歩いてくるのが見えた。なぜか思い詰めたような表情で元気がない。

「こんな時間までお仕事だったですか?」

優子が声をかけると、「あ……うん、まぁね」と言葉を濁して行ってしまった。そういえば最近、松下は難しい顔をしていることが多い。黙って何か考え事をしているかと思えば、急に厳しく工員たちを注意したりする。

態度がおかしいのは松下だけではなかった。みね子たちが寮に戻ってくると、中庭で愛子がぼんやりと工場を見つめていた。

「何見でだんですか？　愛子さん」

幸子が尋ねた。

「ん？　あぁ、工場。なんかこうやって見ると、ずいぶんくたびれたなぁと思ってね」

このときのみね子には分からなかったのだが、後から思えば、それは向島電機の変化の前触れだったのだ。

翌日、給料が配られると、乙女たちはざわめいた。給料が下がっていたのだった。松下は深く頭を下げ、そんな松下を愛子は痛ましそうに見ていた。二人の苦しげな表情が、みね子は気になって仕方がなかった。

給料が下がった理由は、向島電機の業績不振だった。このところ、向島電機にラジオの生産を委託している大手電機メーカー・アポロン電機からの発注が減ってしまい、とうとう、やむを得ず従業員の給与引き下げとなったのだ。

「なんかさ納得できねですよね」と豊子は憤慨し、みね子は不安で胸が潰れそうになっていた。

そんな乙女たちの部屋を、愛子が順番に回っていた。

「業績が今落ちてしまったみたいでね。苦しいんだね……あなたたちのせいじゃないのにね、ごめんね。でもね、何度もあったよ、こういうこと。経験してきた。でも向島電機は持ち直した。そんだけの力がある会社だと私は思ってる。だからここは我慢して頑張ろう」

「……はい。私も向島電機好きですから」

幸子の言葉に、皆黙ってうなずいた。愛子は、皆のために会社と掛け合い闘ってきた松下を責めないでやってくれと言い、次の部屋へと向かった。給料が下がったのは愛子も同じはずだ。みね子は泣きたくなるような気持ちでその背中を見送った。


給料の額は下がったが、誰もが仕送りの額を変えなかった。当然、自由に使えるお小遣いは減ってしまう。郵便局からの帰りに石焼き芋の屋台を見かけても、今のみね子たちに贅沢はできない。すると幸子が、自分がいちばん給料をもらっているから皆におごると言いだした。

「おじさん！　大きくておいしいの三つ。皆で分けるがら、おまけして。お給料下がっちゃったんだがら」

「そりゃ大変だ。分かった。特別だ。いつも買ってくれてるからな」と大きな焼き芋を選んでくれたおじさんは、屋台に置いたラジオで野球中継を聞いていた。それは、まさにみね子たちがつくっているAR64だった。それを見て、幸子が「頑張ろう。向島電機」と言った。あつあつの焼き芋を頬張りながら、みね子は会社の経営などという難しいことは分からないながらも、下を向くのはやめようと思った。頑張って働いていれば大丈夫。そう信じることにした。

みね子は今月も赤坂へ向かった。懐具合を考えると、本当はそれどころではないのだが、毎月の恒例となったすずふり亭訪問はやめたくなかった。向島から赤坂まで、片道六十円、往復だと百二十円かかる電車賃を節約しようと、約十キロの道のりを二時間かけて歩いた。ようやくすずふり亭にたどり着き、少しだけ慣れた手つきで扉を開けた。

「いらっしゃいませ！」の声が空腹のみね子を迎える。店は賑わっていた。

「みね子ちゃん、そろそろかねって話してたのよ」

鈴子に言われ、みね子はうれしくなった。調理場から省吾も顔を出して歓迎してくれた。

「来たな、月末娘」

元治に妙なあだ名で呼ばれ、「なんですか、それぇ」と戸惑ったみね子だったが、すっかり顔なじみになった店の人たちの笑顔を見ると、なんだか安心する。

「なんか私、赤坂の洋食屋さんの常連さんっつう感じで、格好いいですね。ハハ。あぁ、おなかすいたぁ」

鈴子はいつも以上に明るいみね子に違和感を感じたのか、かすかに眉を曇らせた。

みね子は店に来るたび、少しずつ値段の高い料理に挑戦している。だが今日は、高子に「今月はこの辺りかな？」とメニューを示されても、さすがにうなずくことはできない。

「う〜ん。今日はコロッケにしようかな。最初に食べたやつ、なんかまた食べたくて」

「うん、かしこまりました」

高子は特に理由は尋ねなかった。

「すみません……あ、私、あれ言ってみたいんですけど、格好よくて好きなんですよね」

「あれって？　……オーダー？」

苦笑しつつも高子は「いいわよ」と言ってくれた。みね子は立ち上がり、調理場に向かって大声で言った。

「コロッケ、ワンです！」

調理場の省吾たちはいつもと違う声に「ん？」と客席の方を見たが、うれしそうなみね子を見ると、笑ってオーダーを受けてくれた。

「コロッケ、ワン！　……値段下がったな」

元治はすかさずつぶやいた。

「え？　あ……ですね」

秀俊はなんとなく気になった。

みね子の前にコロッケが運ばれてくる。相変わらずおいしい。なのに、見守ってくれる鈴子と高子、そして調理場の省吾たちの視線を感じ、そして、楽しそうに食事をしている客たちを見ていたら、今まで張りつめていたものがプツンと切れてしまった。ここで泣いてはいけないと思うほどに涙が込み上げてしまう。

「大丈夫？」

高子が心配そうに顔をのぞき込んだ。

「あ、はい、すみません、玉ねぎがしみたのかなぁ、ハハ」

笑ってみたが、鈴子の目はごまかせなかった。鈴子は、食べ終わったみね子を怖い顔で手招きすると、店の裏のベンチに連れ出した。

「いいかい？　みね子。私はね……あんたのお母さんから、あんたのことをよろしくお願いしますって頼まれてるの……だから勝手に東京の母親代わり、あ、おばあちゃんか？　ま、どっちでもいいや。とにかくそう思ってる、分かるね。なんかつらいこと、あったんでしょう？　言ってごらん。力になれるかどうかは分からないけど、言ってごらん、ね」

みね子はもう隠すことはできず、事の次第を打ち明けた。寮の他の部屋の人たちの中には、既に転職を考えている者もいる。そんな話を聞いていたら怖くなってきた。ただ、すずふり亭に来ることは毎月の楽しみだから、それだけはやめたくなかった。でも、少しずつ高い料理を頼んでいくつもりだったのに、それもできなくなってしまった。

「なんか食べでだら、おいしくて……来られなくなっちまったら寂しいなって思って……そしたら」と言いかけて、また涙が止まらなくなった。

「バカだねえ……お客じゃなくたっていいじゃないの、遊びに来れば。今日だってお代なんていらないんだから」

「ダメです、それは絶対嫌です。嫌です」

みね子は激しく首を振った。

みね子は、時子のように東京でかなえたい夢があるわけではないが、頑張って働いて、ちゃんと仕送りをして、妹や弟を高校に行かせたいと思っている。だが、それだけでは自分がないような気がする。そこで、すずふり亭に通って、いつかいちばん高いビーフシチューを頼めるようになることを目標にしてきたのだ。だから、自分の力で払わなくてはダメなのだ。

「……分かるけどね……分がっけどぉ……あれ、なまりうつっちゃったわ」

そう言って笑うと、鈴子はみね子をそっと抱き寄せてくれた。鈴子の胸は温かく、みね子は不安な気持ちが少し薄らいでいくのを感じた。

みね子の周りで起きた変化は、給料の引き下げだけではなかった。

ある日、綿引といつもの喫茶店で会うと、クリームソーダを前に綿引が深々と頭を下げた。

「みね子ちゃん、ごめん。みね子ちゃんのお父さん、東京で捜すことができなくなってしまうんだ。本当に申し訳ない」

「何かあったんですか？　警察の上の人に怒られたとか？」

綿引の話は思いがけないことだった。実家の父親が足に大けがを負い、歩けなくなってしまったのだという。急いで帰省したところ、両親とも「大丈夫だ、帰れ」と繰り返したが、大丈夫なはずはなかった。姉はいるが、遠くに嫁いでいて、両親が頼れるのは長男である自分しかいない。

「警察官は辞めることになる。さっき届け出してきた」

綿引は警視庁の採用試験を受けて警察官になったので、茨城県警の管轄である故郷・高萩では、警察官を続けることはできない。父がいた駐在所には、既に後任の警察官が来ている。地元の仲間たちが心配して、仕事のことはいろいろ考えてくれている。明後日には実家に帰るという綿引の顔に、悲壮感はなかった。

「ちょっと似てるね、俺たち。お互い、親で……人生が急に変わってしまった」

悩みながらも当然のものとして選んだ道だったが、確かにそうなのかもしれないと思い、みね子はうなずいた。

「でもさ……嫌なだけじゃないよね。子供としてうれしいことでもあるよね。そう思わない？」

「はい、思います」

みね子は迷わず答えた。

警察官を辞めてしまうのはつらくないんですか——という言葉を、みね子はのみ込んだ。聞いてはいけない気がした。つらいのや悔しいのは当たり前だ。でも、そのことを綿引は自分で選んだのだから。

「……お父さん、きっと見つかるよ。諦めるな」

「はい。ありがとうございます。ありがとうございました。本当にありがとうございました」

クリームソーダのアイスクリームはすっかり溶けていた。

その後は、楽しかった夏休みのことに話題を変えた。コーラスを嫌がっていた綿引が、結局、海岸で皆と一緒にコーラスをすることになり、東海林太郎《しょうじたろう》のように直立不動で歌っていた思い出話などをして、二人は笑い転げた。湿っぽい別れにはしたくなかった。


みね子が寂しい気持ちを抱えて乙女寮に帰ってくると、部屋では、手紙を書いたり本を読んだりと、皆それぞれ思い思いのことをして過ごしていた。その中で、優子は一人横になっている。

「あれ？　優子さん、大丈夫ですか？」

みね子は心配になって尋ねた。

「あ、うん、大丈夫……ちょっと横になってただけ」

優子は体を起こした。分厚い綿入れはんてんを着てちょこんと座った優子はなんだかかわいくて、みね子は何かに似てると思って思わず笑いだした。皆も一斉に優子を見る。そして澄子が言った。

「座敷童子《わらし》！」

「それ！」

みね子が手をたたく。言われた優子はむくれている。慌ててみね子は「かわいいっつう意味ですよ」と弁明した。もちろん見たことがあるわけではないけれど、かわいいイメージだよね、などと皆が言い合っていると、幸子がぼそりと言った。

「私、あるんだ。見たこと。いるんだよ」

皆、何が語られるのかと息をのんだ。幸子は声を潜めて言った。

「いるんだ……でね……似てる」

みんなシーンとしてしまった。

「幸子！」

優子が叫んだ。幸子の意図なんて分かってると言わんばかりだ。

「ごめん！　嘘です。見たことない」と幸子は笑い、「もう、なんか元気になってしまった」と優子も笑った。みんなも笑った。綿引の話を聞いて沈んだ気持ちになった後だからなおさら、こうして笑い合える仲間がいることを、みね子は心からありがたいと思った。

その頃、綿引は、田舎に帰ることを雄大に報告していた。場所はいつものラーメンの屋台だ。

雄大は話を聞いて肩を落とした。

「そうか……残念だな。君みたいな全然違う男とせっかく友人になれたのに」

「お前、頑張れよな、音楽……お前のつくった音楽を、どっかで聞くの、楽しみにしてるわ」

「うん、ありがとう……君も、頑張れ」

ラーメンが目の前に置かれると、雄大は「頼みがあるんだが」とおもむろに言った。何かと思えば、金を貸してくれと言うではないか。それも少額だ。別れを告げに来ている人間に借金するのかとあきれたら、その借金はラーメンの代金だった。

「僕がおごりたいんだ。そういう気持ちなんだ。でも、金がないんだ。必ず返しに会いに行く」

綿引は雄大に代金を渡した。おまけに「ごちそうになります」とまで言わされ、何かおかしいとは思いながらも、友の気持ちはうれしかった。こうして、二人の男は別れのラーメンを並んですすったのだった。


乙女寮では、みね子が綿引の帰郷について皆に伝えた。

「みね子、綿引さんのこと、好きであったんでないの？」

優子に指摘されて、みね子は首をかしげた。好きってどういう意味なのだろう。

すると、「だから、恋？」と優子が言うので、みね子は「いやいや、そういうんじゃないよ」と否定した。

「まぁこの子はね、そういうの奥手だからぁ、自分でも分かんないんじゃないのかね？　恋なのかどうかも、ねえ」

時子がそう言うと、幸子が解説してくれた。

「なんかこう胸が痛いどが、いつでも相手の顔が浮がんでしまうどが、会いだくてたまらないどが」

みね子は自分の気持ちを振り返ってみた。

「そりゃ綿引さんはいい人だし、すてきな人だと思うけどさ……でも、なんだろ……お父ちゃんのことで出会ってっからさ、そういうふうに見たことがながったよ」

それがみね子の本心だった。少なくともこのときはそう思っていた。


綿引が高萩に帰る日。帰郷のための荷物を持って駅へ向かう途中にも、綿引はギリギリまで街角に立って実のことを捜していた。やがて時間になり、見つけられなかった悔しさと、やれることはやったのだという思いの狭間で、綿引は上野駅へと駆けていった。


数日後、いつもの喫茶店にみね子は一人で座っていた。クリームソーダを飲むときにいつも一緒だった綿引は、もういない。そのことが不思議な気がした。綿引が東京にいないことを実感した。父のことがなければ出会うこともなかった人だ。みね子は心の中でつぶやいた。

――お父さん……綿引さんが茨城に帰りました。なんだか変な気持ちです……ひょっとして私は恋……してたのでしょうか？

第9章

小さな星の、小さな光

朝晩の風が冷たさを増し、冬が近づいてきた。寒くなり始めても、乙女たちは元気だ。夜、みね子たちの部屋では、いつものように就寝までの時間をそれぞれが自由に過ごしていた。みね子は手紙を書いていた。宛先は、ちよ子、進、茂、田神先生、そして宗男。宗男のためには、少し大きめの封筒に、ビートルズの記事が掲載された雑誌を入れる。あとは、母宛ての手紙を書くだけだ。

みね子はこの時間がいちばん好きだった。皆、思い思いに自分のことをしながらも、同じ時間を一緒に生きているのだと実感させてくれる。

「すてぎだど思わない？」

幸子が皆に広げて見せた雑誌には、最近新しくできた団地の特集記事が載っていた。モデルルームの写真には、モダンな家具や最先端の電化製品が写っている。この頃一般的になり始めた公団住宅は、機能的に配置された間取りが人気で、賃貸物件の倍率が百倍を超えることもあった。

「もしかして幸子さん、結婚してここに住もうとか」

時子がいたずらっぽい目で問いかけると、幸子は少しうろたえて、「そうなったらすてぎだなど思っただげだよ。だって家賃七千五百円だよぉ」とおどけた。幸子が雄大との結婚と新しい生活を真剣に夢見ていることは、誰の目にも明らかだ。

翌朝も、乙女たちの日常はいつもどおり繰り広げられた。

朝の食堂では、食欲旺盛な澄子が相変わらず朝食をもりもり食べ、「んめぇ」と感嘆の声を上げていた。豊子に「ヤギみていだな、毎朝毎朝」とからかわれると、余計ムキになって「んめぇぇぇぇ」とヤギそっくりに言って皆を笑わせた。

そんな乙女たちを笑って見送った愛子は、朝食の後片づけをしながら、なぜか、かすかに悲しげな表情を浮かべた。

「どうした？　愛子ちゃん。なんかあったのか？」

和夫は気になって声をかけた。だが、愛子は再び笑みを浮かべ、「ううん……あぁ、忙しいね」と後片づけを続けた。

みね子たちが工場に出勤すると、今日は松下の姿がなかった。本社に用があって立ち寄るので、遅れてくるらしい。

乙女たちは慣れた手つきでテキパキと仕事を進め、一つ、また一つとトランジスタラジオが完成していく。みね子も入社した頃とは打って変わって、すっかり手際がよくなり、仕事を楽しめるようになっていた。

夕方、松下はすっかり憔悴《しょうすい》し切った様子で戻ってきた。中庭にいた愛子は、その顔を見ただけで全てを察した。うなだれる松下の肩を、愛子は思い切りたたいてやった。

「そんな顔するな、男だろう、松下明。ちゃんとしっかり、あの子たちに話をする。それも君の仕事でしょう。しっかりする」

松下は、入社したときから何かにつけて世話になっている愛子に勇気づけられ、工場へと向かっていった。

「作業終えたら、集合してください！」

就業時間の終わり近く、工場に入ってきた松下は全員を呼び集めた。整列した乙女たちの前にゆっくりと進み出る。愛子も静かに工場に入ってきた。松下は愛子に目をやると、小さくうなずいた。

乙女たち全員の視線が松下に向かっている。みね子はなぜか分からないが、胸がざわざわするのを感じた。

「今日も一日、お疲れさまでした」

松下は、いつものように挨拶した後、ゆっくりと切り出した。

「皆さんに大変つらいお話をしなければならなくなりました。昨今の業績不振によって、向島電機は……倒産しました」

乙女たちの間に衝撃が走った。

債権者の意向で、もうしばらくは残っている部品でラジオの生産を続けるが、この工場は十二月二十日をもって閉鎖するという。再就職については関係会社からも協力を得てできる限り支援すること、寮生は年明けまで寮にいられるようにすることなど、松下は事務的な話を続けたが、みね子は頭が真っ白で何も耳に入らない。倒産。工場がなくなる。そのショックで、どうしていいか分からなかった。

幸子が込み上げてくる涙をこらえながら言った。

「それは……決定なんですね？　もうどうにもならないんですか？　私たちが、今日から、寝ないで頑張っても……もうここでは働けないんですか？　……ここにいる仲間とは別れなきゃいけないんですか？　もう無理なんですか？」

すすり泣きが広がった。

「……申し訳ない」

松下が深く頭を下げた。「分かりました」と答えた幸子も、頭を下げた。その頬に一筋の涙が流れた。

向島電機の倒産の背景には、この年の日本を覆った「昭和四十年不況」があった。オリンピック景気の反動で需要が一気に落ち込み、企業は過剰な在庫を抱えるようになり、多くの中小企業が倒産した。昭和四十年は高度経済成長期において例外的な不況の年だったのだ。

その後、食堂に集まった乙女たちは口々に不安と不満を言い立て、蜂の巣をつついたような混乱に陥っていた。乙女たちの真ん中にいた愛子は、声を張り上げた。

「皆、いいかな？」

しかし、騒ぎは収まらない。

「皆、ちゃんと愛子さんの話、聞こう！　大事な話だよ！」

幸子が一喝し、ようやく静かになった。

「皆を守るのが私の仕事なのに、何もできなくて……ごめんなさい」

愛子は頭を下げたが、皆、この事態が愛子のせいではないことはもちろん分かっていた。愛子とて、仕事を失うのは一緒なのだ。再就職に関しては本社から人事の担当者が来るが、心配なことがあればなんでも自分に相談してほしいと、愛子は一人一人の顔を見回しながら言った。

「つらいけど……下を向くのはやめよう。あなたたちはね、皆、しっかり働ける子だよ。ちゃんと頑張った。それを誇りに思おう。ね……頑張ろう」

皆、黙ってうなだれている。たまらなく不安なのだ。

みね子はぼんやりと、昨晩途中まで書いた母への手紙を思い浮かべた。そこには、年末には絶対に帰る、お節料理づくりも手伝える、母の手料理が食べたくて夢にまで出てきた……そんなことを書いていた。年明け以降どう生きていけばいいのかも分からなくなってしまった今、もうあの手紙は出せない――。


突然倒産が伝えられた日から、あっという間に十日が過ぎた。工場での作業は、表面的には以前と変わりなく続けられていたが、早くも数人の乙女が工場を去っていった。給料が下がった時点から危機を感じ、新しい仕事を探し始めていた者たちだった。工場の最終日までいないことを責める者は誰一人いない。誰にだって守るべき生活はあるのだから。

「困ったらいつでも相談に来るのよ。私の居場所は知らせるから。とにかく、いつでもあなたたちの味方なんだからね」

愛子は出ていく者一人一人を笑顔で送り出した。

そんな愛子を見て、みね子たちは決めた。長くこの工場で働いて、今いちばんつらいのは愛子かもしれないのに、自分たちのためにずっと笑っていてくれる。だったら、自分たちもずっと笑っていよう、と。その方が自分たちらしい。でも、本当のことを言えば、そうしていないと怖くてどうにかなってしまいそうな気がしたからでもある。


食堂では、和夫がこれまでどおり、毎日心をこめて食事をつくってくれていた。

「うんめぇなぁ」と澄子が舌鼓を打てば、「出たヤギ」と豊子が茶々を入れ、負けずに澄子は「んめぇぇぇなぁ」と声を大きくし、愛子までまねをして大笑いになる。和夫は笑いながらしみじみ言った。

「つくりがいがあったよ、澄子のおかげで」

和夫も皆と別れるのがつらいのだ。澄子もここの料理が食べられなくなるのが悲しい。

「あぁ、ここで一年分くらい腹の中入れて、一年くらいそのまんま食わねぇでいられねぇべか」

そんな澄子に皆があきれて笑っていると、ふと時子が、思い出したように劇団で習ったことを話しだした。大したことのない言葉でも、芝居がかった口調で言うと、すごいことのように聞こえるというのだ。時子は立ち上がると、まるでシェイクスピア劇のような雰囲気で語り始めた。

「ならば神よ、この大食の私を、牛にしてくれ！　私は喜んで牛になろう。この体に食事をたらふく詰め込み、冬眠するのだ。春になるまで眠り続けるのだ。神よ！」

皆が「おぉ」とどよめいた。時子は「ちょっと立派なことを言ってるみたいに聞こえるでしょ」と笑った。

「んだね、すごいね」

みね子は心底感心してしまった。

「しゃべってることは、メシ食べて寝ていだいってだけだけどの」と豊子がまぜ返すと、澄子は時子に倣って立ち上がった。

「おぉ神よ、喜んで私はおがわりをしようではないが、和夫殿」

その後は、和夫に敬意を表し、皆で「んんめぇぇぇぇぇぇぇ！」の合唱になった。和夫の目は、心なしか少し潤んでいた。

そうやって、みね子たちは笑いながら過ごした。別れが確実に近づきつつある中、六人は今まで以上に一緒にいるようになった。全員でトランプをすることもあれば、それぞれが黙って別々のことをしていることもある。それでも常にお互いの存在を感じていたい。皆その気持ちは同じだったようだ。それでも皆、それぞれが次の暮らしへ向けて少しずつ動き始めていた。

時子は、劇団の人の紹介で、銀座の大きな喫茶店で住み込みの仕事をすることになった。そこで働きながら、演技を勉強する学校に入る予定だった。

豊子は、食品会社の事務の仕事を紹介されて面接を受け、見事合格。定時制の高校にも通えることが決まった。

幸子は、雄大のいる大きな工場で一緒に働くことになった。幸子としては、この機会に結婚をと思っていたようなのだが、何しろ鈍感な雄大のことだ、正月に幸子の故郷・山形に一緒に行こうと誘ったところ、名物は何か、雑煮はどんなかと、ただの旅行気分を全開にしただけで、親に挨拶ということなど思い浮かびもしないようで、幸子はすっかりふてくされていた。

優子は体が弱いせいもあるのか、まだ何も決まっていなかった。みね子には、優子が何かを迷っているように思えた。

みね子と澄子は、両国《りょうごく》の小さなせっけん工場の面接を受け、結果を待っていた。


そんなある日、せっけん工場の社長・原田《はらだ》が乙女寮に挨拶にやって来た。みね子も澄子も合格したのだ。食堂に通された原田は、いかにも下町のおじさんといった風情だった。無遠慮に食堂の設備などを見回しているが、悪い人ではなさそうだ。愛子に連れられてきたみね子は「よろしくお願いします」と頭を下げたが、知らない人だと途端に緊張してしまう澄子は、もうガチガチに固まっていて、みね子にしがみつきながらなんとか挨拶をした。

「こちらこそ、よろしくね。かわいらしいしねえ。二人ともねえ。ここで働いてたんなら身元もしっかりしてるし、大丈夫でしょ。閉鎖してもらって助かったよ。ハハハハハハハハ」

無神経な言葉にみね子は黙り込み、澄子はムッとしたのが顔に出てしまったが、愛子はさすがに大人だ。原田に合わせて笑うと、「何かあったら私まで、なんでもおっしゃってください」と頭を下げた。

「はいはい。んじゃ、年明け仕事は四日からね。その前に寮に引っ越してらっしゃい。ここみたいに立派でなくて悪いけど」

原田が帰った後、愛子は苦笑し、「よかったね。あ、でも、ちょっと調子いいとこあるから、私、もう一度、条件とかいろいろ確認しておくから、ね」と言ってくれた。何はともあれ、働く場所が決まり、これからも家族に仕送りできるというだけで、みね子はホッとしていた。

みね子は時子と寮の物干し場に並んで夕日を見ていた。ビルの彼方に沈んでいく太陽と奥茨城の山の向こうに沈んでいく太陽が同じだなんて嘘みたいだ。時子とはこうして何度となく一緒に夕日を見てきた。これからはもうそういうこともなくなるだろう。

「……離れっちゃんだね、時子と。大丈夫がな私たち」

「分がんねえけど、目の前のこど、一生懸命やるしかないよね」

「んだよね。そうしてればいいんだよね。時子は、夢に向がって進んでんの？」

「分がんねえよ。どれっくらいかがんのか、そもそもなれんのかどうかも。でも……何も頑張らながったらなれないでしょ？　それが生きてるってこどなんでないの？」

時子が格言めいたことを言い、二人で「おぉ」と顔を見合わせた。

「楽しかったね、時子と一緒でいがった」

「私も、みね子がいてくれてよかった」

そして同時に「お世話になりました」と頭を下げ、笑った。二人の顔を夕焼けが赤く染めていた。

その夜、寝る前の時間になって、優子が意を決したように皆に言った。

「皆が仕事決まったら、言おうと思ってたんだ。私ね、田舎に帰ることにする」

優子は東京でいくつか面接を受けたのだが、やはり仕事を休みがちであるという勤務評定が引っ掛かったようで、内定を得ることができずにいた。実家の母親に手紙で相談したところ、とりあえず帰ってこいと言われたというのだ。

「皆はさ、違うとこになってもおんなじ東京だから……私一人だけ、離れてしまうのが……それがいちばん嫌なんだけんど……本当に楽しかった。みんなのこと、大好きだよぅ私……大好き……離れてしまっても……私のこと忘れないでね」

優子の声は震えていた。

「バガ！　忘れるわげないでしょ！」

幸子が叫ぶように言ったかと思うと、皆もうその後は涙で言葉にならなかった。全員で優子を囲んで泣いた。

みね子は、心の中の父に想像の手紙を書いた。

——お父さん……笑っていようと決めたけど、やっぱり泣いてしまうこともありました。

数日後、その日の仕事を終えて部屋に帰った優子は、届いたばかりの母からの手紙を見て、「私、最終日までいられねぇ」と言いだした。優子の故郷は、日本海に面した秋田県の漁師町で、ハタハタやブリなど海の幸がたくさん取れる。優子は、港近くの魚の加工工場で働くことが決まったのだ。体調にも配慮してくれる会社で、無理せず働ける。だが、年末はお節料理の需要があって非常に忙しいため、一日でも早く来てほしいのだという。そして、間もなく優子の母は、優子の迎えと挨拶のために上京してくるそうだ。

「よがったね、優子」

幸子が言うと、皆と最後まで一緒にいられないのを気に病んでいた優子は、少し笑顔になった。

「うん……あぁ、でも私の夢は、幸子の結婚式に出るってことだったんだけどな」

「え〜、そんなのあるがどうがも分がらないし、結婚したってお金ないがら、やらないよ。ダメだがらね、あいづは。ダメ男」

またいつものように雄大の愚痴になるのかと思ったら、幸子は突然、「なんか、悪いごどしたい。不良なごど」と言いだした。豊子が律儀に「不良って何をするんですか？」と聞くと、幸子はしばらく考え、「夜遊びどう？　これがら夜の街に繰り出すの。冒険だ。優子のいる六人でさ、冒険」と、ひそひそ声で言う。

「いいね、パッと行こう行こう。六人の思い出をつくろう」

ワクワクした時子がすぐに賛同した。


着替えを済ませた六人は、寮を飛び出した。「どこ行くの？」と目を白黒させている愛子に、幸子は満面の笑みで告げる。

「門限までには戻ります！　でも鍵はかげないでくださいね！」

「え？　ちょっと、それって門限越える気満々じゃないの！　こら！」

愛子の言葉が最後まで終わらないうちに、六人は駆け出していた。そこからは時子いわく「青春映画みたいだっぺ！」というくらい、楽しくておかしくて、ただただずっと笑っていた。

　みね子たちが向かったのは、向島からほど近い浅草《あさくさ》。夜の繁華街に行くことは、それだけで十分に冒険だった。年頃の若い娘が六人で歩いているのだ。街では当然目立って、ダンスホールへ行かないかと声をかけられたりもした。そのときは、豊子が真面目な口調で「お断りします。あなたとダンスするつもりはございません」と男たちをやり込めた。皆、ハラハラしたのに、寮への帰り道まで来るともうおかしくておかしくて、皆で何度もそのやり取りを再現しては、笑いが止まらなくなった。

　やみくもに浅草の街を歩き回り、時に走り、繁華街の店に入るわけでもなく、結局は寮の近くの屋台のラーメンをみんなで食べた。

「あぁ歌いだいなぁ。皆でさコーラスしたいなあ」

　幸子がしみじみと言った。会社の倒産のこともあり、このところコーラスの練習もずっと休みだったのだ。

「やりましょうよ、優子さんいるうちに、一回歌いましょうよ」

　みね子は勢いよく提案する。

「そうだね、やるが？　辞めでった子にも声かけでさ。乙女寮の最後のコーラス」

　幸子がそう言うと、話はあっという間にまとまった。日曜の夜、優子が夜行列車で帰郷する前に、皆で集まることに決まった。

　数日後。なぜか優子の姿が雄大の勤務先にあった。

「お仕事中、すみません」

「あ、いや、いいけど……どうしたの？　あれ？　なんか怒ってる？」

「はい、どうしても一言、言っておきたいことがあって」

優子の迫力に雄大は後ずさりした。このときの優子の思い切った行動が、日曜日の乙女寮を驚かせることになる。

あっという間に、優子が帰郷する日曜日がやって来た。秋田から迎えに来た優子の母は優しそうな人だ。優子の母は、愛子をはじめ、乙女寮の皆に「本当にお世話さなりました。ありがとであんした」と心から礼を言った。それだけではなく、優子にも頭を下げた。

「今日まで、ありがとう。いぐけっぱってくれたが。ありがとさん」

「……お母……」

「えらかったねぇ」

優子の涙はとてもきれいだった。みね子はもらい泣きをしながら、こうして母親と共に田舎に帰る優子が、少し羨ましくも感じたのだった。

食堂に乙女たちが集まった。辞めていった仲間たちの顔も見える。愛子に案内されて、優子の母も席に着いた。雄大がやって来て、和夫がアコーディオンを持って着席し、コーラスの準備が整ったところで、幸子が一歩前に出た。

「愛子さん、和夫さん、そして乙女寮……今日まで本当にお世話になりました。私たちはここでの日々を絶対に忘れません。ありがとうございました！　感謝の気持ちを込めて、皆で歌います」

雄大の指揮、和夫のアコーディオンで、乙女たちは歌った。曲は「見上げてごらん夜の星を」だ。

見上げてごらん夜の星を　小さな星の小さな光が　ささやかな幸せをうたってる
見上げてごらん夜の星を　ボクらのように名もない星が　ささやかな幸せを祈ってる
手をつなごうボクと　おいかけよう夢を　二人なら苦しくなんかないさ
見上げてごらん夜の星を　小さな星の小さな光が　ささやかな幸せをうたってる
見上げてごらん夜の星を　ボクらのように名もない星が　ささやかな幸せを祈ってる

歌っている者、聞いている者の心に、曲の持つメッセージが静かにしみ込んでいく。夢も希望も一人一人違うけれど、今この瞬間、心を一つにしていることだけは確かなのだ。

歌い終わった乙女たちは、感極まって抱き合った。みね子は、この曲を皆で歌ったことは一生忘れないだろうと思った。

そして、この夜の思い出はコーラスだけに留まらなかった。皆が涙を流す中、一人だけ硬い表情をしている者がいた――。それは雄大だった。

合唱が終わった後、雄大は幸子の方に向き直った。

「……あの！」

突然、雄大の声が響き、その場にいた全員が何事かと振り返った。

「あの……幸子さん。いや、幸子。僕と……その……結婚してください！」

乙女たちは驚いて顔を見合わせた。

「僕は地位もないし、学歴もないし、金もないし……その……」

「ねぇものばっかりだ」と、澄子がひそひそ声で余計なことを言い、みね子はピシッとたたいて黙らせた。

「でも、夢だけは持ってるつもりだ、でっかい夢を」

「夢っこはタダだからな」と、また澄子が小声で突っ込み、みね子にたたかれた。

「でも、それはどうなるのか分からない。保証も何もない。だけど、今の歌にあったように、二人なら苦しくなんかないと思うんだ。幸子と二人なら……幸子と二人で生きていきたいんだ……結婚してください！」

雄大は頭を下げた。幸子はしばらく黙っていたが、やがて小さくうなずいた。

「はい、よろしくお願いします」

その場は一気に沸き上がり、皆の祝福が二人を包んだ。

その夜の夜行列車で、優子は五年の時を過ごした向島電機、そして乙女寮から去っていった。みね子は、その荷物があまりにも少なく小さいことに気付いて切なくなった。

この日に先立って、優子はわざわざ雄大の会社まで出向いて幸子の気持ちを伝え、のんびり屋の雄大をたきつけていた。後で知ったみね子たちは、あのおとなしい優子が……と驚いた。それは優子が、これまで一緒に苦労してきた親友に贈った、最後の最高のおせっかいだった。

そして、ついに工場最後の日となった。乙女寮の寮生の数はだいぶ減っていて、朝の洗面所にも以前のような慌ただしさはない。珍しく澄子が皆に遅れずに支度をしている。どうしたのかとみね子が聞くと「最後の日くらい怒鳴られねえでやってみようと思って」と言うものだから、幸子は「できるならもっと早ぐやりなさいよ」とあきれてしまった。

「あれ、こういうとき、豊子がビシッと言うんじゃないの？」と、時子が豊子を目で探すと、豊子はいつになくぼんやりとしていて、洗面所の行列の後ろの方にいた。

豊子の様子がおかしいのは、このときだけではなかった。朝食の食堂では、皆の会話に参加してこない。そして、最後の仕事のときには、珍しく、というよりも初めて、つまり最初で最後のミスをして、ベルトコンベヤーを止めてしまった。


やがて、終業のベルが鳴った。向島電機のトランジスタラジオの製造に終止符が打たれた。みね子は、四月からそこで仕事をしてきた作業台と道具にそっと触れると、小さな声で「ありがとう」とつぶやいた。

松下が工員たち全員を集合させた。その顔は、心労のせいなのか、春の頃よりいくつも年を取ったように見えた。

夕方頃からずっと、窓の外から男たちの話し声が聞こえていて、工員たちはそれが気になっていた。

「なんですか？　あの人たち」

幸子が問うと、松下はあまり言いたくなさそうな様子で答えた。

「あの人たちは、この工場にある機械を運び出すために来ています」

「そんなにすぐ？」

「……少しでも借金を返さないといけないからね」

乙女たちのため息が広がった。すると愛子が大きな声で皆に呼びかけた。

「こら！　乙女たち！　気にしない気にしない、そんなこと。これからプレゼントの時間だよ！」

一体何のことかとざわめきが起こる中、松下が足元に置いていた大きな箱からラジオを取り出して、皆に告げた。

「皆さんがつくってくれたＡＲ64を、一人一人にお渡しします。どうか、大切にしてやってください」

松下と愛子の手で、乙女たち全員に一つずつラジオが配られた。みね子は思わず抱き締めた。部品を組み立ててはきたが、製品を自分で使うことなど思いも寄らなかったものだ。宝物にしようと思った。

豊子も受け取ると、唇をかんでラジオをじっと見つめていた。

「それでは皆さん、お疲れさまでした！」

松下は頭を下げ、乙女たちも「お疲れさまでした！」と最後の挨拶をした。そして、ラジオを抱いて工場を後にしていく。外では作業員の男たちが待ち構えていた。

「はい、お疲れさまでしたねえ」

男たちのからかうような口調がたまらなく嫌で、みね子は足早に通り過ぎようとした。

そのときだった。

「……やだ」

豊子が小さくつぶやいたかと思うと、突然、工場の入り口付近に残っていた幸子と澄子を外へ押し出し、一人で工場に残り、中から扉を閉めてしまった。

工場の中からは、「やだ……やだ！　絶対やだぁ！」と駄々っ子のように言いながら鍵という鍵を全部締めていく音が聞こえる。

皆、何が起こったのか、豊子が何をしようとしているのかも分からず、茫然としていた。

工場の中からはまた、豊子の「やだぁぁぁ！」という叫びが聞こえた。

作業員の男たちが、「どうなってんだ」「早く開けろ」と怒ってドアの前に押し寄せる。それを松下が必死で押しとどめた。

「ちょっと待ってください！　ちょっと待って！　お願いします！」

「こっちも仕事でやってんだよ」

「分かってます！　ちょっとだけ待ってください！」

愛子は扉越しに豊子に語りかけた。

「豊子ちゃん？　どうした突然。愛子さんと話そう。開けて出ておいで。皆、困ってるよ」

「豊子どうしたのよ、あんた」

みね子たちも必死に呼びかけたが、豊子の「やだ！」という声が聞こえるばかりだ。

幸子が優しく呼びかけた。

「豊子、開げで。こんなごどしたって――」

「分がってる！　分がってるじゃ、幸子さん！　こったなことしたって何にんならねのは……分がってる！」

豊子自身、自分の行動に驚いて混乱している。それでもなんとか気持ちを言葉にしようとしていた。

「やだってしゃべりたいんだよ。誰にが分がんねけど、おらはやだ。ここさいだい。皆と一緒にここで働いていだいって……しゃべりたいんだ」

皆、じっと豊子の言葉を聞いていた。松下は男たちを懸命になだめている。

「おらは今まで何があっても、そったなごとやだって駄々こねたことなんてねよ。一度だってね。どんなに現実がきつかったって、やだってしゃべったことなんかね。高校には行かせられねって親さしゃべられたときだって。悔しかったし、悲しかったし、なんでおらばかりって思ったども、そいでもやだとはしゃべらなかった。やだってしゃべったって変わらねし、時間の無駄だと思った。でもやだ、もうやだ。無駄だって分がってでも、みっともねくても、バカみてでも……時間の無駄でもいい。おらはやだってしゃべりたい。こったのやだ！」

豊子が何かをたたく音が聞こえた。

「最初は、心とか開けねかったけど、時子さんさ、もういいんだよって、余計な意地張らねくていいんだよってしゃべられて、うれしかったんだ。おら、うれしかったんだ」

豊子にとって、ここは生まれて初めて自分の居場所だと思える場所だったのだ。工場と乙女寮と仲間たち。一緒に笑って泣いて、一緒に悩んで。そんなことは初めてだったのだ。なのに、その場所がなくなる。どうして皆と一緒にいてはいけないのか。どうしてこのままここで働いてはいけないのか。自分のやっていることがどれほど理不尽でなんにもならないことなのか、頭のいい豊子は分かっている。だが、感情がついていかなかったのだ。みね子たちにはそれが分かった。だから黙って聞いていた。

「何をやってんだか自分でも分がんねよ。バカだと思うじゃ。バカでいいじゃ……」

「分かった、分かったよ、豊子」

愛子が優しく語りかける。だが、男たちにはもう我慢の限界が来ていた。

「悪いけどな、もう時間だ。開けないんだったら、ドア壊してでも運ばせてもらうよ」

息巻く男たちの前に立ちはだかったのは、松下だった。

「あなたたちだって、あの子と同じように働く人間だろ？　分からないか？　あの子の気持ちが。中学出たばっかりの女の子が、たった一人で親元離れて、初めての職場なんだ。なくなるのが嫌だっていう気持ち、あんただって分かるだろ？」

「俺たちだって、そんなことしたかねえよ、でも、それが仕事なんだよ」

男たちも困惑していた。

愛子は、豊子はちゃんと自分で工場を出てくると信じ、再び語りかけた。

「豊子ちゃん？　壊されちゃうよ、皆が毎朝通った、その扉が……そんなの嫌でしょう？」

今まで何も言えなかったみね子も、静かに口を開いた。

「豊子……私も嫌だよ。大好きだったから、そこが。自分の席に座って仕事をするのが大好きだった。最初は全然できなかったけど。でも、頑張って負けなかった場所だからさ。でもね豊子、悲しいけど、なくならないよ。私たちがちゃんと忘れないでいれば、工場はなくならないよ。そうでしょ？　それより、私は今寂しいよ。優子さん帰ってしまったのに、五人なのに、豊子が隣にいないのがさ……一緒に手をつないで、工場とちゃんとお別れしようよ。ちゃんと見届けようよ。ね……隣にあんたがいてほしいよ。それにさ、私たち決めたでしょ？　最後まで笑っていようって。それが私たちらしいねって、約束したでしょう？　違う？　豊子」

みね子の心からの言葉を聞きながら、豊子は泣いていた。

「悪いけど、もう勘弁してくれ、おい！」

ついにしびれを切らした男たちが扉を壊そうとしたとき、扉が静かに開いた。豊子が泣きながら立っている。突然、澄子が豊子にぶつかるように突進していくと、「このバカがぁ！」と何度も言いながら、豊子を抱き締めた。皆が豊子の周りに集まり、愛子は豊子の頭をぐりぐりなでてやった。離れたところでは、心配して様子を見に来ていた和夫が、微笑しながら食堂へ戻っていった。

こうして、時間にしたらほんの数分の豊子の反乱は幕を閉じた。

機械はあっという間に運び出され、トラックに積み込まれていく。みね子たちは機械に何度も何度も「ありがとう」と言って見送った。乙女たちと作業員の男たちは、同じ働く人間として互いに一礼する。やがてトラックが発車すると、あっという間に見えなくなった。

開いたままの扉の向こうには、ガランとした工場の中が見えたが、悲しくてもう誰も足を踏み入れることができなかった。

愛子が何事もなかったような笑顔で、乙女たちの方に向き直る。

「さ、おなかすいたね！　和夫さんのご飯食べに帰ろう。今日は最後だからね、カレーライスだよ！　月曜日じゃないのに。通いの子も特別に入っていいって！　さ、行こう」

寮に向かいながら、みね子はもう一度工場を振り返った。そして、心の中で「ありがとう」とつぶやいた。


乙女寮の最後の晩餐。皆が食堂に入っていくと、「遅いんだよ、何やってんだよこら」と、和夫がわざと怒った顔をしてみせた。幸子に「ちゃんと謝りなさい」と促された豊子は「あの、すみませんでしたぁ！」と頭を下げた。誰も豊子を責める者などいない。

「今日はお代わりは自由だ！」と和夫に言われ、澄子は目を輝かせた。愛子には「澄子ちゃん、限度ってものがあるからね、世の中には」とたしなめられたが、めげずに「いやいやいやいや、今和夫さんは自由！　って言いましたよぉ、んだよなあ」と言い返すと、「んだんだ！」と全員に賛同された。

そうやって笑いながら食べた最後のカレーは、やっぱりおいしかった。うれしそうに食べる皆の顔を見ながら、みね子は心の中で父に語りかけた。

――お父さん……ここには大勢の乙女たちがいました。皆それぞれに、私と同じように物語があります。なんだかそれってすごいなぁと思います。そんな物語がものすっごくたくさんあるのが東京なのかなって思いました。

向島電機の工場は閉鎖された。やがてこの場所は更地《さらち》になって売却されるらしい。乙女寮に残る乙女たちも数えるほどになった。

みね子たちの部屋では、幸子と豊子が荷物の整理をしていた。

「豊子、これ着ない？　もう私にはちょっと幼いし」と幸子が服を差し出すと、「もう、人妻だはんで」と豊子がからかった。幸子が、澄子にも服をあげようとすると、澄子は座ったまま居眠りし、船をこいでいた。今にも倒れそうなくらい横に傾いていくのに、不思議と倒れず、いきなり元に戻る。それを何度も繰り返すのだ。

「あぁ、イライラする。澄子！　これいる？」

幸子の声が飛び、飛び起きた澄子が言った。

「あ、はい、食べます」

幸子と豊子は顔を見合わせて大笑いした。

舎監室でも、愛子が書類仕事をしながらウトウトしている。こちらは体が前に傾いて、ついに頭が机にゴンとぶつかった。机は何も悪くないのに、「うんもう！」と机を思い切りたたいている愛子は、どうものどかな様子だ。

和夫は少し前に、別れが苦手だからと言って、一人アコーディオンを背負って去っていった。

今、厨房は残った乙女たちが自炊に使えるようになっていた。

最後の日を迎えつつある乙女寮に、不思議と悲壮感はなかった。


みね子と時子は、三男と喫茶店で会った。

「そうかぁ、二人とも帰らねえのがぁ、正月。つまんねえなぁ」

三男はがっかりしている。時子は珍しく素直に「ごめん」と答えた。

「そのつまんねえなぁは主に私にじゃなくて時子なんだろうけど一応謝っとぐわごめんね」

みね子が嫌みたっぷりに謝ると「なんだそれ」と三男があきれ、いつもの三人の笑いになった。離れた席で、スカーフを真知子巻き風に巻いて顔を隠し、サングラスをかけた女が、三人の話に聞き耳を立てていた。さおりだ。

「俺もやめようかなぁ、帰んの」

帰省する楽しみが減った三男が投げやりに言うと、時子が「いれんの？　年末年始、お米屋さんに」と尋ねた。さおりと善三と三人で過ごす正月を一瞬でイメージした三男は、「帰るわ、やっぱし」とあっという間に前言撤回した。

さおりがそれを聞いてムッとしたとき、近くを通りかかったウエイトレスがつまずいて水をこぼし、さおりにかかってしまった。

「わ！　何よもう！」

思わず叫んでしまった声に三男が反応する。

「ん？　……どっかで聞いた特徴のある声」

三男が立ち上がって近づいてきそうだったので、さおりはとっさに、ちょうど入ってきた若い男性客にすがりつき、「捨てないで私を。真知子はあなたなしじゃ生きていけないの」と芝居をして、なんとか三男にバレずに済んだ。三男が席に戻ると、さおりはまたスパイを続ける。

「なんだか疲れちまって、なんつうが人間関係っつうが親子関係っつうが」

三男はため息をつき、善三とさおり親子がどれほど仲が悪く、どれほど自分が気疲れする日々を送っているか、みね子と時子に愚痴をこぼした。

すると、それを聞いた時子が言いだした。

「その娘、さおりさん、三男に惚れてんでないの？」

みね子も続けた。

「あとあれなんでないの、その旦那さん、跡継ぎにしたいんじゃねえの？　婿養子にして」

三男は迷わず全否定する。

「はぁ？　冗談じゃねえよ、お前、そのために東京来たわげじゃねえしよ。大体、農家の三男坊から婿養子って、どんな人生だよ、俺は。日陰過ぎだろ。いぐらなんでも、もっと日の当だる人生を歩みてえよ」

さおりはもう聞いていられなかった。ドカンと音を立てて立ち上がると、レジに金をバシンとたたきつけるように置いて、乱暴にドアを開けて去っていった。カウベルが激しく鳴り響いた。

それでも三男は、店にさおりがいたことに気付いていない。店がまた静かになると、三人は話に戻った。

「でも……まぁ、よかったな、次決まってな」

三男はみね子と時子の再就職を祝福した。だが、みね子も時子も、まだ倒産のことも転職のことも実家に報告していないのだった。

「心配かげたくねえがらさ……新しい仕事始まって、落ち着いたら言おうと思ってさ。決まったには決まったけど、実際お給料もちょっと下がるしよ、厳しいんだ」

みね子はそう言って、だから親には内緒にしておいてくれと、三男に手を合わせた。

「分がった。忙しくて会えねえつっとぐわ」

三男は、実家に届けたいものがあるなら持っていってやると申し出てくれた。みね子はたくさんあるし、時子も珍しくあるという。「悪いね。持つべきものは……」と時子が言いかけると、「婚約者だろ」と三男がすかさず続けた。

「婚約者？　誰が？」

「俺俺。女優諦めだら俺と結婚するって約束したっぺよ」

「なんだそれ。私はね、映画で共演した人と結ばれるって決めてんの」

いつものやり取りに、みね子は「一生やってろ、あんたらは」とおかしそうに笑った。この三人で会っているときだけは、奥茨城で過ごしていた頃の自分に戻れる。笑っていられるのがうれしかった。

数日後、乙女寮ではまた一つ別れがあった。雄大が迎えに来て、幸子が出ていくのだ。

「じゃ、まだ会おうね。しょっちゅう会おうね。連絡するね。連絡取り合おうね」

幸子は、玄関で見送るみね子たちに笑顔を向けた。

「はい、今日までありがとう、幸子さん」

泣かずに見送ろうと決めていたみね子は、今までの感謝を込めて幸子に礼を言った。

「幸せになるのよ、幸子さん」

愛子が優しく言葉をかけた。

別れはつらいが、寄り添い合っている幸子と雄大は既に新婚さんの雰囲気だ。手を振り、何度も振り返りながら、二人は出ていった。

次は豊子の番だった。

「頑張ろうね、豊子。今日までありがとう」

「……頑張ろう。ずっと仲間だよ、私たちは」

みね子と時子に言葉をかけられ、豊子は「はい」とつらそうな顔でうなずいた。

澄子は泣きそうな気持ちをごまかそうとして、先日の豊子のまねをした。

「やだぁ、おらはやだってしゃべりたい！」

「最後に首絞めていいですか」と豊子が愛子を見ると、愛子は笑って「許す」と言い、澄子と豊子のじゃれ合いが始まった。じゃれているうちに二人とも泣いてしまう。愛子はそんな二人の頭をよしよしとなでてやった。


何もなくなって脱け殻となった工場の中に、時子が一人たたずんでいた。いつも強気で毅然としている時子の顔が、今にも泣きそうにゆがんでいる。

ここで働いていたとき、隣を見ればいつも仲間がいた。仕事は楽ではなかったが、みね子や仲間たちがいれば、いくらでも頑張れた。工場で働くことが時子の夢ではない。それでも、この向島電機で過ごした時間は掛けがえのないものだ――。

「大丈夫？」

いつの間にかみね子が隣にいた。

時子の心に不安や心細さが浮かんできていることが、みね子には分かった。

「あんたはもう、決めっとぎは無鉄砲にどんどん決めっちゃうくせに、いざとなっとそうなんだから」

「だって……みね子いないんだって今、急に思ったらさ」

「バガだね。私だってそうだよ」

二人は自然に抱き締め合った。

幼い時からずっと一緒だったのだ。みね子と時子の別れは、やはり特別だ。

「みね子……ちっちゃいね」

「は？　私普通だよ。あんたがでかいんでしょ」

「でかいって言うな。スラッとしてるって言え」

笑ってしまって、そしてまた涙になる。キリがなかった。笑いながら、泣きながら、お互いにお互いがいてくれたことに感謝した。

その日、時子は笑顔で乙女寮を後にした。


乙女寮に残っているのは、みね子と澄子と愛子だけとなった。みね子と澄子も、明日にはせっけん工場の寮に引っ越すことになっている。新しい仕事も生活も不安だが、みね子は澄子と一緒だと思うと、少しは気が楽になった。澄子は妹のような存在だ。これからも守っていかなければと思う。

食事のときは広い食堂に三人だけという状態だったが、簡単な料理をつくり、おしゃべりを楽しんだ。

そんな夕食時に、思ってもみないことが起きた。

寮の戸をたたく音とともに、「こんばんは！」という男の声が聞こえる。こんな時間に訪ねてくるなんて、一体誰なのだろう。三人は玄関に向かった。

みね子は、まさかこの夜、自分の運命がまた変わるとは想像もしていなかった。だが、この夜の訪問者は、容赦なくみね子にある決断を迫ることとなるのだった。

第10章

谷田部みね子ワン、入ります

愛子が玄関の扉越しに「どちらさまですか?」と尋ねると、「あ、原田です!」と返事があった。みね子と澄子が年明けから勤めるせっけん工場の社長だ。扉を開けると、原田はなぜか情けない感じの笑顔を浮かべて立っていた。

原田を食堂に通し、みね子がお茶を用意し、澄子が運んだ。

「あぁ、澄子ちゃん、ありがとう」

原田はもう名前を覚えているようだ。小さい会社だから、入社すれば家族みたいなものだと言って、原田は笑った。この人が社長を務める会社なら、きっと大丈夫だ。みね子はそう思った。

それにしても、原田が何か言いにくそうにしているのは一体なぜなのだろう。

愛子は「私、一人の方がいいですか?」と言ってみたが、原田は「いいのいいの、いてちょうだい」と断って、ゆっくりと話し始めた。

きっと、自分たち二人を雇えなくなったという話なのではないか。みね子はそう予感した。

原田のせっけん工場は、三つの大口取引先からの受注を中心に事業を回してきたのだが、そのうちの一つを、他の工場に取られてしまったという。

「で、まぁ、ちょっといろいろ事情が変わってしまって、約束したのに申し訳ないんだけど、一人しか雇うことができなくなってしまったんだ、申し訳ない！　このとおり！」

原田はこれ以上ないくらい深く頭を下げた。

誰も予想していなかった展開だ。一人しか雇えないなんて、二人ともダメだと言われるよりもむしろきつい宣告だった。おまけにみね子と澄子、どちらに来てもらうか、原田は自分では選べないから、三人で話し合って決めてほしいと言うではないか。いい人なのは分かるが、そこは原田の方で決めてほしい。いい人というのも罪が深いものだとみね子は思った。

原田は言いにくいことを言い終えてすっかり楽になったという顔で、バタバタと帰っていった。


原田を見送った後、澄子は既に諦めたような顔をして落ち込んでいた。この状態で何をどう言えばいいのか。気まずい沈黙が流れる中、愛子が口を開いた。

「とりあえず、話そうか、ね、ね。お茶でも淹れて……あ、そうだ、いただき物のクッキーがあるから、紅茶淹れよう、ね、私の部屋で」

「愛子さん。澄子と二人で話してもいいですか？」

みね子は澄子を連れて部屋に入った。澄子はうつむいて顔を上げることもできない。

「何、そんな下向いてんの？」

「んだって、どう考えても、みね子さんが行くわけだし、どうなんだっぺおれって」

澄子は、すっかり自分は働き口を失ったと決めつけていた。

「なんで？」

「いや、やっぱし、おれなんかより仕事だって、みね子さんの方がちょっと優秀だしよ」

ちょっと優秀と言われて、みね子は笑ってしまったが、心を決めて言った。

「澄子、あんたが行ぎなさい。こんなかわいい妹押しのけてお姉ちゃんが行ぐわげないでしょ？」

戸惑う澄子にみね子は畳みかけた。

「ただ、約束しよう。こんなこどんなってしまっても、後ろめたいとが、そういうのやめよう。私とあんたは一生の仲間だっぺ？　向ごう行ったら頑張んだよ。我慢できないこどはしなくていいけど、頑張んないとダメだよ、分がっけ？」

澄子は今にも泣きそうな顔で、みね子はどうするのかと聞いた。

「そんなの今すぐ分がるわげねえよ。これから探すにしても、あんたが探すよりは見っかる確率高いでしょ。ちょっとは優秀だからね、ちょっとは」

そう言って笑ってはみせたものの、みね子は心の中では途方に暮れていた。

オリンピック後の「昭和四十年不況」で六千を超える企業が倒産したこの年、全国の求人数は前年に比べて二十三万人も減っていた。そんなニュースも、少し前までみね子には他人事《ひとごと》だったのに、まさかこの年の瀬に自分が失業者になろうとは、思ってもいなかった。


翌日、澄子は原田に連れられて乙女寮を去っていった。

ついに寮には、みね子と愛子の二人だけになってしまった。

「愛子さ～ん、どうしよう」

しょんぼりしているみね子を、愛子は明るく励ました。

「今さら何言ってんの、しっかりする。威勢のいいこと言った割に、うじうじしてんだねえ。気晴らしにどっか行ってきなさい」

そんなわけで、みね子は街へ出かけた。といっても、知っている場所などそうはない。足は自然と赤坂へ向かった。街中はすっかり歳末ムードで、商店街には賑やかに歳末大売出しの呼び込みの声が響き、買い物客で賑わっていた。その中を歩いているうちに、みね子はだんだん元気になってくる。思い切って、すずふり亭で何か食べることにした。

「……何なら注文できっかな」

まずは財布と相談だ。そっとがまぐちを開けて、持っているお金を確かめたときだった。足早に歩く人とぶつかり、小銭を道にぶちまけてしまった。みね子は慌ててお金を拾い始めた。はいつくばっていても、手伝ってくれる人はいない。全部拾ったと思って数えると、一枚足りない。

みね子のそんな様子を、一人の青年が見ていた。彼は道の端にお金が落ちているのに気付いたが、みね子はそちらの方を捜し始めたと思うと、中途半端なところでやめて別の方向へ行ってしまう。青年は苦笑しながらお金を拾い、みね子に差し出した。

「そこに落ちてましたよ」

「あ……すみません。ありがとうございます。助かりました。いがったぁ」

「余計なお世話かもしれないけど、君が悪いんじゃないかな。こんな往来の真ん中で、財布、しかもがまぐちを開けてたりしたら、こういうことになるでしょう？　しかも、泥棒に、財布はここですよと教えているようなものだ」

どうして見知らぬ人に怒られなくてはならないのか分からないが、言われていることはもっともだ。みね子は「すみません」と謝った。だが、青年の話は終わらなかった。ずっと見ていたが、物を捜すときに、みね子のやり方ではなかなか見つからないというのだ。

「つまりね、例えばここで何かを落としたとする。そうしたら、まずこの一角を絶対にないと言い切れるまで捜す。で、次に移る。君の場合、こっちかな？　あっちかな？　ないな、こっちかな……全部が中途半端。あれだと見つからないと思う。分かるかな？」

「はぁ……はい、んですかね」

「うん、今度から気を付けて。じゃ」

青年は爽やかな笑顔で軽く手を上げ、去っていった。「ありがとうございました」と頭を下げて見送ったみね子は、確かに言われたとおりだとは思ったものの、なんでそこまで言われなきゃいけないのか、最初から見てたのなら一緒に捜してくれればよかったじゃないかと、若干、釈然としなかった。でも、貴重なお金を失わずに済んでよかったと思うことにした。


みね子はすずふり亭にやって来た。しかし、扉には「準備中」の札が掛かっていた。しまったと思ったが、店の裏に回ってみることにした。あそこならすずふり亭の誰かがいるかもしれない。

店の裏では、元治と秀俊が芋の皮むきをしていた。例によって、元治はいかにもやる気がなさそうだ。秀俊の方がはるかに手際もいいし、仕上がりも丁寧だ。元治は秀俊のむいた芋をチェックする振りをしては、ちゃっかり自分の籠に入れてしまう。秀俊はムッとしながらも我慢して作業を続けた。

そこにみね子がやって来て、二人に「どうも」と声をかけた。

「おう、来たな、月末コロッケ娘」

口が悪い元治は、失礼なあだ名で呼びかけた。

「なんですかそれ、すごいお金ない感じがすんですけど」

秀俊は、みね子なら準備中でも店に入れると言ってくれたが、みね子は遠慮して、しばらく二人の作業の様子を見せてもらうことにした。

元治は、開店前に入ってくる客は迷惑だということ、また、自分が外食するときは開店前や閉店間際には入らないようにしており、それが飲食店で働く者のマナーだという持論を、偉そうにみね子に話して聞かせた。

「あの……手、止まってますよ、さっきから」

みね子が元治に指摘する。秀俊は、「よく言った」とでも言いたげな、うれしそうな顔をした。

「私、今、すごく思うんですけどね、働ける場所があるということは、とってもありがたいことなのではないかと……ですから、大切にした方がいいですよ、本当に」

それはみね子の実感だった。

そこへ、隣の中華料理店から、五郎が「おう、ご苦労さん」と顔を出した。みね子に目を留めると「あぁ、給料日娘か。あれだろ？　最後はビーフシチュー注文するのを目標にしてるって子だろ？」と言う。どうもみね子の存在はこの界隈では有名らしい。

みね子が苦笑しかけたところに憤然とやって来たのは、五郎の妻の安江だ。

「チャーハン！」と亭主に大声を浴びせかけると、五郎は憎々しげに言い返した。

「うるせえな、またかよ！　俺がチャーハンつくり終えて出した後にわざとチャーハンの注文取ってくんだろ？　炒めんの一回で済むように取ってこいよ、気が利かねえな」

「おい、言ってやれ、今の。働くとこがどうとかいうの」

元治はなぜか急にみね子に振った。

「え？　あ、あの、働く場所があるということは、とてもありがたいことだと思いますよ、大切にした方がいいですよ」

やや棒読みになったが、実感していることであるだけに、みね子は何度でも言える。

安江は「そうだよねえ」と納得しかけたところで「誰？」と改めてみね子を見た。元治が「月末に一度だけ来る、一度だけ」と説明すると、「あぁ、茨城娘！」と合点がいったようだ。そこからはまた安江と五郎の夫婦喧嘩となったが、やがてチャーハンの注文が入っていることを思い出して、店に戻っていった。

ここはなんとも面白い空間だ。みね子は楽しくなってきた。

次にやって来たのは、和菓子店・柏木堂《かしわぎどう》の一人息子、柏木ヤスハルだ。「あぁ、やってらんねえ」といかにも機嫌が悪そうだ。イライラした態度を隠そうともせず、ヤスハルは腰を下ろした。

「よ、御曹子」と元治がからかうと、「ふざけんな、何が御曹子だ」と舌打ちする。

秀俊は「あそこの和菓子屋さんの息子。ちなみに甘い物が大嫌いなんだって」とみね子に教えた。「もったいない」とつぶやいたみね子に、ヤスハルは「悪いか？　あんこ屋の息子だからってな、甘いもんが嫌いで悪いか」と突っかかり、自分の服の匂いをくんくん嗅ぐと、「あぁ、あんこの匂いだよ。やだやだ」とこぼした。

続いて、奥から都《みやこ》はるみの「アンコ椿は恋の花」の妙な替え歌を歌いながら登場したのは、ヤスハルの父で柏木堂の主人・柏木一郎《いちろう》だ。いかにも気のいいおじさんといった風情だが、たちまち親子で小豆を巡る言い合いになり、みね子は思わず笑ってしまった。まったく東京にはいろんな人がいる。


やっと店の開店時間になり、みね子は店に入るとコロッケを注文した。

「はぁ、うまいねぇ……また来られるかな」

食べながら、みね子が思わずため息とともにつぶやいた言葉を、鈴子は聞き逃さなかった。

鈴子に訳を聞かれ、みね子は、せっけん工場で働けなくなったことを話した。先行きが全く見えない不安を聞いてもらっただけで、少し気持ちが軽くなった。

すると、鈴子は唐突に言った。

「ウチで働く？　おかげさまで、ちょっと忙しくなってきてて、ホール係をね、一人探そうかと思ってたのよ」

「え〜、本当ですか？」

住み込みというわけにはいかないが、裏のアパートなら、大家と懇意にしているので借りられるし、みね子なら身元も確かだと鈴子は言ってくれた。

「あんたのお父さんとお母さんの人柄は知ってるからね、それ以上に確かな身元はないね」

うれしかった。自分はなんという幸せ者なのだろう。みね子は思わず立ち上がり、調理場の窓に向かって言った。

「すみません！　谷田部みね子、ワン！　入ります！」

省吾が目を白黒させている。その光景を見て鈴子はほほ笑んでいたが、はたと表情を変えた。そして、何かを思い出したように「まいったな……失敗した」と小声でつぶやいた。みね子には、もう一つ越えなければならないハードルがあったのである。

「あ、みね子？　あのね」

鈴子はみね子に話しかけるのだが、仕事が決まったうれしさで舞い上がっているみね子の耳には入らない。みね子は満面の笑みで調理場に話しかけている。

「私、頑張ります。うれしいです。頑張ります。ハハハ、頑張ります！」

「そうかぁ、へえ、おう、よろしくな」

省吾はにこやかに応じてくれた。

「ホールやるの？　本当に？　やった！　うれしい！」

秀俊はやけに喜んでくれた。てっきりみね子がこの店で働くことがうれしいのかと思ったら、ちょっと違った。店でいちばん若い秀俊は、忙しいときは調理場とホールの兼任となる。だが、ホールに人が入ってくれれば、ずっと調理場にいられる。

「誰でもいいから来てほしかったんだ。うれしい！」

誰でもいいからという言葉はちょっと引っ掛かったが、みね子は「あ、はい」と笑顔で返した。

談笑するみね子の後ろでは、鈴子が省吾に向かって合図を送っていた。ようやく意図するところを察した省吾は、「まずい」と言わんばかりの顔になった。どうしようかと目顔で相談していると、元治がズバリ言った。

「高ちゃんのOK出たんだ？」

「なんですか？　それ」とみね子はきょとんとしている。

「そこなのよ問題は」と鈴子が言いかけたとき、「すみません、美容院混んじゃってて、どうかな？　これ、はやりらしいんだけど」と高子が髪に手を当てながら入ってきた。皆が一斉に高子を見た。

「え？　何？　変？　私も変かなとは思ったんだけど、そんなに？」

高子は、皆が今、髪形とは別のことを懸念していて、自分がその懸念の中心なのだということに、全然気付いていない。

「みね子、ちょっとおいで」

鈴子はみね子を店の裏へと引っ張っていった。

「いい？　落ち着いて聞いてね。一つ言い忘れてたことがあるの。ウチの店のホールには、最終面接っていうのがね、あるのね」

「え？　じゃ、まだ採用ではないということですか？」

「そうなのよ、ごめんねごめんごめんごめん」

みね子は、一体どんな厳しい試験が待っているのかと緊張した。ところが、それは高子との面接だという。ホールに入るということは、他でもない高子と一緒に同じ仕事をするということだ。だから、鈴子が勝手に決めるわけにはいかない。一緒に働く人間の思いを尊重しなくてはならない……という理屈らしい。

「あ、でも、私、高子さんとはうまぐやってげるような気が。自信があるっつうか」

「あなたにあってもねぇ。そもそも、そういうことじゃないのよねえ」

みね子にはますます訳が分からなかった。

「つまりね、高ちゃんは、ウチでは……看板娘なわけ。分かる？　しかも嫁入り前なんだ、あの子は。だから、看板娘の座を奪われたくないわけ。分かる？」

みね子にはまだよく分からない。

「要するに、自分よりいい女がホールにいることは認められないわけなの。分かる？」

「はぁ……ということは……その最終面接で」

「自分よりも、いい女だと思ったら、採用はなし」

「え！」

「ま、ついでに言うと、高ちゃんが、この子なら特に敵ではない、大丈夫だと思ったら……採用」

みね子は笑ってごまかすしかなかった。思わず心の中で父に訴えた。

――お父さん……なんですか、その条件は……しかも今、私はどういう顔をしたらいいんでしょうか？　その条件を聞いて、それなら私はダメですね、という顔もできませんし。これでも奥茨城においては、時子と一、二は争っていませんが、山村ケイコちゃんと田窪良子ちゃんと二、三、四を争っていたという過去もあるわけで。でも、だからといって、それなら私大丈夫ですねという顔も、女性としては、やはりなかなかできないし……顔が動かせません……。

鈴子は、ホール係の面接での最終的な合否を高子に一任してきた。職場での女同士の争いを避けたいというのも理由の一つだ。その結果が、高子の独特の面接なのだった。

「私ね、あんまりよく分かんないのよね、その女同士の争いっていうのかしら、そういうのなくてあんまり」

鈴子の脱線が始まった。

「子供の頃からね、かわいくて私。町内の人気者でねえ、この辺りの。写真館の人が、頼むから写真を撮らせてくれなんて言ってくるくらいでね。女学校時代なんてもう大変」

鈴子の話はすっかり関係ない方に進んでいるが、みね子は苦笑しながら聞くしかない。

「とにかく頑張って」

一体、何をどう頑張ればいいというのか。みね子は途方に暮れた。


調理場でも、みね子の採用に関して議論になっていた。

「厳しいですかね、彼女」と秀俊が言うと、「さぁな」と省吾は首をかしげる。「何年も合格者出てないからなぁ」と元治がぼやき、「何人もの美人が……通り過ぎていったもんなぁ」と省吾が遠い目をした。

「そうなんですか？」

すずふり亭の歴史をまだよく知らない秀俊は驚いた。

和風美人、かわいい系、華やかな美人。多くの女性たちが面接を受けては、採用されることなく、落ち込んだりムッとしたりしながら店を出ていった。今回、いくら顔見知りとはいえ、若いみね子が面接をパスする保証はなかった。


鈴子から話を聞き終えたみね子が、店の中に戻ってきた。

「頑張れ、みね子」と省吾が力強く励ました。

「大丈夫なんじゃねえの？」と元治は無神経な励ましを贈った。

「頑張ってくれ、みね子ちゃん」と、調理場に集中したい秀俊も、力を込めて言った。

みね子は力なく笑うしかない。

「高ちゃん、みね子ちゃんをね、ホール係で雇おうかなと思ってるんだけどね」

鈴子が高子の顔色を見ながら話しかけた。高子は「ほぉ」とみね子の方を見た。

「よろしくお願いします……！」

みね子は、うっかり自分の中でいちばんかわいいと思われる笑顔を見せてしまった。緊張が最高潮に達する。

「へぇ」

高子はみね子を手招きした。皆に見守られ、二人は店の奥へ行った。

「ここで働きたいんだ？」

上から下までみね子を見つめ、高子は尋ねた。女性としての評価はどうでもいい。今は何より仕事が欲しい。ドキドキしているみね子に、高子は言った。

「あんみつ食べる？」

「高ちゃん……それって」

鈴子が驚いた顔をしている。「採用だな」と省吾がうなずいた。秀俊がすぐさまあんみつを注文しに行った。

「え？　そうなんですか？　やった……やった」

みね子は喜びながらもどうしたらいいか分からない気分だった。皆に、「よかったよかった」「すごいな」「大したもんだ」と口々に祝福されたが、それはそれで、女の子としては複雑だった。

「……あの、合格の決め手はどこだったんでしょうか」

みね子は思い切って高子に尋ねてみた。

「ん？　あのさ、そういう噂になってるのは知ってるけど、皆、私が自分よりいい女を落としてるって本気で思ってたわけ？　そんなわけないでしょう。純粋に一緒に働きたいと思う人かどうか、それを見てただけ」

「……先に言ってくださいぃ」

みね子は高子の言葉に脱力した。

そこにヤスハルがあんみつを持って入ってきて、みね子を見るとハッとした顔になった。

「……あ、あんみつ？　え？　採用？」

「はい」とみね子が言った途端に、ヤスハルは噴き出した。高子の採用条件は、商店街ではすっかり知れ渡っていた。

「おめでとう……よろしくね。うちのおごりってことで、お近づきの印に……」

そう言ってまた噴いた。この瞬間、みね子の中でヤスハルは「許せないヤツ」になった。

何はともあれ、みね子の仕事は決まった。みね子は「よろしくお願いします」と深々と頭を下げると、来たときとは打って変わって笑顔で店を出た。

みね子が帰った後、「高ちゃん、さっきの……」と元治がつぶやくと、高子は肩をすくめた。

「今回はね……断れないでしょ？　あの子は」

ということは、やっぱり今までの採用基準は定説どおりか。店の誰もが納得したところで、店に団体客が入ってきた。すずふり亭はなかなか繁盛している。

乙女寮に帰ったみね子は、仕事が決まったことを愛子に報告した。

「よかったねぇ、みね子さん。楽しそうなお店だもんね、話聞いてても」

「はい、それに……ひょっとしたらですけど、いつかお父ちゃんが来たりすっかなって」

すずふり亭で働けるのは、その点でもみね子にとってありがたいことだった。

「そうかぁ、おめでとう。飲食店で働くのは工場と違う大変さがあると思うよ。大変な仕事だよ。頑張りなさい。で？　明日行くって言ったっけ？」

明日は、アパートを紹介してもらいに行く予定だ。愛子は、親代わりとして一緒に挨拶に行くと言ってくれた。

そこでみね子は、はたと気付いた。愛子自身は、今後一体どうするのだろう。尋ねてみると、とりあえず一月中、寮にいられる期限まではここにいるという。

「今度は私が職探し。ハハ」

それを聞いて、みね子は今まで自分のことばかり考えていたと、急に申し訳ない気持ちでいっぱいになった。

「年越し、私もいていいですか？　だって知んないアパートで一人で年越し寂しいし……それに」

「二人で紅白見るか」

「はい！　見ます！」

話は決まった。本当は、仕事も決まったことだし、懐具合は厳しいものの茨城に帰省しようかとも考えていた。だが、今この瞬間、みね子は愛子と一緒に過ごしたいと思った。

翌日、みね子は愛子と一緒にすずふり亭を訪れた。年内の営業は昨日までだったので、今日は休みだ。

「こんにちは！　みね子です！」

声をかけると、奥から鈴子が出てきた。愛子が丁寧に頭を下げた。

「初めまして。私、この子が働いておりました工場の寮で舎監をしておりました、永井と申します。このたびは本当に、ありがとうございます」

そして、向島の店で買ってきた手土産を差し出した。うっかり屋の愛子はつい、「結構おいしいんですよ。それに安いし」と余計な一言を付け加えてしまった。鈴子は笑ってくれた。

「それがいちばんですよ、安くておいしいのがいちばん。高くておいしいのは当たり前。自慢になんてなりません。高くてまずかったらこれいちばん許せないでしょう？」

鈴子は、すずふり亭でも頑張ってギリギリの値段でやっているが、物価が上がって仕入れ値も上がり、どうしようもなくなって数年前に値上げしたという話をした。

「で、店を閉めた後に、そのメニューの値段を書き換えてたわけ。そうしたら、なんだか悲しくて、涙があふれてきちゃってねえ、悔しくて、申し訳なくてね……だからね、そのメニュー、何か所か私の涙で値段がにじんでるところがあるのよ」

みね子は手近にあったメニューを開いた。確かに一部分のインクがにじんでいた。

「そうなの。涙のメニューなのよ」

「歌謡曲の題みたいですね。涙のメニュー」

愛子は鈴子の話に心打たれたように言った。

鈴子はふと愛子を見て、「永井さんは東京の人？」と尋ねた。

「はい。生まれも育ちも、はい」

「じゃあ……あの」

鈴子が言葉を濁した訳がみね子には分からない。

「はい、戦争中もずっと東京におりました」

「大変だったわねえ、それは……うん、よく頑張って生きたね」

自分より大人の人たちには、想像もつかない苦労の歴史がある。そう思うと、みね子はうかつに口を挟めなかった。

「うちもね、この店、焼けた。全部焼けた。三軒先に焼夷弾が落ちてねぇ」

みね子は驚いた。いつも温かく迎えてくれるこの店にも、そんな苦難があったのか……。

それから、三人は店の裏へ回った。みね子が住むことになるアパートは、店から目と鼻の先だ。アパートの名は「あかね荘」といい、古いがどこかモダンで都会的な感じの建物だった。管理人は富《とみ》さんといって、この辺りの主のような人物で、昔は赤坂一の美人芸者だったと鈴子が教えてくれた。

「へぇ、おきれいな方なんですね」と愛子が感心したように言うと、「昔の話だけどね。昔じゃないね、大昔。ハハハ」と鈴子は笑い、玄関の中へ向かって「富さん！　鈴子！」と声をかけた。

「そんな大きい声、出さなくても聞こえる、わ。大昔で悪かったわ、ねぇ、鈴、ちゃん」

独得の間をとる話し方をしながら、立花《たちばな》富が出てきた。和服姿のゆったりとした優雅な身のこなしには、かつての人気芸者だった頃の面影がなくもない。

「初めまして、谷田部みね子です。よろしくお願いいたします」

みね子は緊張しつつ挨拶をした。

「はいはい、どこって言った？　田舎」

「茨城です。あの、北の方なんですけど、奥茨城村っていうところで」

「何がおいしいの？」と富に聞かれ、みね子は特産物をいくつか挙げた。すかさず富は、どれが好きでどれが嫌いかはっきり言い、「田舎のご家族に、よろしく、ね」と言った。つまり、好きと言ったものを送れということだろう。みね子は、またしても変わった人と出会ってしまった。

挨拶するタイミングがつかめずにいた愛子を鈴子が紹介し、愛子が手土産を差し出すと、中身は何かといきなり聞かれた。「嫌いだともらえないから」と言う。愛子が中身を言うと、富は受け取ったので、結局、土産はお気に召したようだ。

みね子の部屋は二階のいちばん奥だった。早速見せてもらうことにして、みね子は愛子と二人で二階に上がった。

狭くて何もない部屋だが、どこかモダンな感じもある。みね子は「わぁ」と声を上げた。

「へえ……いい部屋じゃない」

「はい、なんかすごいなぁ……変な気持ちです。自分の部屋なんて……生まれて初めてで」

一つだけある窓を開けてみると、赤坂の繁華街が見えた。今まで住んでいた乙女寮とはまた違った、東京のざわめきが間近に感じられる部屋だ。

みね子は心の中の父に話しかけた。

——お父さん……この見える景色の中に、お父さんはいますか？　……みね子は東京に、自分の部屋を借りました。


その後、正式に部屋の賃貸契約を交わした。四畳半で、家賃は相場より少しだけ安めの三千四百円。トイレと流しは共同で、もちろん風呂はない。

みね子は緊張しながら判を押した。保証人の欄には鈴子が署名した。そういう人がいないと、部屋を借りることもできないことを、みね子は初めて知った。鍵を受け取ると、大人の世界に一歩足を踏み入れたような気がした。

「どんな方が住んでらっしゃるんですか？」

愛子が富に質問した。それはみね子も知りたかったことだ。富が「え～っとね」と言いながら考え始めるので、鈴子が「部屋はいくつだっけ」と聞くと、富は悠長なしぐさで指を折って部屋数を数える。終わるのを待たずに、鈴子が「五つだったよね。で、えっと二階には漫画家さんが住んでるのよね」と先回りして言う。どうも富と鈴子はテンポが大きく違う。

漫画家と聞いた愛子が、「有名な方ですか?」と好奇心いっぱいに尋ねると「無名。有名になりそうもない、無名」と富は容赦なく言い放った。

他に、髪の長い事務員の女性もいるという。年は、「ここ何年もずっ～と二十五」だそうだ。

「えっと、あとは大学生だったね」と鈴子が言うと、「そうなの。慶應ボーイ。いい男、うん」と富がうなずいた。住人はそれで全部だった。

「他に何か質問は?」

鈴子に聞かれて、みね子は「えっと、何を質問したらいいが分がんねえ」と困惑した。富が面白そうに「今の、なまり?」と言う。

「え?　あ、はい、なまってましたか?　すみません」

「じゃ、以上で終了。心配なことがあっても大丈夫だよ。目と鼻の先に私がいるんだからね」

鈴子がてきぱきと締めくくった。

「あ、はい……よろしくお願いします」

みね子が改めて挨拶し、愛子も「どうか、この子をよろしくお願いいたします」と、まるで母親のように頭を下げてくれた。


アパートを出ると、みね子は実が目撃された場所へと愛子を案内した。

いたかった。

「結構、赤坂から近いんですよ」

「そうだね、よかったね」

そうして、しばらく二人はその場にたたずんでいた。みね子は、わずかでも父に近づいたと思いたかった。


寮に帰ったみね子は、愛子と静かな年末を過ごした。二人でテレビでプロレス観戦をしていると、子供のように興奮する愛子がおかしくて、みね子は大笑いした。

二人で乙女寮の大掃除もした。バケツの水は凍りつきそうなくらい冷たかったし、この寮ももうすぐなくなってしまうのだが、隅から隅までピカピカに磨き上げた。かつてここで生活していた乙女たちの写真が収められた額も丁寧に磨いた。今はもう笑い声一つ聞こえないけれど、故郷を遠く離れ向島電機で懸命に働いたたくさんの乙女たちが、確かにここで生活し、泣いたり笑ったりしていたのだ。

仕上げに、玄関に小さいながらも門松を飾り、ようやく愛子の部屋でお茶の時間にした。

「なくなっちゃうんですねえ、もうすぐ。悲しいなぁ、なんだか、やっぱり」

「そう?　私は、悲しくはないな」

愛子の言葉は意外だった。

「寂しいなって気持ちはあるけど、悲しくはない。ここも、また何かに生まれ変わるんだよ」

「……はぁ、そうか」

何ができるのか楽しみだと言って、愛子は笑った。

「人生はね、みね子さん、お別れと出会いの繰り返しなのよ。私は本当にそう思うんだ。そう思えば、いろんなものとお別れすることも、悲しいだけじゃなくなるから。この場所に何ができるのかは分からない。新しい工場かもしれないし、今はやりの団地かもしれない。そこに何かが生まれることはすてきなことだよ。新しい場所で、また誰かと誰かが出会ったり暮らしたり、働いたりするんだから。あなたも家族や田舎との別れがあったから、ここで、掛けがえのない仲間たちと出会った。そして今度は、また工場との別れがあって、新しい職場やアパートの人たちと出会う。別れがなかったら出会えない人たちとね。あぁ、私は次にどんな人と出会うんだろうなぁ。楽しみだなぁ」

愛子の考え方は、みね子にとって新鮮だった。そんなふうに考えられる愛子をすごいと思った。たった一年足らずをここで過ごしただけの自分とは比べ物にならないくらい、会社や寮に対する思いは強いだろうし、きっと例えようもないくらい悲しいはずなのに。みね子は、愛子の言葉を忘れまいと心に決めた。

そして、大みそかの夜がやって来た。二人で年越しそばを食べ、テレビで紅白歌合戦を見た。ブラウン管の中で、歌手たちが華やかな衣装に身を包み、流行歌を歌っている。それを愛子とワイワイ言いながら見るのは楽しかった。

紅白が終わってテレビを消すと、途端に静けさに包まれた。愛子は窓を開けた。どこの寺からだろう、除夜の鐘の音が聞こえてきた。目まぐるしかった昭和四十年が終わり、そして新しい年、昭和四十一年が始まった。

「明けましておめでとうございます」

愛子に言われ、みね子も頭を下げた。

「明けましておめでとうございます。今年もよろしくお願いいたします」

その夜は、愛子と布団を並べて寝た。大掃除の疲れと夜更かしで、みね子はすぐに寝入ってしまった。愛子はみね子の寝顔を見つめた。

「……こんな娘がいても……おかしくないんだよね、私。……ありがとう……楽しかった」

どんな夢を見ているのか、みね子が寝言を言った。

「お母ちゃん……」

「……ごめんね。私に付き合わせちゃったね」

一人で年越しする愛子を気遣って一緒にいてくれたみね子の優しさが、愛子の心にしみた。


翌朝、みね子が目を覚ますと愛子の姿がなかった。『ちょっと出かけてきます。すぐ戻ります』と書かれた置き手紙があった。

中庭に出ると、抜けるような青空だ。

「茨城も晴れでっかなぁ……」

生まれて初めて、家族と離れて迎える元旦だ。祖父や母、妹や弟は、どんな正月を迎えているだろう。気持ちはやっぱり奥茨城へ飛んでいく。

愛子が戻ってきた。「晴れてよかったね、元旦。土手のところ、子供たちが大勢凧揚《たこ》げしてた。私、うまいのよ」と、愛子は凧を揚げるしぐさをしてみせた。なんだかかわいい。

「なんか思ったんですけど、愛子さん、やっぱしお姉ちゃんみたいだな。お母さん代わりじゃやっぱしなくて、東京のお姉ちゃんだなって」

喜ぶかと思ったのに、「お姉ちゃんか……お母ちゃんじゃなくてね……そうだね」と、愛子はなぜか少し寂しそうなほほ笑みを浮かべた。

「じゃ、お姉ちゃんから、お年玉」

愛子は小さなお年玉袋をみね子に差し出した。

「え〜そんなのもらえるんですか？　ありがとうございます。わ〜すごい」

そして、袋を開けたみね子は驚きで言葉も出なかった。中に入っていたのは、奥茨城までの列車の切符だったのだ。

「年越えちゃったし、とんぼ返りになっちゃうけど、報告したいこといっぱいあるでしょ？」

みね子はなんとお礼を言っていいか分からないまま、目に涙を浮かべていた。

「あ、ごめんね。それね、乗るには、あんまり時間ないんだ」

「え？　あ！　本当だ！」と、みね子は急いで支度を始めた。

「ありがとう、愛子姉ちゃん」

そして、みね子は走りだした。ふるさとへ向かって。

奥茨城村の谷田部家では、静かな元日の夜を迎えていた。昨年の正月は一家の大黒柱だった実が欠け、今年はみね子がいない。決して家の中が暗いというわけではないのだが、どことなく寂しい正月だった。

茂は少し酒を飲み、ちよ子は進が一人遊びをしている横で本を読んでいる。美代子は仏壇に手を合わせていた。この場にいない家族が無事でいられるようにと……。ふとちよ子が
「さ、そろそろ寝っか、あんたたち」と、美代子が子供たちに声をかけたときだ。

耳を澄まし、「誰が来る」と言った。

こんな時間に誰かと思っていると、駆けてくる足音に続いて、戸が激しくたたかれた。

「ただいま！」

まさかと思いながら美代子が戸を開けると、みね子がいた。息を弾ませ「ただいま！　みね子だよ！」と満面の笑みを浮かべている。「姉ちゃん！」と、すぐにちよ子と進が駆け寄ってくる。

「へへ、ごめんね、遅ぐなっちまって……明けましておめでとう！」


みね子は元日の夜に到着したものの、四日の朝早くからの仕事始めに加え、その前にアパートへの引っ越しもあるため、二日の最終列車に乗らなければならない。家にいられるのはたった一日だが、久しぶりに実家にいられることが、みね子はうれしくてたまらなかった。

東京での出来事を妹と弟に話しながら、美代子のつくったご飯を食べる。話の続きをせがむちよ子たちを待たせ「あ〜、うんめぇ」と母の味を堪能し、茂に「ヤギだな、まるで」と笑われた。

東京の物語は、すずふり亭での仕事が決まる辺りに差しかかった。

「あのお店の方たぢは、ウチにとって神様みたいなもんだね。お母ちゃん、お礼の手紙書ぐね」

かつて美代子が不安の中ですずふり亭を訪れたことが、こんなふうにつながるとは思ってもみなかった。優しくしてくれた鈴子と省吾に、美代子は心の中で手を合わせた。

それから、高子の最終面接の話になり、身振り手振りを交えて賑やかに繰り広げられるみね子の話に、皆で大笑いした。

年末に訪ねてきた三男から、みね子も時子も仕事が忙しくて帰れないと聞いていた美代子は、会社の倒産という大変な出来事があったと知り、家族に心配かけまいと一人で乗り越えたみね子の気持ちを思うとたまらなかった。そして、いつの間にかみね子は思っていた以上に大人になっていたのだと感じた。


その後、みね子はちよ子と進に挟まれて横になった。姉と久しぶりに会えたことがよほどうれしかったのだろう。二人はみね子にしがみつくように寄り添って眠っていた。二人の布団を直してやると、みね子はそっと起き出し、居間へ戻った。

茂は今日も藁仕事をしている。美代子がお茶を淹れながら言った。

「疲れたでしょ？　ありがとうね、帰ってきてくれて」

「ううん、疲れでなんかないよ。でもさ、お母ちゃん……」

みね子は少し迷ってから言った。

「誰も、お父ちゃんのこと聞かないね。お父ちゃんいないことに慣れちゃったのかね？　そうなっていくのかね、私たちは」

茂はどう答えていいのか分からないのか、つらそうな表情で無言のまま作業を続けていた。

美代子は、戸惑いながらも微笑した。

「お父ちゃんいないことに慣れてなんかないよ、お母ちゃんは。でも、口に出してもどうにもなんねし、悲しぐなっからしないだけ。帰ってくるって信じてるよ、お母ちゃんは」

みね子は一言「分がった」と言うと、布団に戻った。母の気持ちはそれだけではないような気がした。でも、それ以上はどうしても聞けなかった。

疲れと、家に帰ってきた安心感からだろうか、みね子はとにかく眠くてたまらなかった。眠りに落ちるとき、家には匂いというものがあるんだなと気付いた。泣きたくなるほど懐かしい匂いだ。そして、音もあった。乙女寮で寝ているときの音とは全く違う。山を通る風の音、小川のせせらぎ、時々どこかで鳴いている鳥の声……匂いも音も、とにかく眠気を誘う。


翌朝、朝食の支度ができてもみね子は眠り続けていたが、やがて起きてきて、半分寝ぼけたままで朝食を食べた。寝るのか食べるのかどっちかにしろと茂に言われても、どっちもしたい。みね子は、一口食べてにんまりしては、眠気に襲われて船をこいでいた。

昼になって、宗男が訪ねてきた。みね子は居間で眠りこけている。皆、起こすまいと音を立てないようにしていた。

「あれぇ……幸せそうに寝でんねぇ」

宗男が声を潜め、美代子も小声で言った。

「ご飯で起きてきて、食べたらまた寝でしまった。どっかで気張ってんだろうね、東京では」

「なんか都会的な感じがするわ。体だげでなぐ心が疲れでるなんてよ、都会的だっぺ」

宗男は妙なところに感心していた。

続いてやって来たのは君子だ。みね子が帰ってきているのに驚き、美代子から話を聞くと目を丸くした。

次のお客は三男ときよだ。三男は、みね子の就職先がせっけん工場に決まったところまでしか聞いていなかったので、みね子が帰ってきていることにも、そしてすずふり亭で働くことが決まったことにも驚いた。宗男には「お前は遅れてっと、全てにおいて」とからかわれ、きよに「お前、この母ちゃんと、美代子と君子、つまり『奥茨城母の会』に、嘘ついだんだな」と頭をはたかれ、とんだとばっちりだ。

今度は田神先生だ。「みね子帰ってるんですか？　工場が潰れたって聞いたんだけど、どうなってんだ？」と谷田部家に飛び込むと、たちまち全員に「し～っ」とやられたうえに、三男には「俺より遅れてるわ、先生」と言われ、目を白黒させた。

そんなふうに次々と来客があっても、みね子は眠り続けていた。就職して初めての帰郷は、ただひたすらに眠って過ぎていったが、それは本当に幸せなひとときだった。

翌日、みね子はたくさんの土産物を手に、夜行列車で東京に戻ってきた。たった一日の帰郷だったが、新しい環境と仕事に立ち向かっていく勇気をもらえた気がした。

あかね荘の前にやって来たみね子は、アパートを見上げ、自分にエールを贈った。

がんばっぺ、みね子――。

第11章 あかね荘にようこそ！

「どうも、明けましておめでとうございます」

みね子があかね荘の管理人室に声をかけると、富が顔を出した。手土産を差し出すと、「あらおいしそ……早速、いただこうかしら。お茶飲もう、ね」と誘ってくれた。柔らかいが、有無を言わせぬ押しの強さである。お茶も当然のようにみね子が淹れることになった。

そこを通りかかった住人がいた。スラッとした髪の長い女性だ。きれいだが、どことなく近寄りがたいような、何かにいらだっているような雰囲気を醸し出している。

富は、「早苗《さなえ》さん。事務員さん」とみね子に大雑把な紹介をした。

「事務員ではありません。オフィスレディですと何度言ったら分かるんですか？」

久坂《くさか》早苗の苦言に、富は聞こえないふりをしている。みね子は戸惑いながらも挨拶した。

「あ、あの！　初めまして。私、今日からこのアパートでお世話になります、谷田部みね子と申します。どうぞよろしくお願いします」

「どうも、よろしく」と言いながらみね子をまじまじと見ていた早苗は、「素朴」とつぶやくと、

「炊事場の水道、ここの大家さんが、何度言ってても直してくれないので、きちんと閉まらない。ギュッと閉めて。ポタポタ落ちる音で眠れなくなるの。分かった？」と言い、みね子の差し出した手土産を受け取って立ち去っていった。

やっと富に解放されたみね子が二階に上がり、廊下を歩いていくと、部屋の一つから物音が聞こえた。ガサゴソ、ドタバタと聞こえていたかと思えば、みね子が部屋の前まで来たところでピタリと音がやむ。挨拶しようと、みね子は恐る恐るドアをノックした。ところが、返事がない。

「ごめんください」と声をかけたところで、別の部屋のドアが開いて、青年が顔を出した。

「借金取りの人？　じゃなさそうですね。だったらそう言わないとたぶん出てこない」

「あ、違います。あの、引っ越してきた谷田部みね子と申します」

「あ、そうなんですか。島谷《しまたに》です。よろしく」

みね子はその顔に見覚えがあった。年末に小銭を道路にぶちまけてしまったときに、拾ってくれたのはいいが説教までしてきた青年だ。慶應義塾大学の学生・島谷純一郎《じゅんいちろう》だった。島谷の方は、みね子のことを全く覚えていないようだ。

先ほどノックした部屋のドアがようやく開いた。

「あ、どうも新田《にった》です」

ボサボサの髪にかなり年季の入った丹前を着た青年・新田啓輔《けいすけ》が顔を出した。どうやらみね子たちの会話が聞こえたらしい。

みね子も自己紹介し、挨拶の手土産を差し出すと、啓輔は「食べもんですか？　ありがとう！

うれしい。三日ぶりの食事やち。ありがとう！」と涙ぐんで受け取り、部屋へ引っ込んだ。三日ぶりってどういうことなんだと思っていたら、彼は漫画家なのだと島谷が教えてくれた。

啓輔の散らかり放題の部屋には、大きな平机が置かれ、壁には「目指せ藤子不二雄《ふじこふじお》！」と書かれた紙が貼ってある。東京に出てきて五年、全く芽が出ないが諦めていない。

島谷にも手土産を渡したところで、再び啓輔の部屋のドアが開いた。「うんまかったです。ありがとう。こんで三日生きられますちゃ」と啓輔は頭を下げ、またドアが閉まった。

「じゃ」と苦笑した島谷が部屋に戻ろうとしたが、みね子は呼び止めた。

「あ、あの。この間、商店街で、あの、お金を拾っていただいて」

「……あぁ」

島谷はやっと思い出したようだ。

「あのときはありがとうございました！　あのお金のおかげで運命が変わったんですよ。見つかんながったら、ご飯諦めたかもしんないし、そうしたら今、ここにはいないので、その……」

島谷は意味が分からず、困惑した顔で言った。

「廊下でそんなにバカでかい声でしゃべると、早苗さんて人が怒って飛んできますよ。気をつけて。じゃ」

爽やかな笑顔で一礼すると、島谷はみね子が質問する間もなく部屋に戻っていった。女の子に向かって「バカでかい声」と言い放ったことに、みじんも悪びれる様子はなかった。

神経質そうでとっつきにくいオフィスレディに、三日も食べていない漫画家、言ってることは正論だがカチンとくる物言いをする大学生。なんだか変わった人ばかりのようだ。一抹の不安を覚えたが、みね子は気を取り直して自分の部屋へ向かった。

　部屋にはまだ何もない。それでもなんだかみね子はうれしくなった。自分だけの東京の部屋だ。早速、荷物の整理を始めた。荷物の中から写真を取り出した。稲刈りのときに両親と一緒に撮った写真も、乙女寮の仲間たちとの写真も、みんな楽しそうに笑顔を浮かべている。どちらも、こんなふうに一人で見ることになるとは、撮影したときには思いも寄らなかった。

　次に取り出したのは、向島電機製のトランジスタラジオだ。スイッチを入れた途端にものすごい音量で音が鳴り出し、慌てて止めた。早苗に怒鳴り込まれたら大変だ。


　一とおり片づけると、すずふり亭に挨拶に行った。ここでも手土産を差し出した。

「うん、いい味だ。どういう味付けなんだ、これは」

　早速一つ口にした省吾に尋ねられたが、みね子はよく分からない。

「みね子。これからは、食べ物商売で働くんだ。そういうことちゃんと興味持って頭に入れていかないとダメだ、分かるか？」

　なるほどそうか、仕事は職場を出て終わりじゃないなと気付き、みね子は素直に「はい」とうなずいた。それにしても、今日の省吾は白衣姿ではなく私服で、なんだか別人のようだった。

「ハハ、悪くないだろ？　どっちがいい男だ？　どっちもすてきですはダメだぞ」

　愛子といい、省吾といい、東京にはどうして答えにくい質問をする人が多いのだろう。

　ふと、客からは見えない場所に飾られていた写真が目に入った。鈴子と省吾と若い女の子が写っている。鈴子と省吾は笑顔なのに、なぜか女の子は怒ったような表情を浮かべていた。

この女の子は誰だろうかと思っていると、みね子の視線に気付いた鈴子が教えてくれた。

「その子はね、私の孫。つまり」

「俺の一人娘……嫁に行ったんだ」

省吾の表情は、真顔に戻っていた。

「あぁ、そうなんですか……かわいい方ですね」

「この子がねえ、もう、とんだアプレ娘でねえ……」

鈴子の言葉に、みね子が「アプレ？」と首をかしげていると、省吾がそれ以上話したくない素振りを見せたので、話はそこで終わった。

ちなみに「アプレ娘」とは戦後すぐにはやった言葉で、従来の価値観にとらわれない跳ねっ返りの若い女性を指していたのだが、みね子には古過ぎて意味が分からなかったようだ。


その夜、実家で眠り過ぎたせいなのか、初めての部屋だからなのか、みね子はなかなか眠れなかった。乙女寮での最初の夜も緊張したが、時子がいたし、部屋にいるのは同じ仲間だと思うと安心できた。一人暮らしはそれとはまた違う。聞こえてくる音も向島とは違った。遠くで酔っぱらいが歌うのが聞こえてくる。すると突然、窓の開く音がして、「うるさい！」と怒鳴る早苗の声が聞こえた。自分が怒られたような気がして、みね子は布団を頭までかぶった。どうか新しい生活に早くなじめますようにと祈っているうちに、いつの間にか眠りに落ちた。

翌朝、少し早めに起きたみね子は、共同の洗面所で顔を洗い、足音を忍ばせて外へ出た。通勤に時間がかからないのはありがたい。近いので、部屋から制服を着ていくこともできる。

調理場にはもう秀俊が出勤していた。朝の挨拶と新年の挨拶を交わして、早速仕事の手伝いを始めた。秀俊は大量の米をといでいる。農家がつくった米は、たくさんの人が暮らす東京でこんなふうに食べられているのだと思うと、みね子は感動した。こっそり産地を見ると、残念ながら茨城ではなく宮城であったが。

それにしても大量の米だ。そうか、米店で働いている三男もこういう飲食店に配達しているんだろうな、重いだろうなと、ほんの二秒くらい三男のことを考えた。今は自分の仕事に集中だ。

あかね荘に引っ越したことを秀俊に話すと、みね子の部屋は少し前まで秀俊が住んでいた部屋だということが分かった。部屋を出たということは、何か嫌なことでもあったのだろうか。

「しょっちゅう、飲んだ後に元治先輩が泊まりに来て、嫌だって言ってんのにさ。で、騒いだりして。おっかない女の人いるでしょ？　しょっちゅう怒られて、居づらくなっちゃってね。で、先輩からも逃げたいから引っ越した。今は来ないから幸せな夜だよ」

そんな話をしながらも、秀俊は全く手を止めることなく真剣な顔で仕事を進めている。そして、道具も大切に使っているのが伝わってきて、みね子はひそかにすごいなと舌を巻いた。

「誰が来なくて幸せだって？」と、元治が眠そうな顔で出勤してきた。

続いて、「皆、早いな。今年もよろしくな」と省吾も現れた。

次にやって来たのは鈴子だ。

「今年も、おいしいものいっぱい食べていただいて、で、いっぱい儲《もう》けさせていただこう。儲かればお給料はずむよ！」

鈴子はそう言うと、みね子を見て「あぁ、そうよね。この制服はこういうデザインだったのよねえ」と妙なことを言った。

高子が来るまで、みね子は秀俊の手伝いをする。

働く場があること。仕事をさせてもらえること。それも、すてきな人たちと一緒なのだ。なんと幸せなことだろう。


秀俊の指示に従って、野菜を裏へと運んだ。これからここで、秀俊、元治と三人で野菜の皮むきなどの下ごしらえをするのだ。

「今は、早くやろうと思わなくていいから、まずはゆっくりでいいから、丁寧に無駄なくむくことを覚えて。で、だんだん早くしていけばいいから」

「はい、分かりました。ありがとうございます」

「いや、別に優しくしてるわけじゃないよ。早くしようとして雑にやって捨てるところが増えるともったいないし、それにちゃんとできてないと使えないし」

みね子は秀俊や元治のやり方をまねして皮むきを始めた。売り物になるのだと思うと緊張する。

隣の福翠楼から、五郎と安江夫婦も仕込みの作業をしに来た。

「女同士仲よくやろうね」と、安江は気さくに声をかけてくれた。

「頑張ってな。高ちゃんの下かぁ、こき使われるんだろうなぁ」

五郎の言葉には、みね子は「ハハ」と笑うしかない。

いつも喧嘩ばかりしている五郎と安江だが、作業を始めるとさすがに息が合っている。五郎が持ってきた野菜の箱には茨城産との表示があり、みね子は少しうれしくなった。

次にやって来たのは柏木堂のヤスハルだ。ぼそぼそ声で「おめでとうございます」と小さく頭を下げ、小豆の準備を始めた。

続いて、今日も「アンコ椿は恋の花」の替え歌を歌いながら一郎がやって来て、またひとしきり父子喧嘩を繰り広げながらも、並んで仕事を始めた。

皆が黙々と仕事を続けていた。みね子は心の中の父に報告した。

——お父さん……なんだかこの裏の路地は、まるで工場のようで、皆が真剣な顔で仕事をしています。そして、みね子はこういう時間が大好きです。自分もそこにいられてうれしくなります。今まで考えもしなかったけど、食べ物屋さんが並ぶ商店街の裏には、こんな工場が日本中にあるんだなと思ったら、なんだか楽しくなります。

「みね子！　おいで！」

中から鈴子の呼ぶ声がした。皆が「頑張れ」とみね子を送り出してくれた。


ホールに行くと高子がいた。いよいよホールの仕事だ。ここからは鈴子は見守るだけで、高子に任せる。みね子は高子に見つめられて緊張した。

「なるほどね。こういうデザインだったんだねえ」

高子の言葉に、鈴子が笑いだした。

高子が着ている制服とみね子の制服は同じものなのに、高子の場合、ちょっとふくよかな体型と独得の着こなしで、本来のデザインとは違う服のように見えていたのだった。

「よし、じゃ教えるよ。ホールの仕事というのは、運ぶだけで簡単そうに見えるかもしれない。でも、簡単な仕事なんて世の中にはない」

高子はホールの仕事を説明し始めた。まずは開店準備。開店したら接客。注文を取って調理場に伝えて料理を運ぶ。そして客が食べ終わったら皿を下げる。飲み物をつくるのもホール係の仕事だ。最後に客が帰ったら後片づけ、掃除で終わりとなる。

「一つ一つの仕事は難しいことではないと思う。慣れればね。だけど大事なのは段取り、順番、つまり、ここ」

そう言って、高子は頭を指さした。

「どれが急ぐ仕事なのか、どれとどれをやって何を次に回すのか。それを自分の頭の中で組み立てる。しかも組み立てるといっても、瞬時に判断しなくちゃいけない。そして状況は常に変わる。計画が狂う。そうしたら、その瞬間に考え直す。ま、難しいこと言ったけど、そんなことなかなかできないよ。すぐにできてたまるかってことだしね」

「はい」

「今度外でご飯食べに行ったら、働いてるホールの人をよく見てごらん。忙しい時間にホール係が走り回ってたりしたらさ、頑張ってるように見えるけど、それは段取りが悪いだけ。ゆったり落ち着いて動いてる人は、段取りができているということ」

高子の説明を聞いているうちに、みね子は緊張と混乱で鼓動が速くなるのを感じていた。

次は飲み物の説明だ。つくり方。セットの仕方。レモンは薄く切らなければならないため、今は自分でやらずに調理場に頼むこと。それにビールやジュース、日本酒などのグラスの使い分け。

水の準備の仕方。氷の無駄のない使い方。続いて、テーブルのセッティングの仕方。料理の運び方、皿の持ち方。テーブルの上にどのように料理の皿を置くか、そして下げるときにはどう仕分けるか等々、覚えることは山ほどあった。

みね子は必死にメモを取ったが、想像以上に大変な仕事のようで、早くもぐったりだ。

「調理場さん、そろそろお願いします」

「はいよ、いつでもどうぞ」

鈴子と省吾のやり取りを聞き、もう開店なのかと焦ると、「お店はまだよ。まずは腹ごしらえ」と鈴子が笑った。調理場から大テーブルに賄い料理が運ばれた。皆が自分の分をよそっていくのを見て、みね子は慌てて手伝おうとしたが、鈴子は「いいのいいの。ここでは各自自分でやる。人の世話焼いてたらあんたが食べる時間なくなるだろ？」と言い、みね子も食べるよう促した。

皆黙々と食事をし、一段落ついたとき、鈴子がみね子の方に向き直った。

「他は知らないけど、ウチのやり方はね、ここに来て仕事をしている間は、上下関係とか、ましてや男だから、女だからというのはなし。お互いに言いたいことがあったら言う。対等の仕事をする仲間。分かる？　私はね、とにかく偉そうにする奴がいちばん嫌いなのよ。もちろん先輩とか後輩とか、年が上とか下とかはあるけど、仕事中は関係ない。例えば私が何か間違えたとする。お客さんの順番とかね。そしたら、遠慮なく、鈴子さんそれ違います！って言っていい。ま、私は間違わないけどね、オーダーの順番だけはね」

「本当に間違えないのよ。いつか言ってやりたいんだけど。鈴子さん違います！」

悔しそうに言う高子に、「言えるもんならいつでもどうぞ」と鈴子は余裕の笑みを見せた。

畑仕事や工場の仕事と同じく、どんな仕事にもちゃんと考えられた段取りや決まりがあり、そこには全部意味がある。社会というのはおもしろいなとみね子は思った。

そんなことを考えていたら、皆、早々に食べ終えて次々と席を立っていく。みね子も慌てて口に入れ、むせそうになってお茶で飲み下した。

ランチタイムを前にして、早くも店の前には客が並び始めた。

「さあ、今日は世の中仕事始めだ。忙しいよ。ウチの料理を待っててくれる人たちがたくさん来てくださる。いいね！　じゃ、店開けるよ！」

鈴子の声とともに、いよいよ開店だ。みね子も緊張しながら客を迎える準備をした。鈴子は店の外に出て、「準備中」の札を「営業中」に替える。福翠亭から安江も出てきて、同じように札を替えた。二人は笑顔でうなずき合った。

「いらっしゃいませ！」

大きな声で、一斉に入ってくる客たちを迎え入れる。

鈴子に客を席に案内するよう言われ、テーブルの番号を覚え切れていないみね子は、あたふたと数えながら案内した。まだ水を運んでメニューを渡すくらいしかできない。グループ客が入ってくれれば、たったそれだけのことでもお手上げだ。鈴子と高子は次々と客のオーダーを取っては調理場へつないでいる。調理場からはオーダーを復唱する声が聞こえる。客として来ていたときにはなんとも思わなかったその流れに、今の自分は乗ることができない。周囲の動きが加速するにつれ、みね子はどう動いていいのか分からなくなった。思わず心の中で父に助けを求めた。

――お父さん……既に頭の中が真っ白です。

調理場では、リズムよく仕事が進んでいた。

「ヒデ、ずいぶんうれしそうな顔してんな」

省吾が声をかけると、秀俊は心が躍っているような表情で答えた。

「はい。ずっとこっちいられるんで、ホール増やしていただいておかみさんに感謝してます」

「じゃ、みね子様様だな」

ところが、そのみね子様様は苦戦中だった。出来上がった料理を早く持っていけと元治に怒鳴られて、もう泣きそうだ。ランチタイムはピークを迎えていたのだ。

赤坂の店にはさまざまなタイプの客が来る。近隣には最近オフィスビルが増え、いわゆるサラリーマンがたくさんいる。すぐ近くには放送局もあり、関係者や俳優も来る。永田町も目と鼻の先だ。政治の街でもある赤坂には料亭も多く、特別に出前を頼まれることもあれば、お座敷が多いため芸者も来るといった具合なのだ。

「みね子、そっちじゃない」「みね子、片づけるの後でいいから先にお料理出して」など、鈴子と高子に指示されるたび、みね子は混乱して体が動かなくなった。

鈴子が「どうした、茨城娘。そんな顔じゃ料理もまずくなるよ」と活を入れる。そう言われても、とてもじゃないが笑顔をつくれない。

調理場から上がる料理が運ばれずにたまっていく。見ていられずに秀俊がホールに出て皿を運び始めた。みね子は自分のせいだと思い、「ありがとうございます。すみません」と秀俊に謝った。だが、秀俊は「何が？　料理が冷めるの嫌だから運んだだけだよ」と冷静だ。

ようやくランチタイムが終わり、表に「準備中」の札が掛かった。

みね子は半ば茫然としながら後片づけをしていた。

「おいおい。オリンピックでマラソン走った選手みたいな顔してんな、みね子。しかもメダルは取れなかったたって感じだな」と省吾にからかわれたが、みね子は笑う気力もなく謝った。

「すみません。私が足引っ張って、忙しくしてしまったんじゃないですか？」

鈴子は、忙しかったのはみね子のせいではないと言ってくれた。今日はとびきり客が入って、それで忙しかったのだ。「最初に経験しとくのは運がいいよね」と言われても、みね子は力が抜けてしまってうまく答えられなかった。


休憩時間になり、元治と秀俊は外へ出ていった。元治はパチンコに行くらしい。

みね子は「なんかやっとくことありますか」と鈴子に尋ねてみた。少しでも役に立ちたかった。

「ない。休むのが仕事。でないと夜頑張れないよ。休まないで働けるほど、甘くないよ」

それを聞いて、みね子は再びぐったりした。

「やれやれ。あんみつおごるけど、行かない？　行かないならいいけど」

「え！　行ぎます行ぎます！　行ぎますよ」

みね子はようやく笑顔になる。

鈴子は高子とみね子を連れて表に出ると、福翠楼にも声をかけた。

「やっちゃん！　柏木行くよ！　来る？　来ない？　来る？　どっち？」

「行く行く行く！」と安江が出てきた。

「よし行こう、女だけの新人歓迎会だ、ね」と、鈴子が先頭になって柏木堂へと向かった。

柏木堂の店内には、テーブルが置かれた小さなスペースがあった。鈴子は四人の顔を見てもあまりうれしくなさそうなヤスハルに、フルーツクリームあんみつを四つ注文した。

「お得意さんスペシャルね。寒天で上げ底しようとか思うんじゃないよ。覇気がないね、本当に」

ムッとしながら奥へ入ったヤスハルと入れ代わりに、一郎が出てきた。

「いいから、出てこなくて、あんたは。早くつくってきて、覇気のない息子と」

「お言葉を返すようだけどね、鈴ちゃん。和菓子屋はね、そんなに覇気は必要ないんだよ。和菓子屋入って、はいいらっしゃい！とか迎えられたら嫌でしょ？　し〜んとしてる方がいいのよ」

一郎が妙に説得力のある反論をすると、高子も安江も、確かにそうだなと同調した。鈴子は面白くなさそうだったが、みね子はなんだかおかしくて笑ってしまった。

「鈴子さん、今日メニューお借りしてってもいいですか？　夜寝る前に覚えようかなって」

「それは感心感心……って言うと思う？　やめときな」

鈴子の答えは意外だった。仕事というのは決められた時間内だけするものだ。その分しか給料は払っていない。時間内に精いっぱい働いて、終わったら忘れる。でないといい仕事はできない。

それが鈴子の考え方だった。

「よく頑張ってたと思うよ、あんたは」

急に褒められて、みね子はそれだけで涙があふれそうになった。

「高ちゃんなんて最初の日はもう」と鈴子が言いかけ、高子が先輩としての立場がなくなるからと慌てて止めたが、「ひどかったのよ。もう一体何枚皿を割るんだって」と、結局暴露された。

安江も失敗談を披露した。

「私もさ、初めての日、つまずいてさ、お客さんの頭の上からラーメンかけちゃって。もう大変だったわよ。お客さんはギャッって叫ぶし。でもね、そのおじさん、頭の上からラーメンが、髪の毛みたいにびろ～ってなってて、私、それ見て笑っちゃって、余計怒られた」

三人の優しさが、みね子の胸にじんわりとしみてくる。

「ま、私はないけどね、そういうの一切。だって、生まれたときからあの店で育って、ホールは遊び場みたいなもんだったからね。ないと言ったらない」

鈴子はあくまで失敗などしたことがないと言い張った。鈴子はサバサバしていて気持ちのいい人だ。そして、東京の街の人という感じだなと、みね子は改めて思った。

そこにあんみつが出てきた。「わ！　すごい！」とみね子は目を見張った。

「んんんんんんんん！　うめぇぇぇぇぇ」

澄子のようにヤギの声が出た。なんとか午後からも頑張れそうだ。

夜のディナータイムも、昼に劣らぬ賑わいだった。それでも、昼と夜とでは時間の流れ方や雰囲気が違っていた。ランチタイムは客も時間がない中でやって来るためか、どこかせわしなかったが、夜はゆっくり食事を楽しんでいる人が多かった。そのせいなのか、みね子はランチタイムよりは少し余裕を持って仕事ができた気がした。

そして、ようやく長かった一日が終わった。

調理場の仕事が一足先に終わり、省吾たち男三人は飲みに行くと言って出ていった。

「男の人たちはお酒飲みに行くんですね。なんか都会って感じがします。ウチの方、飲みに行ぐお店なんてないですから。行ぐとなったら、夜の山道を二時間くらい歩がないと町になんないし」

みね子には何もかもが新鮮だった。

「よしこっちも終わりにするか。お疲れさま。今日も一日ありがとう。明日もよろしくね」

鈴子の言葉に、「お疲れさまでした」とみね子は心から言って頭を下げた。

アパートに帰ろうと裏に回って、夜空を見上げた。今この瞬間、東京中のいろんな飲食店で、「お疲れさま」という言葉が交わされているのだろう。こんな一日をこれから繰り返していくのだ。働く場があって仲間がいるのは、なんと楽しいことだろう。


数日後の早朝、みね子はぐっすり眠っていた。工場で働いていたときと比べてどちらが大変というものでもないが、夜が遅い分、朝がつらかった。寮にいたときは誰かが起こしてくれるという安心感があったが、今は自分で起きないといけない。

この日の朝は、目覚まし時計が鳴ってもみね子は目覚めなかった。代わりにそのベルの音で目を覚ましたのは早苗だった。「早く止めろ、目覚ましを」とイライラしている。

啓輔の部屋にも、みね子の目覚ましは聞こえていた。徹夜で机に向かっていたようだが、残念ながら紙は真っ白のままだ。早苗と逆に、「もう朝ながか……」と倒れ込むように眠りに落ちた。

島谷はラジオを低く鳴らして試験勉強をしていた。みね子の目覚ましが聞こえてきたが、動じることなくイヤホンをつけた。

他の部屋の住人の動向など知る由もないみね子は、目覚まし時計に手を伸ばしたまま動けずにいた。「おはよう。偉いねぇ、あんたは」と時計に挨拶すると、半分眠ったまま起き上がった。

店へ行くと、秀俊がもう仕事をしていた。みね子の好きな開店準備の時間が始まる。

そして、ランチタイムだ。例によって料理がたまってしまい、元治は「上がったよ！　持ってって！　早く！　たまってるよ！」と声を張り上げる。「はい」とやって来た高子の顔は怖い。次にやって来たみね子は泣きそうだ。

「そんな顔すんなよ。いじめてるわけじゃないんだからさぁ」

「はい、すみません」とみね子はますます泣きそうだ。

開店準備が好きということは、開店してからの仕事ぶりはまだまだダメということでもあった。みね子が客観的に見るに、調理場は今までホール兼任だった秀俊が戻って戦力アップしているが、ホールはみね子が入ったものの、いや、だからこそ戦力ダウンしていた。

みね子は客のグラスの水が空になっているのに気付いて、「あ、お水、今お持ちしますね」と声をかけた。「ありがとう」と言われると、一瞬で明るい気分になれた。そんなささいなことでも、少しは仕事に慣れたような気がしてうれしかった。

もう一つ、みね子が誰にも言っていない小さな誇りは、勤め始めてから今日まで一度もお皿を割っていないことだったのだが……調理場から省吾の「たまってるぞ！」という声が聞こえて慌ててバランスを崩し、やってしまった。ガッシャーンという音で固まってしまったみね子に代わって、鈴子が「すみませんね、騒がしくて」と客に謝る。

「そんな顔してないで、早く片づける、ほら」と高子にせかされ、「あ、はい、すみません」とやっと体が動き出した。

ランチタイムが終わったとき、みね子はどっぷり落ち込んでいた。

省吾が皆に声をかけ、全員で大テーブルに集まった。いつもの省吾とちょっと様子が違う。

「みね子、大丈夫か？」

省吾は心底みね子を気遣っているようだった。

「がっかりしてんだよね」「仕事始めてから、皿割ったことなかったんだもんねぇ」と鈴子と高子に慰められ、みね子は落ち込みの原因がすっかりバレていたことが恥ずかしくなった。

「なんだ。ちょっと格好よく話をしようと思ったのになぁ。そういうことか」

どうやら省吾は、みね子が別の理由で落ち込んでいると思い込んでいたようだ。

「何よ、ついでだから話しちゃいなさい」

鈴子にせき立てられ、少し渋っていた省吾が話しだした。

「いや、俺はさ、気を付けてはいるけど、忙しいと、ついこう声が大きくなって、早く持ってけ！とかな、そういうの、みね子ひょっとしたら怖がってんのかなと思ってさ」

「あ、私、気にしてないです、全然」

「優しい方なんじゃないすか？　他はもっとすごいすよ」と元治が珍しく真面目な顔で言う。

鈴子は何か察したようにほほ笑みを浮かべていたが、省吾はまだ気にしている。

「嫌いなんだ、俺。死んだ親父はな、全然怒らない人だった。どんなに忙しくても、仮に誰かが失敗してても、ニコニコしててな、はいよ、できたよって……そういう人だった。だから俺もそういう店にしたいと思ってる」

省吾は若い頃、有名レストランに修業に行ったことがあった。すずふり亭と違って調理場が客から見えない場所にあるのをいいことに、上の者は下の者を殴り、ホール係への対応もひどかった。多くのことを学ばせてもらったが、穏やかだった父と、偉そうに振る舞う人間が嫌いな母を見て育ったせいか、省吾はそういう店の雰囲気がどうしても好きになれなかった。

省吾の話に、秀俊が大きくうなずく。みね子は話に聞き入っていた。

「軍隊もそうだった。嫌で嫌で仕方なかった。ま、俺は体もこのとおり丈夫だし、他の仲間に比べたら要領もいい方だ。でも、何をやってもダメで怒鳴られて殴られてばっかりの奴がいてな。それを見てるのがつらかった。かばえば今度は俺が殴られる。何なんだこれはって思ってた」

「……初めて聞くね、そんな話は。あんた軍隊の話は全然しなかった」

鈴子は重たい表情で省吾を見つめた。

「忘れたかったからね。でもな、いちばん悲しかったのは、そのやられてた奴がな、自分たちより下が入ってきたらいちばん厳しくて……自分がやられたように下の奴を殴ったりしてたことだね。嫌なものを見てるなと思った。でもな、人間はやられっぱなしじゃ生きてられないんだよ。そういうもんだと俺は思うんだ……だから余計悲しいし、嫌なんだ」

「そうだね……」と鈴子が静かにうなずく。

「戦争終わったとき、あぁ、もうこういうの見なくていいんだと思ってな。それがうれしかった」

みね子は心の中の父に呼びかけた。

――お父さん……料理長の優しさに、そんな理由があるなんて……ちょっと驚きました。そういう悲しい思いの上に、優しさってあるんだなって思いました。

意外にも涙もろいらしい元治はすすり泣いていた。秀俊はまっすぐに省吾を見つめていた。みね子は自分のせいで省吾につらい経験を思い出させてしまったことが申し訳なかった。

しかし、これがきっかけで一歩踏み込んだ仕事の話になった。高子が、料理をなかなか運べないときに早く持っていけとせかされるのはやはり腹が立つことがあると、本音を漏らしたのだ。

「出来たてをとにかく早く私たちも届けたいです。でもね、私たちの仕事は料理を運ぶだけじゃない。その前に準備しなきゃいけないこともあるし、他にも山のように仕事はある。だから、早く持ってけって言われても、分かってるわよ！　っていう気持ちにはなる」

だから時々復讐させてもらっていると高子は言う。省吾はなんのことか分からないらしい。

「お客さんに催促されたとき、すみませ～ん、バーグまだでしょうかぁ……」

高子は嫌味たっぷりの顔をしてみせた。

「うわ、たしかにその顔するわ」「するな」「腹立ちますよね、そんときの高子さんの顔」と、元治も省吾も秀俊も口々に言ったが、三人とも高子の言い分には納得していた。

「いいね、こういうの、ね」

鈴子が笑って、皆が笑った。言いたいことが言い合える。なんてすてきな職場なのだろうと、みね子はひそかに胸をジーンとさせていた。

すずふり亭は、朝八時に仕事が始まり、十時に食事を済ませ、昼の開店が十一時。午後三時に昼の部が終わると、休憩を挟んで夜の部は五時から十時まで。片づけが全部終わるのは十一時過ぎだ。店の営業が終わると、男たちは五郎や一郎と連れ立ってどこかへ飲みに出かける。父と一緒に行動したくないヤスハルは仲間には入らない。ある晩は、一人店の裏で新品のギターを鳴らし、気持ちよくミュージシャン気分に浸っていたが、「うるさい！　下手くそ！」と早苗に怒鳴られ、すっかりしおれていた。

みね子は時々、鈴子、高子、安江と連れ立って、一緒に銭湯に出かける。店の二階にある鈴子の住居には内風呂があるのだが、小さい風呂は性に合わないらしい。売り上げがよかった日には、鈴子が湯上がりにコーヒー牛乳をおごってくれるのがみね子は楽しみだ。

よく働き、ゆっくり風呂に浸かった後、部屋に戻って布団に入ると、みね子はしみじみ充実感に浸った。窓にはどこかのネオンの点滅が映っている。幸せな時間だ。部屋にたった一人なのにもだいぶ慣れた。いろいろな人のことを考える。奥茨城の美代子、茂、ちよ子に進、宗男、村の人たち。時子に三男、幸子、優子、澄子、豊子、愛子……そしてもちろん実。東京に来てもうすぐ一年。どうしているかと思い浮かべる人の数が増えた。皆の夢を見るのだが、なぜか夢はいつも紫色だ。それが窓に映る紫のネオンのせいだということには、みね子は気付いていない。

ある晩、目覚ましをセットしようとうつらうつらしながら手を伸ばしたのだが、届く前に眠りに落ちてしまった。

翌朝、いつも目覚まし時計が鳴る時間に、まず早苗が目を覚ました。「なんで私はあいつの目覚ましが鳴るのを待つ体になってしまったんだ」とため息をつくが、今日はあのいまいましいべルが聞こえてこない。

「なぜ鳴らない？　どうなってるんだ……大丈夫なのか？　起きなくて……いや別に心配してるわけじゃない……でも……あぁ、イライラする！」

みね子はそんな隣人のいらだちを知る由もなく夢の中にいたが、激しい物音がして飛び起きた。しびれを切らした早苗が、廊下に出てみね子の部屋のドアをたたいたのだ。島谷と啓輔が、音に驚いて廊下に顔を出す。これではまるでいい人のようだと、自分に腹が立つ早苗だった。

みね子はドアを開けて外を見たが、既に誰もいない。

「危ねえ危ねえ、遅刻すっとこだったよ」と慌てるみね子だが、知らないうちに自分で目覚ましを止めたと思い込んでいるのだから気楽なものだ。そして、元気よく出勤した。

「おはよう。朝、結構強いの？　寝坊しないね」と秀俊に感心されて、「はい、農家育ちですからね、朝は早いんですよ。ハハハ」と、みね子は得意げに答えたのだった。


翌日。休みだというのに、前日にうっかりスイッチをオンにしていたみね子の目覚まし時計が鳴り響き、またしても早苗を怒らせたのだが、当然みね子は分かっていない。

「あんたも律儀な子だねえ、いつもありがとう……」

時計に話しかけると、そのまま夢の中に戻っていった。

昼頃起き出したみね子が共同炊事場に行くと、早苗がいた。怖い顔をしている。

「よく眠れた？」と尋ねられたが、どうも言い方にトゲがある。

「え？　あ、はい」と、訳が分からずとりあえず答えたところに、島谷がやって来た。

「仲いいんですね、お二人」

「全くそんなことはありません」

早苗は即答するが、昨朝の早苗の行動を知っている島谷は笑っている。みね子はなぜ島谷がそんなことを言ったのか分からないし、早苗がそこまで拒絶する理由も分からなかった。

「あ、そうなんですか？　じゃ、ずいぶん優しい人なんだ？　早苗さん」と島谷は続けた。

「はい？　なんか嫌な感じの男だねえ。なんだか、上から下々の庶民を見下ろしてるみたいでさ。余裕のある顔しちゃって。実家は佐賀の大金持ちで、跡を継ぐことも決まってるのに、わざわざこんなアパートに住んでさ。あれでしょ？　若いうちに苦労を知っておいた方がいいとか？　下々の暮らしも知っておいた方がいいだろうって、そういうあれでしょ」

「なんであなたにそんなこと言われなきゃいけないんですか？」

島谷が穏やかに反論したところで、ちょうどやって来て「あの」と口を挟みかけた啓輔に、早苗は「黙ってろ貧乏神」と暴言を浴びせかけた。ひどい言われようだが、みね子は啓輔を見て妙に納得してしまったものだから、啓輔と目が合うと、つい「ごめんなさい」と謝ってしまった。

「あの、喧嘩はやめませんか？」とみね子はとりなそうとした。

「ええ、ボクの方は喧嘩するつもりは別に」という島谷の言葉が、早苗の怒りの火に油を注いだ。

次の標的は「やめられま」とお国言葉の富山弁で止めに入った啓輔だ。

「うるさい、いつまでもいつまでも、売れもしない漫画なんかいいかげん諦めたらどうなの？　田舎のお母さんは帰ってこいって言ってるんでしょ？　就職口も探してあるっていうじゃないの。そうしなさい。大体相棒はどうしたのよ。年末に里帰りして以来、戻ってこないんじゃないの？

捨てられたんだよ、あんたは。クニの運送屋継いでるんじゃないの？　賢明だね」

図星過ぎて、啓輔はもう涙目になっている。

「なるほどね、そういう性格だからなんですねぇ。気が強くて、我慢することを知らず、あまりにズバズバ言うもんだから、見合いを四十回は断られ続けてるっていうじゃないですか」

島谷の反撃は具体的だった。言い合いがエスカレートしそうになり、みね子は割って入った。

「あの……すみません……なんでそんなにお互いのこと知ってんですか？」

答えは全員同じだった。大家から聞いたという。だったらなぜ大家はそんなに知っているのか。

三人は顔を見合わせた。それぞれ自分のことなんて大家には話していない。

大家の富は、管理人室で電話中だった。耳を澄ませた島谷が言った。

「電話の相手、ウチの母です」

「ええ。お坊ちゃんは今日は外出しておりません。変な女に引っ掛かったりという様子は見受けられません。アパートには女性は二人おりますけど、一人は行き遅れの怖い女ですし、もう一人はただの田舎娘です。大丈夫です。ええ、お任せください。いつもいつも、おいしいものをまぁありがとうございます。オホホホオホホ」

謎が解けた。富は住人たちの実家から送られてくる名産品を目当てに、しょっちゅう電話をかけているのだった。みね子は実家に電話がないことにつくづく感謝した。この朝のひとときのおかげで、アパートの住人のことが大体分かってしまった。

それにしても、あかね荘の住人たちは見かけ以上に奥が深そうだ。みね子は三人の顔を見回し、皆個性的だけど悪い人じゃないなと思った。この先一体どんな生活になっていくのだろう。

本書は、連続テレビ小説「ひよっこ」第一週〜第十一週の放送台本をもとに小説化したものです。番組と内容・章題が異なることがあります。ご了承ください。

JASRAC出 1703073-701

DTP NOAH
校正 多賀谷典子

岡田恵和（おかだ・よしかず）

一九五九年生まれ、東京都出身。九〇年に脚本家デビュー。連続テレビ小説は「ちゅらさん」（二〇〇一年）、「おひさま」（一一年）に続く三作目となる。「ちゅらさん」で向田邦子賞と橋田賞、「さよなら私」（一四年）で文化庁芸術選奨文部科学大臣賞など、受賞歴多数。近作に、映画「世界から猫が消えたなら」、ドラマ「最後から二番目の恋」「ど根性ガエル」、NHKでは「ボクの妻と結婚してください。」「奇跡の人」など。

NHK連続テレビ小説 **ひよっこ** 上

二〇一七（平成二十九）年三月三十日 第一刷発行

著者 作 岡田恵和／ノベライズ 国井桂

発行者 小泉公二
発行所 NHK出版
〒一五〇-八〇八一 東京都渋谷区宇田川町四十一-一
電話 〇五七〇-〇〇二-一四七（編集）
〇五七〇-〇〇〇-三二一（注文）
ホームページ http://www.nhk-book.co.jp
振替 〇〇一一〇-一-四九七〇一

印刷 亨有堂印刷所、大熊整美堂
製本 二葉製本

Printed in Japan
ISBN978-4-14-005686-8 C0093